魅丽文化 花火工作室

祝春天

木甜 著

江苏凤凰文艺出版社
JIANGSU PHOENIX LITERATURE AND ART PUBLISHING

图书在版编目（CIP）数据

祝春天 / 木甜著 . -- 南京：江苏凤凰文艺出版社，
2023.11
ISBN 978-7-5594-8094-1

Ⅰ. ①祝… Ⅱ. ①木… Ⅲ. ①长篇小说 - 中国 - 当代
Ⅳ. ① I247.5

中国国家版本馆 CIP 数据核字 (2023) 第 216702 号

祝春天

木甜 著

责任编辑　张　倩
出版统筹　曾英姿
特约编辑　黄　欢　胡　蓉　蒋戴泽
装帧设计　刘芳英
内页设计　黄　芸
出版发行　江苏凤凰文艺出版社
　　　　　南京市中央路 165 号，邮编：210009
网　　址　http://www.jswenyi.com
印　　刷　湖南天闻新华印务有限公司
开　　本　880mm × 1230mm　1/32
印　　张　9.5
字　　数　311 千字
版　　次　2023 年 11 月第 1 版
印　　次　2023 年 11 月第 1 次印刷
书　　号　ISBN 978-7-5594-8094-1
定　　价　46.80 元

目录

第一章
除尽迷恋

深夜，林陆远的车驶入林家大宅。

他每到周末都会回大宅，只是这周有事耽搁了，回得稍晚了一些。

林老还没睡，一直等着他的这个小儿子回来。

很快，楼下传来了父子俩的说话声，低低的，声音听起来不太真切。只能感觉到两个人声音都挺严肃，但好歹气氛平和。

祝安站在楼梯转角，没有下楼打招呼，只是安安静静地站着。手指却不自觉地蜷在一起，仿佛有些紧张。

站了几分钟，她转身回了自己房间，轻手轻脚地爬上床，用被子把整个人裹得很紧，缩成一团。

这晚，祝安做了噩梦。

梦里全是林陆远。

“别跟着我！”

“你好烦。”

“祝安，离我远点。你挡到我看书了。”

“安安，别闹了！”

天色大亮。

祝安睁开眼，满脸冷汗，哆嗦着手跑去开窗，让房间里有新鲜空气流通。

春风轻轻吹拂在脸上，她这才从梦魇中一点点冷静了下来。

时间尚早，不过七点出头，楼下花园里已经有园丁在忙碌，隐隐约约能听到交谈声。

祝安抿起嘴唇，定定地望着下面。

她的瞳孔是浅浅的琥珀色，在光线的照射下极为漂亮，像琉璃一样清澈。睫毛又卷又密，五官精致，组合起来，竟有一丝异域风情。

这个大宅里，只有祝安是这般模样。

因为，她根本不是林家人，只是一个寄居的弃儿罢了。

昨晚那梦里出现的每一句话，都出自林陆远口中。

从祝安三岁来到林家起，一直到这天，这些话被她铭记于心。

祝安自嘲地笑了笑，关了窗户，换衣服下楼。

有林陆远在的每一天，于她而言，都有一场硬仗要打。

不是和别人，只和她自己的内心。

林老规矩多，只要在大宅里，每天的早餐必须得全家人一起吃，谁也不能迟到或缺席。

早餐的种类十分丰盛，中式西式都准备了，阿姨会照顾到每个人的口味。

红木长桌，挤一挤能坐下十个人。

林老和林陆远都已经下来了。林老坐在主位，林陆远在林家一贯受宠，越过了前头几个哥哥姐姐，就坐在林老下首。

祝安自然地拣了最后面的位子坐下。

见到祝安，林老就笑了，朝着她招招手：“安安。”

祝安轻笑一声，礼貌问好。

三岁那年，祝安被亲生父母遗弃在了林家大宅门口。

林家是有名的天才世家，几百年的大家族，从上头往下数，出过好几个科学家和数学家。林老和妻子都是医学大拿，登上过好几次报纸，在海市名气很大。

祝安隐约记得一点以前发生的事情。

她亲生父母是近亲结婚，两个人早早地瞒天过海远离家乡，生了她，又生了弟弟。

弟弟一出生就被检测为智力障碍、白化病，无生存能力。

很快，祝安也被发现和常人有点不同。

三岁前，她就展现了极强的记忆力和运算能力，也就是传说中的“神童”。

家里两个孩子，一个是天才，一个是智力障碍者，就像是一个笑话。

祝安的亲生父母家庭条件非常一般，又没有家里帮衬，难以支付高昂的医药费。他们咬牙带着弟弟到处求医，坚持了三年，终于力竭。

他们将祝安丢在了林家门口，希望林家能收养这个小天才。

林家用人看到门外的弃儿，立刻就报了警。

在小祝安断断续续的叙述中，警察调出档案，带着她回了她亲生父母那儿。

可是她父母和弟弟已经去世。

祝安早慧，知道死亡的意义。

她红着眼睛，没有哭，只是紧紧地抓住林家用人阿姨的手指。

林家是大家族，财力雄厚，家里阿姨、用人就雇了不少，确实是不差一个孩子的口粮。

林老见这小女孩口齿伶俐又聪明可爱，心一软，就将人留了下来。

但是他自己有儿有女，不符合领养条件。下一辈年纪都太小，已经结婚的孩子里也没有人符合条件。

为了给小祝安一个合法身份，林老让人联系了自己的老友，将她挂在了老友名下。

老友夫妻俩都是研究员，丁克一族，没有孩子，正好符合领养条件，也算是卖了林老一个面子。

祝安就这么在林家住了下来，一住就是十多年。

林老一直很喜欢祝安，说话的语气里都带着疼爱。

见祝安脸色不好，他打趣道：“安安怎么没有坐到你陆远哥哥旁边呀？不是最黏他了吗？”

祝安以前不懂林家规矩，闹着要和林陆远坐得近一些，一到吃饭时便紧紧贴着他，想坐在他下首。

祝安弯了弯腰：“哥哥，早上好。”

算是回答了林老的提问，却也没有再说更多话。

林陆远面无表情，沉默着点头回应。

祝安低下头。

吃过早餐，一桌人各自散了。

春日阳光正好，祝安回到自己房间，拿了本书，坐到窗边晒太阳。

叩叩——门外响起敲门声。

祝安合上书，问道："哪位？"

"是我。"

祝安连忙把腿放下，挺直背，端端正正地坐好："请进吧。"

林陆远穿着早上那身休闲装走进来，坐在门边的椅子上，手指在膝盖上轻敲了两下。他缓缓出声，问她："最近有个速算比赛，你想去吗？"

祝安抿唇，有点迷茫，还有点惊讶："可是，我已经很多年没有参加比赛了。"

祝安从小就展现了非凡的计算能力。林老忙于工作，家里的小孩都是放养长大，祝安自然也不例外。从她进林家开始，就一直由管家和保姆带。

还是林陆远每天被她缠着，才意外地发现了她在这方面的天赋，让人找了老师来培养她。

但是第一次大赛之后，林陆远不知道犯了什么毛病，突然不答应让她去参加比赛了。

这都八年过去了，没想到，林陆远会再次提起这件事。

祝安揣摩不了他的心思，皱着眉，嘴唇动了动："林陆远——"

林老不在时，祝安从来不会喊林陆远"哥哥"之类，都乖乖喊全名。

曾经，在年纪还小、不懂事时，她也叫过"哥哥"，只是被林陆远一句话就挡了回来："我姓林，你姓祝，我不是你哥哥。"

那时候林陆远清清淡淡一句话，就在两个人之间划出一道界限。

随着年龄一天天增大，林陆远叛逆期结束，脾气日渐平和了下来。那道无形的界限却越来越深，直到现在，已经如同天堑。

确实，也是时候该回头了。

祝安心想。

林陆远"嗯"了一声，淡淡地开口，完全没打算跟她解释："可以去试试了。"

祝安："好。"

林陆远得到了满意的答案，站起身。

"学校不忙的话，这几天空出时间来，我会给你请老师来做些赛前培训。既然参加了，就要拿个好成绩，别给我们家丢人。"

祝安手握成拳，指甲几乎陷入肉中，声音还是很平稳：“好，我知道了，不忙的。”

祝安正常参加高考，现在在P大读大二。原本P大在她跳级上高中时就向她发出了邀请，进入P大少年班，也是被林陆远硬生生压下，压着她好好读完高中，连AMC和奥赛都没让她去参加。

大二的课业对祝安来说没有任何难度，甚至不需要听课，靠记忆力看书自学，也能顺利通过考试。

这样自然是不忙的。

林陆远点头，手指已经落到了门把手上。

动作一顿，他蓦地开口：“你最近在躲着我。为什么？”

问题来得十分突然，祝安浑身一震，手指攥得越来越紧，心跳也渐渐失衡。

祝安沉默地仰起头，望向他，又深吸了一口气，用尽全力开口道：“你想多了。”

她这表情，让林陆远皱了皱眉。

祝安似乎已经战胜了自己心底那头怪兽。它不再叫嚣而出，她连语气都变得轻快不少。

“哪有什么为什么……我以前比较幼稚，现在长大了，也该懂事了。”

林陆远目光中带着审视，居高临下，落在祝安脸上。

两个人净身高差了将近三十厘米，祝安站起来都得仰视他，更遑论一站一坐，逆着光，几乎看不清他脸上的表情。

只是那审视感却如有实质一般，仿佛千斤重，砸在她脸上。

祝安强装着自然，声音也是稳稳的：“你怎么了？”

林陆远抿着唇，有些不满，说不出哪里不舒服。

他摇头，收回目光：“最好是这样。”

祝安不遑多让：“当然是这样。要不然呢？”

蓦地，林陆远冷冷笑了一声：“祝安，你最好记住自己说过的话。”

他转身，重重地合上房门。脚步声在门外停顿了一瞬，渐行渐远。

神经从刚开始就一直紧绷着，终于放松了下来，祝安整个人一下子倒在沙发上。

不是第一次和林陆远聊这个话题，却是她最紧张的一次。

就算林陆远再不耐烦她，两个人都已经相伴十多年。

看书是没心思看了，祝安脱了鞋，屈着腿坐到沙发上，双手圈着小腿，把头俯到膝盖上。

窗户半开，下面就是客厅阳台。她能听到林陆远走下楼，走到花园，正轻声逗弄着埃迪。

埃迪是老宅里养的狗，六年前，林陆远抱回来的，自然是千娇万贵。

祝安叹气。

她和林陆远之间，直线距离不过上下楼这几米，却仿佛隔着一整条银河。

周一早上，祝安要回学校。

林老有个会，前一晚就飞去了临市。主心骨不在，家庭早餐自然作罢。

祝安拎着行李箱，乖巧地和管家大叔打了招呼，拿上了早餐，换鞋，出门。

林家给她备了车，不过她知道自己的身份，也担心豪车接送在学校过于高调，平日里几乎不用。她都是先坐地铁，再搭定点校车去学校。

林陆远的车就停在花园外。祝安低着头，没注意。

嘟——里面的人按了一声喇叭。

距离太近，声音就在耳边炸开，祝安被吓了一跳，停下脚步。

林陆远坐在驾驶座上，缓缓地降下车窗，手臂搭在窗沿上。

阳光下，他看起来眉眼如画，耀眼万分，声音却冰冰凉凉，没什么温度："上车。"

祝安没动。

林陆远皱起眉，难得重复了一遍："上车，我送你去学校。"

祝安："不用，我自己去就好了，谢谢。"

她这副划清界限的模样，让林陆远有点恼火。

祝安从小就缠着他，林陆远从没想过自己还能有被她嫌弃的一天。

他嗤笑，没再说什么，关上车窗。

跑车在祝安面前绝尘而去。

海市的早高峰堵得厉害，校车在高架上堵了半个多小时，到P大时，已经比预估的时间晚了一个小时。

祝安快步跑去寝室，放了行李箱，又拿着书奔去教学楼。

这节课是公共课，在阶梯教室上。

裴文晴坐在倒数第三排，旁边空了个位子，正冲她招手。

祝安赶紧过去坐下。

上课铃打响。

大教室里慢慢安静下来。

祝安沉下心，随手翻开书，开始走神。

裴文晴见她神色不对劲，把笔记本翻到最后一页“唰唰唰”写了几句，挪到她面前。

“怎么了？昨天没睡好？难得看你迟到。”

祝安回过神来，笑了笑，也拿起笔写了几句。

“没有，早上校车太堵，坐了太久有点晕车。早知道坐地铁了。”

裴文晴不信。

不过在学校里，祝安也像一个异类，很少与人交心。

祝安是天才少女，长得还漂亮，一入学就受到关注。有人在搜索软件搜过她的名字，发现她九岁时就参加了中国速算大赛，全场年龄最小，以碾压之势拿到了冠军。之后她虽然没再出现在大众眼前，但就年龄来说，必然是中途跳了级的。

就算是在 P 大这种顶尖名校，她这履历也足够华丽。

很快，这件事就在学校里传开来。

视频为证，美人脸是天然的，脑子也确实是非同一般。

祝安在 P 大一下就成了名人。

甚至走在路上，她都会收到突如其来的表白。

只可惜她为人低调，平日又有些神秘气质，没人能攻陷不说，连朋友都没两三个。裴文晴因为跟祝安同一个寝室，关系这才亲近些。

在裴文晴看来，祝安就是标准的言情小说女主角，盛世美颜又惊才绝艳，必然配有一段伤心往事，让她自闭起来。

这么胡乱猜测下来，裴文晴就心甘情愿地当起了大姐姐，处处照顾这个可爱的小妹妹。

毕竟她颜控，好看的女生总是比较惹人怜爱的。

熬完了这节大课，祝安背着包，和裴文晴并肩，一同往食堂走去。

这条路上都是学生，三三两两赶着去食堂，叽叽喳喳，像春日一样热烈。

春日？

祝安灵光乍现，拿手机看了一下日历。

果然，下下周就是林老生日。

从入春起，她一直在思索自己和林陆远之间合适的关系界限，竟然把这件大事给忘了。

祝安收起手机，问裴文晴："文晴，你明天下午有空吗？"

裴文晴一路上都在执行美少女观察计划。美少女突然开口，她先愣了一下，才应声："明天？咱们不是没课吗？有空啊，怎么啦？"

祝安叹气："陪我一起去挑一下礼物吧……年年想新花样，真的已经想不出什么礼物送了。"

林家不差钱，祝安是小辈，林老于她来说，基本等于再生父母。这份生日礼物用不着送得贵重，但至少要有十足的心意才行。

裴文晴并不知道祝安家是什么情况，听她这么说，第一是往感情方面想。

她挤眉弄眼："男朋友？"

祝安摇头，轻声道："是长辈。"

裴文晴尴尬地"哦"了一声，立刻转换语气："没问题，给长辈挑礼物，我最有一套了！"

"谢谢你。"

裴文晴笑起来，伸手一把揽住她的肩膀："亲爱的，我可太爱你这乖乖的模样了……"

祝安失语半晌，低低笑了一声。

次日下午，第一节课结束，两个女生就搭上了校车，直奔市中心商业区。

路上，裴文晴才听祝安随口说起，她又要去参赛了。

裴文晴瞪大了眼睛："速算？"

祝安点点头。

裴文晴："我的天，我还没见过活的速算呢！小时候看那种节目，我都以为是作秀来着。安安宝贝，你能不能给我表演一下啊？我想见识一下……"

祝安失笑，爽快地答应了："不过我已经有很多年没练，可能没有那么快了。"

"没事的！"裴文晴想了想，随手指了一下外面的路牌，"那 346 乘以 796？"

祝安没有丝毫犹豫就报出了一串数字：“275416，一般都是大位乘除，三位数算是比较简单的了。”

裴文晴已经说不出话来。

想她也是P大高才生，别说三位数乘除，连口算二位数乘除都得想一会儿呢。

人和人之间，真是差距巨大。

认清了这个现实之后，裴文晴叹了口气：“宝贝，我更爱你了怎么办……果然，人人都是慕强的。”

祝安抿着唇笑了笑，不说话了。

要说慕强，那是裴文晴没有见过林陆远有多强。

窗外，风景飞速闪过。

祝安头抵着玻璃，自嘲般冷冷笑了一声。

周四晚上是林老生日宴。

祝安让裴文晴帮忙请假，提前一天从学校回了老宅。

到家才四点多，晚宴还没开始，大厅里已经忙成一片。

祝安回房间放了包，又急急忙忙换了衣服。

她走到镜子前，镜中人身着短款吊带小礼服，长度堪堪到大腿下，搭上一双绑带方跟鞋，衬得整个人腰细腿长，亭亭玉立。

头发全部打散，用卷发棒稍微卷了点发尾披在肩头。又在耳边别了个亮片小夹子，不张扬，但看起来淑女味十足。

浑身上下，再也看不出是那个被抛弃在路边的小弃儿了。

祝安对着镜子转了一圈，确定没有地方失仪，这才走下楼去。

到门口的这一路上，所有的顶灯已经打开，将整个林宅照得亮堂堂。

祝安慢吞吞地走到管家身边：“叔。”

管家见到她，笑了笑：“安小姐，外面很冷的，去多穿点啊。”

祝安：“不冷的。”

就这两句话工夫，林陆远的车也到了。

停车后，他长腿一迈，下车，绕到另一边，拉开了副驾驶座车门。

从副驾驶座上下来一个大美女——五官精致艳丽，礼服裙剪裁得体，一个银色镶钻手拿包，踩着细高跟，身高几乎要逼近林陆远。

她将手放进了林陆远的臂弯里。

林陆远没有拒绝。

两个人相携着，一块儿朝门口这边走来。

祝安早已垂下眼，手握成拳。

管家低头："三少。"

林陆远沉沉地"嗯"了一声，用眼睛瞟了一下旁边的女人："这位是姜小姐。"

"姜小姐，欢迎。"

那姜小姐娇笑一声，语气又甜又软，却礼貌十足："您客气了。"

林陆远的目光总算落到了旁边的祝安身上。

只一眼，他便皱起了眉。

祝安被他盯得手臂发麻，往后退了半步，默不作声。

好在林陆远并没有当众说她什么，牵着姜小姐走进了门厅。

大门大敞着，穿堂风将姜小姐甜软的声音送入祝安耳中。

"阿远，怎么一直盯着人家看？你喜欢那样的？我还不够好看吗？"因为林陆远没有介绍，她似乎是将祝安认成了林家用人。

祝安没听到林陆远回答，只觉得心脏和春日晚风一样，泛着凉意。

天色渐黑，宾客三三两两到场。

来的人都是林家世交，熟面孔。

祝安安安静静地站在管家身边，不怎么开口，但时时刻刻保持着得体的微笑。

没站多久，里面就来了人，低声喊她："安小姐，林老让您去他那儿呢！"

祝安点头应是。

林老孙辈还不多，长子有两个孩子，二女儿也有一个孩子，接下来就是未婚的林陆远。

三个孩子年纪都还小，两个十多岁，还有一个刚会走路，懵懂年纪，稚气未脱。每次家里开宴，祝安必然要作陪。

哪怕在场所有人都心如明镜，她只是个外人，也架不住林老宠爱。

林家几代都是高知，书香门第，财富一辈一辈积累下来，也是正经的高门大户。

纵然不喜，身处圈中，到底无法免俗。此刻，林老身边就围了几个人，三四十岁模样，有男有女，通身一派贵气。

祝安走近，听到他们都在讨论前几天公布的一个研究项目。那项目是林家一个旁系叔叔启动研究，得了上头批准，已经批发了科研资金。

几个人似乎都想加入。

林老笑眯眯的，没应声，也不搭话。

祝安走到他旁边，低声开口：“林老，您喊我。”

林老一愣，很快反应过来：“是啊。安安，来，给你介绍一下这几位叔叔阿姨。”

祝安顺着他的意思一一喊人。

那几个叔叔阿姨也是人精，见林老不接茬，便顺势恭维到祝安身上。

“安安都这么大了呀，上次见还是个小女生呢。”

“真漂亮，而且看起来就聪明，不愧是林老教出来的孩子。”

“我听我家孩子说，安安是P大的名人呢。”

“悄悄告诉阿姨，有男朋友了吗？”

林老最喜欢听别人夸奖祝安了。

他本就喜欢女生一些，二女儿长大时，他年少气盛，专心科研，连回家的时间都很少，自然少了些陪伴。

祝安却是他看着一点点长大。

只是在别人心里，她到底还是个外人。

扯了几句，叔叔阿姨们将话题不经意转向了林陆远。

“林老，陆远倒是还没有动静呢？他也二十好几了，早点定下来，也好早点给您生个孙子孙女，肯定像安安这样聪明，多讨人喜欢啊。正好我有个侄女，今年二十二岁，大学毕业……”

“咦？我刚刚看到陆远了呀，牵了一个很漂亮的女孩呢。林老，是不是家里好事将近啦？”

林老还是一副乐呵呵的模样：“小辈的事，就让他们自己去操心吧。”

说完，他拍了拍祝安的手臂。

祝安附耳，凑过去。

林老低声说：“安安，你去找找林陆远，还有那个姑娘，一块儿喊过来。”

她点点头，转身去找人。

林家老宅是花园别墅，除了主楼、露天泳池和庭院，旁边还有配楼，占地面积很大。

这次林老办生日，整个大厅和外头大庭院一起开了，看上去富丽堂皇。

祝安顶着夜风，里里外外转了好几圈，总算在二楼找到了林陆远。

二楼是林家人平日的住处，客人不会上来。

林陆远的声音从休息室传出来，隐隐约约，听不真切。

祝安敲了敲门。

林陆远："门没锁。"

祝安深吸一口气，推门，走进去。

入目时，林陆远和那位姜小姐面对面坐着，神色自然。

听到动静，两个人一齐扭头，望向她的方向。

祝安抿了抿唇，垂下眼："林老喊你们。"

林陆远没有说话，倒是那位姜小姐又娇笑了一声："仔细看的话，她是挺漂亮的。阿远，以后我也这么穿，你喜欢吗？"

林陆远挥了挥手。

姜小姐收了笑，不敢再说什么，起身，退到了门外。

祝安不明白他的意思，只好又说一次："林老让你和姜小姐一起下去找他。"

林陆远捻了捻指尖，冷下脸道："祝安，谁让你穿成这样站在外面的？"

祝安："……"

他的目光落在她裸露的肩膀上，眼神不愉。

"去换一身，这像什么样子！"

倏忽之间，祝安心头怒火几乎要冲破天灵盖。

她像一只小兽，受了伤，再也克制不住自己的声音和语气。全部委屈，都向林陆远狠狠地砸去。

"林陆远，你算什么？你凭什么管我？"她发出低吼，已经受够了。

这一切现状都像是折磨，刀刀凌迟着她的身心，叫她早早便体会到人间疾苦的感觉。

林陆远愣了一下。

祝安抹了把眼泪，深呼吸，又低声补了一句："林陆远，我感激林老愿意接纳我，让我能有一处容身之所。我知道你一直觉得我是林家的负担，迫不得已才让我待在家里。以前是我不懂事，让你不舒服，一直没机会向你道歉，对不起。"

不需要林陆远回答，她转身离开，重重地合上了房门。

林陆远眸光沉沉，许久都没有动作。

晚上七点，楼下正式开宴。

林陆远牵着姜婷回到大厅。

林老坐主桌中间，林家大哥和二姐在他身边落座，旁边是各自家室。都是本家人，正好八个，一桌就剩了两个空位。

祝安不在。

林陆远驻足，眯着眼看了一会儿。

林二姐转过头，余光注意到他，出声道：“小远？还不过来，傻站着做什么？”

林陆远点头算是应答，又冲着姜婷耳语：“你坐旁边那桌。”

姜婷本想说什么，到底不敢忤逆他，乖乖走去另一桌。

林陆远坐下，抿了一口红酒，手指无意识地摩挲着。最终，他还是没忍住：“安安呢？”

林二姐摇头：“没见到人。”

林陆远又站了起来。“我去找她。”他说。

夜深，林宅里处处人声鼎沸。

林陆远在大厅转了一圈，没找到人，又去了院子里，却还是不见祝安的踪迹。

他皱着眉，抬腿往后院迈步走去。

后院比前面安静一些，所以小亭子里有说话声就尤为明显。

林陆远本想转身走开，意外地听到了祝安的名字，顿时停下脚步。

说话的那两个女声听起来都很年轻，但十分陌生，应该是宾客。

“那个叫祝安的，你刚刚看到了吗？林老亲自介绍的，命真好。”

“她是谁啊？”

“你不知道吗？她是林老捡来的！听说她爹妈都死了，把小孩丢在林家门口。”

“这么传奇？我的天！这是什么运气啊……”

“对啊！你都不知道，听我妈说，她是个天才，所以林老才看中了她。这种女生，智商高，心思肯定也特别多……”

二人笑成一团。

阴影处，林陆远捏紧了拳头。

等那二人笑完了，他才不紧不慢地走出去。

他语气平静，眼神里却带着冷意："你们是在说祝安吗？"

那两个女人没想到有人在旁边偷听，受了惊吓，尖叫一声。

林陆远冷笑："怕什么？"

光线将他的五官照得十分清晰，这般好模样，绝对不容认错。

女人花容失色，声音也开始颤抖："三……三少……"

林陆远一字一句地开口："她轮不到你们评头论足。林家不欢迎你们，请你们出去。"

"我叫保安了。"

若是在这种宴席上被赶走，那可真是丢了大脸了。

只是林陆远态度坚决，不容人辩驳。

那女人是暴发户出身，家财万贯，心底对林家这种学术世家不以为意。他们家发家发得早，自小也是千娇万宠着长大，自然受不了这委屈。

她立马起身："我说错了吗？"

"那个祝安本就不是林家人。三少，你以前有多讨厌她，不用我多说吧？你十六岁生日我也来了，当时你连装模作样都懒得装，直接就给她脸色看，逼着她坐到客人席去。现在怎么就不敢说了？还是说道貌岸然的遮羞布被我拆穿，太难看了？"

"西西，别说了……"

"你别拉我！一个大男人，怎么还敢做不敢说。"

林陆远面无表情地勾了勾嘴角，出声打断她："我可以做，你不能说，这就是我的规矩。保安，把这两位小姐送走。"

很快，后院清静下来。

林陆远准备离开，余光正巧落到一片衣角上。

他当即绕了一圈，快步走到小亭子的正后方。

祝安一个人坐在长椅上，握着手机，不知道在摆弄什么。

这里是后院视野盲区，加上周围没有光线，来人很难发现。

林陆远在她身边站定，问："为什么坐在这里？不进去？"

祝安摁灭手机，仰起头，望向他。

林陆远眼睛很尖，过去时，已经看到祝安是在玩数独。

他忍不住弯下了腰。

祝安语气里已经没了不久之前那种愤慨，平静得和林陆远如出一辙，出声道：“没什么，想出去的时候感觉不太方便，就再等等。”

什么不方便已经不言而喻，自然是不方便打断别人八卦自己的事。

林陆远立刻意会，抿了抿唇，低声道：“我已经把人轰走了。”

祝安轻轻笑了一声：“没必要。”

她这模样，让林陆远皱起眉。

“她们说得也没错，都是实话，总不能把人家嘴巴堵上吧。”

祝安握着手机，站起身。

她依旧穿着那条吊带裙，夜色微凉，让人瑟缩了一下，声音好似也冒着刺骨的寒意：“林陆远，一直以来，你确实就是很讨厌我啊，不必假好心，我真的不在意。”

林陆远愕然，十几年来，祝安就像一个影子，沉默、执着，哪怕是盛怒之下，也从未这样指责过他。

是什么潜移默化，悄悄改变了她？

林陆远再抬头时，祝安已经离开，只给他留了个背影。

灯光下，她身着吊带小礼服裙，露出一对蝴蝶骨，精致纤弱。皮肤莹润透白，此刻，已经被寒风冻得泛红。

倏地，林陆远拔腿快步追上她，一把捏住她纤细的手腕。

祝安诧异地转过身。

林陆远沉声：“你刚刚不是问我，凭什么管你的事吗？”

祝安皱了皱眉，眼神流转，落在他高挺的鼻梁上。

“凭你是林家长大的；凭你的名字是我给你取的。祝安，这些够了吗？”

祝安落户口时，林老做主给她改了姓，和她的养母一同姓祝。

名确实是林陆远决定的。

当时林陆远年纪还小，但天赋异禀，在家在外都被捧得太高，脾气也就差了些。这小妹妹太黏人，让小陆远十分不耐烦。

他皱眉，模样还带着少年的青涩，却故作成熟般冷冷开口：“就叫祝安吧，能安稳活着，已经是福气了。”

想到过往，林陆远讽刺一笑，眉眼间都含着浓浓戾气。他手指越发用力，将祝安的手腕捏得死紧。

祝安竟然想这么轻易就和他划清界限？

没门，想都不要想。

林陆远心情不好，下手就重了些，大掌像铁箍一样，让人挣脱不开。

祝安甩了几下，立刻意识到男女之间力量差距巨大。她气得眼圈都泛了红，扬声道："林陆远！你抓疼我了！"

林陆远沉默半晌，还是没有放手，拉着她径直往前走去。

祝安被他拽得踉跄。

好在客人都聚集在大厅，一路上没什么人，畅通无阻。

林陆远把人拉上二楼，才总算松开手。

他指着祝安的房间，面无表情地开口道："去换衣服。"

祝安揉着手腕，一字一字，斩钉截铁："我不要。"

林陆远："祝安，给你三分钟，换一身衣服。今天我爸过生日，你要是不想闹得太难看，就去换了。"

二人对视了一眼。

祝安到底不是林三少，没有任性的底气。她败下阵来，转身，沉默地回了房间。

再出来时，祝安垂着眸子，身上套了件黑色丝绒小披肩，遮住了大片肩膀。

林陆远上下扫视了几眼，总算满意了。

"走吧。"

林陆远和祝安一前一后下楼，回到主桌。

一落座，林老就笑了，随口打趣道："你们俩还真是形影不离啊。一个跑得不见影，另一个也马上开溜。怎么不等结束了再来呢？"

祝安默不作声，握紧了拳头。

林陆远难得笑了笑，解释道："安安是去准备礼物了。"

他一挑眉，没什么感情地拍了拍祝安的手臂，示意她将礼物拿出来。

往年也是一样，送礼环节都从最小的开始。林大和林二的孩子都已经拿了礼物出来，吉祥话说了一堆，逗得林老眉开眼笑。接着便轮到祝安了。

祝安起身，走到林老旁边："林老，祝您生日快乐，天天开心。"

礼物是裴文晴挑的，一支派克金笔，黑底蓝帽，上面是烫金花纹，十分精致。说不上多昂贵、多稀奇，毕竟祝安没有收入，再贵的礼物也是羊毛出在羊身上，不如花心思的重要。

这支钢笔确实是很实用——林老写得一手漂亮的钢笔字，她小时候还跟着学过一段时间。

果然，林老一拆开，马上就笑了："安安有心了，礼物我很喜欢。安安马上也要生日了吧？这样吧，我给你开个空头支票，今年的生日礼物就由你自己挑，喜欢什么或者有什么要求都可以。作为回礼，好不好？"

祝安一顿，张了张嘴，不知道该说些什么。

林老笑眯眯地说："可以慢慢想，不急的。去吧！"

生日宴结束后，林陆远送姜婷离开，没再回老宅。

祝安洗漱完，躺到床上，翻来覆去，难以入睡。

说不清是什么感觉。

林陆远的一切，说的话、做的事，还有他反常的举动，都让人觉得捉摸不透。

要是人心和算术一样简单就好了，她苦中作乐地想。

直到周一，林陆远也没再回林宅。

祝安和往日一样，拎着行李箱，独自去学校。

裴文晴正巧在校门口买奶茶，老远就看到她，连忙跳起来挥手，喊人："祝安！"

祝安脚步顿了一下："这么巧。"

裴文晴用力点了点头："这就是缘分啊！你想喝什么？"

祝安："香芋奶茶，谢谢！"

"行。"裴文晴回头，跟老板又点了一杯，再转过身，随口问道，"今天来这么早啊？"

"嗯，醒得早，就过来了。"

"每周能回家也太开心了，要是我能每周回家，肯定在家里赖到最后一刻再出门。"

裴文晴不是海市人，老家在邻省，开车四个小时左右的车程。就算不远，她也不可能每周都回家，只有逢年过节和寒暑假才回去。

这份羡慕，祝安实在是接不下来。

裴文晴不知道具体情况，她也不想多说，只笑了笑，算是回应。

很快，香芋奶茶也做好了。

裴文晴顺手拿给她。

两个人转身，不紧不慢地往寝室楼走去。

裴文晴吸了一大口珍珠在嘴里嚼，说话声含含糊糊：“那支钢笔，对方喜欢吗？”

祝安：“喜欢的，谢谢你。”

要不是裴文晴提醒，她也没想起来这个选项。

裴文晴真是被她这副乖巧模样给萌晕了，眼睛里都快冒出星星：“宝贝，你再这么说话，我都要扛不住了。”

祝安一愣，霎时啼笑皆非。

随口说笑了几句，裴文晴向她发出邀约：“晚上要不要一起去看电影？新上的电影，网上口碑很不错，正好咱们学校的剧场有排片，就今晚。”

祝安想了想，应了下来：“好呀。”

正好最近脑子混乱，祝安觉得自己确实需要做些别的来转移一下注意力。

既然已经下定决心再也不理会林陆远，自然不用再去强求什么，就像一个普通女生一样过自己的人生就好了。

和朋友一起吃饭、看电影，或者在合适的时机，找一个合适的男朋友，谈一场校园恋爱，都是好选项。

春分时节，最后一节课下课，天色已经开始变暗。

电影七点二十分开场。

祝安和裴文晴一起吃了晚饭，踏着落日的光，往剧场方向走去。

P 大剧院在校园外，正对着学校大门。

两个女生走在大道上，有一搭没一搭地闲聊。

忽然，祝安停下脚步。

裴文晴也跟着止步，纳闷道：“怎么了？”

祝安没有答话，眼神死死地盯着旁边车道。

校园里来往车辆不多，平时车道也会走人，见着车了才避开。此时，车道上就停了一辆黑色的车，庞大又扎眼，像一只张牙舞爪的怪兽。

祝安死死地盯着车牌——这是林陆远的车。

他怎么会来？

祝安上高中那会儿，林陆远也去过她的学校。

他毕业之后，没听林老的话去搞科研，自己开了公司当老板，渐渐忙起来，就没什么时间了。

后来开学，林陆远就没有来学校送她，而是让管家安排了人陪她过来。到现在已经几年了，他都没到过她的学校。

这天怎么会突然来了？

祝安想不明白。

对峙良久，林陆远降下车窗，平静地朝她招了招手。

他喊她：“祝安。”

祝安垂下眼，不答话。

脚步仿佛在原地生了根，挪都不愿意挪一下。

林陆远气极反笑，语气沉了下来：“还不过来？”

裴文晴已经看呆了。

她盯着林陆远看了半天，眼神在两个人之间游移，却怎么都猜不出这俩人之间的关系。

况且裴文晴难以想象，有人会用这种语气对祝安说话。

祝安实在是太好了，好到挑不出毛病来。聪明、漂亮，脾气也好，怎么会有人不喜欢她呢？竟然还对她那么凶。

这大帅哥实在是太奇怪了。

就这一会儿工夫，林陆远下了车，两三步走到两个人旁边。他一丝一毫的目光都没有分给裴文晴，居高临下地看着祝安，缓缓开口：“之前说给你找了老师，忘了？上车，上完课会送你回来的。”

祝安垂着眸子，睫毛又长又翘，眨眼时，如同蝴蝶翅膀一样在抖动。

林陆远突然生出某种冲动，想去摸一下。

他轻咳了一声，压制住莫名而来的手痒，见祝安没动静，又“嗯”了一声。

犹豫良久。

祝安：“我知道了。”

她转过身，向裴文晴道歉。

裴文晴哪舍得美女为难，连忙摆手：“没事的，下次再看也行。比赛重要！”

祝安：“对不起。”

抱歉地笑了笑后，她转过身，往车子走去。

林陆远跟在她旁边。

裴文晴定定地望着两个人的方向——她确定自己没有看错，那个大帅哥确实是有一个对着祝安想要搂她肩膀的起势动作。

只是很快，他好像反应过来，放下了手臂。

徒留手在身侧捏成拳，透露出一丝端倪。

祝安从上车之后，始终一言不发。她额头抵着玻璃，望着窗外，一动不动。那模样和姿态，都像是在对林陆远避之不及。

林陆远单手操控着方向盘，另一只手撑着头，一副惬意自在的样子，余光却晃晃悠悠，落在她的耳郭上。

祝安的五官极为精致，连耳朵形状也漂亮，耳垂小巧白嫩。

林陆远的心跳停了一拍，一脚踩住刹车。

惯性巨大，两个人齐齐往前冲了一下，又被安全带拉回原位。

祝安吓了一跳，以为撞到了人，脸一下就白了，连说话都不自觉地磕磕绊绊起来："林……林陆远……你……撞到什……什么了……"

林陆远沉默。

祝安见他不回答，赶紧自己下车检查。

她绕了一圈，也没看到车子周围有什么东西。

这里是条小路，来往车辆不多，红绿灯也在百米之外，不存在任何急停原因。

祝安狐疑地回到副驾驶座上。

全程林陆远都没有看她一眼，手握成拳，重重地捶了一下方向盘。"嘟"的喇叭音拖得老长。

祝安有些摸不着头脑，也顾不上抗议，又问了一次："林陆远，你怎么了？"

林陆远没说话，垂着眼，压抑住心底胡思乱想的情绪。

他深吸一口气，放松拳头。

祝安等了半天也没等到回应，心底免不了冷笑一声。

其实她早已经习惯了。林陆远本就脾气古怪、冷心冷情、十分不爱搭理人，从小就是这样，能不理她就绝不开口。

不过没关系，管他发什么神经呢，她已经懒得多想了。

祝安收了表情，一脸冷漠地扭过头去，继续望向窗外，不说话了。

车内沉默了五六分钟。

汽车又缓缓启动，继续往目的地驶去。

辅导老师住在郊外，离 P 大校区不远。

林陆远把车开进地下车库，熄火。

“下车。”

祝安默不作声地解了安全带，推开车门跳下去。

林陆远脸色不是很好，抿唇，快步走到她旁边，语气一如往常：“老师你也认识，就是那个章七炜。这些年他一直在从事数学思维培训这方面的工作，应试、比赛经验都很强。你谦逊一些跟着他学习，一定会有收获。”

祝安诧异地抬头。

章七炜这个名字已经有些年头没有听到了，但还不至于忘记。

祝安九岁时去参加了速算大赛，一路畅通无阻地杀进决赛。

决赛那天，她又以超高速大位运算轻松拿下冠军，一战成名，成了万众皆知的天才少女。

当时惜败于她手下的亚军，就是章七炜。

那时候章七炜也才十四岁，还是个少年，输给这么一个小女生，心里非常不服气，在后台堵住她。

他眉目间皆是傲气，掷地有声：“祝安，我记住你了。”

后来的这些年里，祝安没再参加相关比赛，也没关注过这方面，和章七炜就没再见过了。

祝安不知道林陆远怎么会找到章七炜，但是她也不会觉得别扭，随口“嗯”了一声，表示知道了。

林陆远扬眉，没再说什么，带着祝安进了住宅楼。

章七炜混得不错，这个小区地段虽偏，房屋设施却十分高档，房型也是一梯一户的复式。

章七炜在楼上给他们开了电梯，他掐着时间拉开门，慢声叫她：“祝安。”

祝安抬头。

这么多年过去，章七炜已经长大，不再是原来那个傲气小孩。他个子不矮，人有些瘦弱，鼻梁上架着一副金丝边框眼镜，看起来斯文秀气。

林陆远站在祝安身后，轻拍了一下她的脑袋，打断两个人的对视，平静地开口：“安安，叫人。”

祝安：“章老师。”

章七炜没客气，应了一声，让开身位，请他们俩进去。

他一个人住这套复式楼，客厅显得有些杂乱，茶几上丢了不少书和试卷。

林陆远拉着祝安坐到沙发上。

章七炜去厨房给两个人倒了水，出来后才开口："听说你又要去参赛了？"

话是问的祝安。

祝安便点了点头。

章七炜："祝安，我真不明白，像你有这种天赋，为什么这么多年都按部就班地上学，明明就不是普通人，混在普通人里有什么意思呢？"

祝安笑了笑："我是普通人啊。"

除了脑子比较好一些，她没有什么特别之处，和所有同龄人一样，会哭会笑，也会爱而不得。

甚至连这智商，也是牺牲了亲生父母和弟弟换来的。

很长一段时间里，祝安都坚持认为，自己就是一个强盗，卑劣地夺走了至亲之人生存的权利。如果生了一个正常的她，或许弟弟就不会得病，是她将好运全部抢走了。

闻言，章七炜却是皱了皱眉，仿佛想说些什么。

林陆远出声打断他："章七炜，不该管的事别管。你只是我请给祝安的辅导老师。"

章七炜的眼神有些阴郁，假装自然地耸了耸肩："看来，林总，您才是那个'伤仲永'的罪魁祸首。行吧，我只是做一些例行了解，希望能更了解一点我的学生而已。OK，那我要授课了，您怎么说？"

林陆远拿着水杯，岿然不动："我在这里等。"

章七炜一愣。

林陆远："这是为了保证安安的安全。"

章七炜立刻品出了他言下之意，气得脸色都变了，深呼吸之后才稳住情绪，出言嘲讽道："您这么不放心，自己教不就行了？谁能比得上您林陆远啊？您可是咱们圈里第一个世界冠军，还是说，从商染了一身铜臭味，现在连罗马数字和运算符号都不会写了？"

林陆远不想和他吵架，眼皮都没抬一下，言简意赅道："物尽其用。"

入夜。

祝安和林陆远从章七炜家走出来。

上车后，林陆远看了一眼时间："还来得及。"

P大十一点关寝，现在开回去，时间还绰绰有余。林陆远从来心思缜密，一定是全部规划好了，不会出现任何意外。

祝安垂眸，没说话。

林陆远皱了皱眉，又问："今天感觉怎么样？"

这下，祝安总算有反应了。她几不可察地点了点头。

当今社会，电脑计算机发达，大位数速算似乎已经成了无用的鸡肋。毕竟，平时买个菜也用不上八位数加减乘除，这技能实在有些不实用。

但不了解的人看着会觉得很神奇，手指碰一碰、眼珠转一转，就能算出复杂的乘除答案。

实际上，手脑速算是有些运算技巧的，并非天才灵光一现那样唬人。

祝安小时候对数字极为敏感。林陆远让人给她做了这方面培训，果然效果极好。

现在，虽然已有多年没有碰，反应力也不及小时候，但到底有功底在，再加上章七炜确实是个好老师，稍微点拨一下，就让她又来了感觉。

林陆远得到答案，满意地舒展了表情。

他控制着方向盘，姿势惬意，声音也平静下来，说："之后每周来两次，时间都是放学后，我会去学校接你。"

祝安一口拒绝："不用了，我自己来就行，我认识路。章七炜刚刚把他的联系方式给我了，我可以自己联系他。"

她实在不想再这样，继续和林陆远待在一起。

话音落下后，车内气氛僵了一瞬。

月光从窗外撒进来，覆在林陆远脸上，像是盖了一层冰霜。

他问："为什么？"

祝安没看他，捏了一下手心："林陆远，你工作这么忙，没必要为我抽时间来回奔波。如果只是出于保护。那么，你给我安排一个助理，让他来接送我，我觉得已经足够了。"

林陆远沉默了。

祝安很有韧性，性子里就带着点倔强与百折不挠。但是，既然决定了放弃，那她就不会给自己留任何余地。

"林陆远，这么多年，我一直都乖乖听你的话。但如今我拒绝你的要求，这就已经足够代表了我的决心。"

林陆远扭过头。月光在他脸上分成两半，照得人神色晦暗不明。

男人声音冰凉："我说过，你想得美。"

祝安倏地抬起头，怒视他：“为什么？为什么不可以？”

忽然，林陆远轻笑了一下。

这一笑，他眉目舒展开来，显得更加俊朗，几乎是带上了魔力，要将人彻底拉入深渊，永不复生。

他缓缓开口，诱惑一般开口：“因为我比你自己更懂得怎么照顾你。”

矜贵、优雅却可怕。

闻言，祝安却嗤笑一声，出言讥讽道：“林陆远，你不觉得自己太自大了吗？还是你的占有欲在作祟？我离不离开，你应该完全不在意，对吧？从小到大，你一直很讨厌我啊！所以，别来接送我了，我不想见你。”

“占有欲”三个字一出口，林陆远失了惬意。

他再次一脚踩了刹车。

车子稳稳停在路边。

“下车。”林陆远的声音极冷。

祝安毫不犹豫地走下车。

夜色浓稠。

汽车在她面前头也不回地飞驰而去。

祝安站在原地，垂下眼。

良久，她双手抱臂，试图抵抗从骨子里漫出的冷意，整个人也仿佛脱力般，原地蹲下身去。

这里是郊区，周围虽然是住宅，但到底不如市中心那么繁华，几乎没有行人。来往也皆是私家车，出租车极少。

天色漆黑，但路灯很亮，照得人心安。

祝安蹲在路边，摸出手机，点开打车软件，加了三次小费才有司机接单。

空车距离到达这里还有十分钟路程，只能再等等。

她脑子里乱七八糟，像一团毛线，找不到线头，手指无意识地划着手机屏幕。

正巧，微信来了新消息。

裴文晴：“宝贝，你今天还回来吗？还是回家去住了呀？”

原来已经十点三十五分了。

祝安缩了缩脖子。

所有委屈瞬间都被激了出来。

她咬唇，忍住了澎湃的泪意，一个字一个字打进输入框：“回来的。”

裴文晴没感觉到什么异常，回得很快：“那你赶紧呀，马上锁宿舍楼了，到时候进不来啦。”

祝安：“好。”

幸好，很快，出租车也到了。

祝安拉开后座门坐上去，报了P大地址，又说：“师傅，麻烦您快一点，我赶时间。”

“没问题！很近的，十分钟就能到！”

车里开了暖气，祝安的嘴唇总算恢复了一些血色。

她勉强笑了一下：“谢谢您。”

果真，十来分钟，已经能看到P大校门。

出租车不能开进校园，司机师傅靠马路边停下。

祝安付了钱，轻声道谢，拉开车门。

那司机叫住她：“小姑娘！”

祝安停下动作，回头。

司机：“小姑娘，你出去要小心一点，我刚刚看到有辆车一直跟着我们，跟了一路。别是你一个女生打车，被人盯上了吧？”

祝安一愣，条件反射地扭头去找。

后面马路上空空荡荡，完全不见车影。只有街边几家小店还透着微光。

那司机也盯着后视镜找了一下，纳闷道：“我刚刚一直瞧着呢，跟得很远，看不清车牌……怎么突然不见了……”

祝安浑身僵硬。

P大校区以地处偏僻闻名。事实上，作为一所百年名校，校区竟然在偏远郊外，一直被本校学生吐槽。

前几年，学校周围比现在还要荒凉一些，有学生在校外出了事。

祝安也听过一些风言风语。

一时之间，她脑子里冒出了一大堆稀奇古怪的想法，只恨自己想象力太过丰富。

那司机师傅见她一个女生，乖乖巧巧又有礼貌，热心地提议说：“要不你跑进学校去，我在这里等一会儿，看看有没有奇怪的人和车。要是看到有人跟着你，我就马上跟你们保安说，这样行不？”

祝安连忙道谢。

下车后，她往四周看了又看，这才拔腿往校园里奔去。

没一会儿，祝安踩着点跑进寝室楼。她长长地松了口气，双手按着膝盖，拼命大喘气。

这笔账，她记到了林陆远头上。

第二章
加点心动

深夜。

林陆远驱车回到公司。

超高速研究生毕业后，他就开始自主创业。现在公司已经有些规模，员工也有百来个，租了中心办公楼最高两层作为办公室。

中心办公楼里大多是科技类公司，通宵达旦加班是常态，就算晚上十二点去，也是灯火通明。

林陆远刷卡进了大楼，走进电梯。

一直开到最高层，电梯才停下。

他冷着脸刷开电子门。

这一层没有前台，每天，总裁办最后一个走的员工会关掉大门口的顶灯，只留下公司招牌灯二十四小时开着，以防有员工下班时间太晚，走出来不方便。

林陆远抬头。

“安远科技”四个大字正挂在墙上，闪着莹莹微光。

“阿远？”

听到声音，林陆远一顿，皱着眉，转过身。

段南嘉从电梯走出来，大步走到林陆远身边，上下打量他一番，啧啧称奇：“真是你啊？大半夜的来公司干吗？做贼呢？这是您老自己开的公司，即使偷东西也走错方向了吧？”

林陆远懒得理他，走进去，打开办公室顶灯。

段南嘉也跟了上去。

他絮絮叨叨：“怎么？失恋了？好几年没见您老十二点跑公司来了，十分反常哟！还是说咱们拿了个什么大单子，您老要给下头员工做加班表率？”

段南嘉是安远的副总，也是林陆远的大学同学，是第一个信任他、义无反顾跟着他创业的朋友，关系极好。似乎也就只有段南嘉才敢跟林陆远开这种不着调的玩笑。

林陆远：“闭嘴。”

段南嘉在嘴巴边上做了个拉上拉链的动作，办公室瞬间安静下来。

林陆远坐进靠背椅中，闭上眼，手揉了揉额头，叹了口气。

刚刚把祝安放在路上，车开出去几秒钟，他就后悔了。那地方没人又黑，实在不安全。

只是他没有办法拉下脸来掉头，只能硬着头皮往前开了一段。经过第一个路口，他掉头，加速，绕了一圈，回到原地。

祝安已经上了出租车。

林陆远远远地跟着，躲在暗处，直到目送她走进 P 大，才离开。

到现在，林陆远已经等了许久，但手机还是悄无声息。

以前，祝安去哪里都会给林陆远发消息，到哪里了，快到了，已经到了，桩桩件件从不落下。

哪怕他一句不回，她也能自得其乐。

是什么时候开始改变了呢？

祝安开始对他敬而远之，也不会再发消息打扰他了。

林陆远越想越觉得头有些疼，揉了又揉，却还是没有缓解。

段南嘉憋了一会儿，没忍住，出声：“阿远，你不对劲。”

林陆远：“哪里不对劲？”

他放下手臂，目光炯炯地盯着段南嘉。

段南嘉皱眉想了想，说：“说不上来，就是感觉怪怪的。你平时气势可强了，要不是咱们一块儿住了六年，我估计都不敢对你大声说话。但是现在怎么有点……颓丧的感觉？”

林陆远嗤笑，表情不以为意：“我看你是乱七八糟的电视剧看多了。”

上大学时，段南嘉就喜欢看各种爱情剧，因此被嘲笑了很多年。到他当上了副总，才感觉这个爱好不太好，过于接地气，不符合他精英人才形象，所以都不让人提，一提就爆炸。

不过这次段南嘉却没有生气，他拿起外套："走吗？"

林陆远不解："去哪儿？"

段南嘉："喝一杯。"

中心办公楼三百米外就有夜市排档一条街。这个点了还热热闹闹的，用烟火气迎接这座城市晚归的人。

段南嘉挑了家烤串店，先点了一扎啤酒，再点串。

"五十串羊肉、五十串鸡肉、十串土豆、茄子……"林林总总一大堆，点完再问他："行吗？"

林陆远点点头。

林家不允许这种不健康食品出现，不过林陆远从小逆反惯了，林老不让做，他就偏要去做，所以对这种路边摊毫无抵触之情。

很快，啤酒先上桌。

林陆远抿着唇，打开一听啤酒，灌了一大口。

料峭春风，配着冰啤酒，从喉咙一直凉到了心底。

脑袋好像更疼了，他又揉了揉。

段南嘉也喝了一大口，整个人都精神起来："爽！"

"阿远，你说说呗，发生什么事了？下班那会儿，你不是去接安安了吗？怎么没几个小时就成这样了？"

林陆远低垂着头，轻声道："没事，你想多了。"

段南嘉笑了。

"老弟，你要搞清楚——你段哥哥我，比你整整大了三岁！你什么样子还能骗得了我？"

他和林陆远虽然是同届，但林陆远可是一路跳级上来的，比段南嘉这种正正经经上学的同学小多了。

"说说呗？有啥困难说出来，让哥帮你一起分析分析。"

良久，林陆远捏着易拉罐，平静地开了口："你觉得，我讨厌祝安吗？"

段南嘉一愣，像是没想到他会说这个，结结实实地磕绊了一下，有些迟疑："应该……不算讨厌吧？不过我记得你大学刚入学那会儿，安安来学校找过你，你把她凶了一顿，咱们都以为你们俩关系不好呢，不过看你的表情，也没好意思问你……后来你们俩不是越来越好了吗？我记得有一年，你忘了她的生日，大半夜急急忙忙跑回家去了。"

林陆远脸黑了一半。

段南嘉试探性地看了他一眼："怎么？和她吵架了？她搞对象了？你不满意？那你看我行不？我毛遂自荐一下。"

林陆远的另一半脸也黑了。

他将一听啤酒全部喝完，借着酒意摸出手机，给祝安发消息。

林陆远："祝安，不许谈恋爱。"

不出意外，消息石沉大海。

区区一听啤酒，还不至于让林陆远醉意蒙胧，只是酒意却放大了心底那些细微的情绪。

他眯着眼，将手机翻过来，屏幕合在桌上，眼不见心不烦。

烤串一一上桌，加辣、喷香，勾得人食量大增。

段南嘉有些迫不及待，牙齿咬住签子，从下往上一划拉，肉全进了嘴里，嚼了两下，顺手把光秃秃的签子丢到旁边，含糊地发问："好好说，安安怎么了？你怎么突然问起这个？"

林陆远心情不佳，语气也不太好："没事。"

段南嘉已经习惯了他这个模样，挑了挑眉，自顾自地吃串去了。

剩下林陆远，一口一口喝着啤酒。

转眼间，一扎啤酒被他灌了个七七八八。醉意上头，他的耳尖也悄悄泛起了红晕。

段南嘉填饱肚子，擦擦嘴，见林陆远目光有些蒙眬，表情比平日少了几分戾气和冷漠，不免大了胆子，小声喊他："阿远。"

林陆远握着啤酒罐，轻飘飘地瞟了他一眼，没说话。

段南嘉："那个……有件事我好奇好多年了……你和安安到底是什么关系啊？"

段南嘉虽然是林陆远的好兄弟，但他是普通人家出身，基本接收不到什么八卦消息。

林陆远平日里完全不会提起这些事，就算偶尔被问起，也是极为厌倦的模样，一言不发。

段南嘉只知道，林陆远家有很多厉害角色，都是有百科介绍的那种顶尖人才，是天才家庭，家境很不错。

其次就是祝安了。

但林陆远也不愿意说起祝安，只能通过两个人的年纪，还有林陆远对她的态度来判断。可具体是什么关系，就没人知道了。

现在既然林陆远问起，段南嘉也不由得起了好奇心。

听到提问，林陆远沉默良久。

段南嘉泄了气，知道自己得不到答案，扭过头，准备喊老板埋单。

没想到林陆远开了口："祝安是我的麻烦精。"

段南嘉一愣："什么意思？"

林陆远冷笑一声，眼神里仿佛带着刀光剑影。

段南嘉摸了摸脖子，讪讪道："这是什么不能问的雷点吗……"

林陆远却不愿意回答这个问题，干脆不再说话了。

缓了一会儿，他平静地站起身，去埋单。

"回家。"

隔天一早，祝安睁开眼，迷迷糊糊拿过手机看时间，这才看到林陆远发来的消息。

她愕然，还以为自己看错了，反复确定好几遍。

半晌，祝安嗤笑了一声，干脆地锁屏，下床洗漱，完全当作没看见。

林陆远真是越来越过分了。

拐弯抹角真是没什么意思，还不如那些恶语来得直接，来得伤人。

她现在对这种冷嘲热讽已经没有感觉了。

早上第一节就是专业课。

祝安和裴文晴一起去买了点心，早早地到教室，找了前排的位子坐下。趁着还没什么人，她们不紧不慢地吃早饭。

一路上，裴文晴偷偷瞟了祝安好几眼。

那点好奇勾得她心发痒。但是她又不知道该怎么问，也不知道祝安会不会介意她瞎打听。

她小动作不断，终于引得祝安笑了起来："问吧。"

裴文晴瞪大了眼，一脸好奇宝宝模样，低声问："昨天那个大帅哥，是你男朋友吗？"

祝安脸色微变，很快又恢复正常。

她摇头："不是，是一个哥哥。"却也没说和这哥哥到底是什么关系。

裴文晴张了张嘴，讷讷地"哦"了一声。

她咬了口奶黄包，不再追问，心中不免感叹，怪不得祝安平时冷冷淡淡，对别人的示好毫无反应呢，肯定是看多了俊男美女，对男朋友要求很高了。

冷冷淡淡？

思维一发散，裴文晴顿了顿。蓦地，她想到了什么，赶紧两三口把奶黄包咽下去。

她出声喊祝安："祝安，有件事我忘了。这周末，我们社团要搞个辩论赛，社长问你愿不愿意来做裁判。"

祝安抬头："裁判？"

"对！我们社长是你的粉丝来着，所以想看看有没有机会能邀请到你。很简单的，都不用说话，就是打个分。"裴文晴兴致勃勃介绍完，又顿了一下，挠头，"我忘了你马上要去参加比赛，肯定很忙吧。那就算了，我帮你回绝了。"

祝安却一反常态摇头道："不用，我可以参加。不过我不懂什么辩论，没关系吧？"

裴文晴的眼睛亮了起来。

"没关系！有三个裁判呢，另外两个人都是辩论社的，让他们专业就行！不过……你怎么会答应呢？你不是不爱参加活动吗？"

祝安笑了笑，没答话。

她只是突然想到，如果周末参加活动，就有借口和林老说不回老宅了。

这样，她就连和林陆远见面的机会都没了。

互不影响，互不干涉。

这样对谁都好。

祝安要参加社团活动的消息，很快流传出来。

P大校内论坛已经建起了高楼，名字也很轰动——"P大数学系女神出山直播"。

只不过祝安不逛论坛，裴文晴也很少看，自然对此一无所知。

周四那晚，祝安给林老打电话，交代了周末不能回家的事。

林老一听她是要去参加辩论赛，一口就答应下来："没问题的，去玩吧，周末在学校要注意安全。"

祝安应声："好的。"

林老声音听起来很乐呵："也可以趁着活动的机会，看看学校里有没有适合的男孩子。咱们安安这么漂亮，是该趁着年轻谈场恋爱了。"

祝安不知道该说什么好。

好在林老只交代了几句，并没有再多说什么。

挂断电话，祝安满身是汗，皆是心虚。

周六。

天空碧色如洗。

祝安难得不用上课，在寝室里睡了个懒觉。之后再起床，换衣服，跟裴文晴一块儿吃午饭，然后出发去看辩论赛。

裴文晴参加的是文学社，平日社团活动就是看点书、做点研究，要不然就是写写东西投稿之类，辩论赛还是第一次举办。

现任社长是大三的学长，名叫莫如望，很早就等在小礼堂门口了。见到祝安走近，他的眼睛亮了起来，小跑到祝安和裴文晴面前。

“你就是祝安同学吧？我叫莫如望，很高兴见到你。”莫如望向祝安伸出手。

他模样很不错，身高一米八，白白净净，不胖不瘦，穿着卡其色卫衣和牛仔裤，一派青春模样。笑起来时，他脸上会浮现一对酒窝，看着很是可爱。

祝安笑了笑：“你好，我叫祝安。”

她伸手，握住他的手。

不过片刻，莫如望脸红了，连带着脖子也泛起可疑的红色。

祝安有些疑惑地看着他。

莫如望讲话开始结巴：“抱……抱歉，那什么，嗯……祝安同学，我喜欢你……不是，其实我是你的粉丝。那什么，我看过你比赛的视频，真厉害！”

祝安啼笑皆非：“谢谢。”

她收回手。

莫如望把手背到身后，摸了一下，眼睛湿漉漉的，像只小狗狗一样，满怀崇拜地看着祝安。

还是裴文晴出声打断了这场粉丝见面会：“行了啊，社长，辩论赛要开始了，要去准备了啊！”

莫如望这才敛了神色，引着两个人走进小礼堂。

吃早餐时，林陆远发现祝安不在，顿时就没了食欲，放下筷子，开始心不在焉地胡思乱想。

她跑哪儿去了？

为什么不回家？

还是说生病了，所以没下来吃饭？

早餐结束，林陆远叫来了管家："叔，祝安呢？"

管家低眉敛目："安小姐没有回来。"

林陆远皱眉，冷了声："理由。"

管家："不清楚。是安小姐打电话给林老说的，好像是学校里有什么活动吧。您找她有什么事吗？"

林陆远没答，道了谢，上楼去了。

此刻阳光很好，林老正坐在书房看书。

林陆远敲了敲门："爸。"

"什么事？"

他似乎有些难以启齿，别别扭扭，不情不愿。半晌，他才问出声："祝安在学校干什么呢？"

林老随口答道："说这周要参加辩论会，她没跟你说吗？"

连林老都知道，祝安最黏林陆远了。

但是现在，祝安的行踪，他都要问林老才知道。这种感觉让人不太愉快。

林陆远抿唇，沉默着，转身下楼。

片刻后，他开车离开了林宅。

到 P 大已经是中午。

林陆远把车停在校门口，步行进入校园。

学校门口就有电子显示屏，会滚动播出一些校内信息还有活动安排。

林陆远在显示屏前驻足片刻，很快便找到了那条信息。

他熟门熟路地往小礼堂走去。

小礼堂里还没什么人，只有几个学生，在台上布置双方辩手座位。

林陆远看了一下屏幕上的辩题——"正方：不破不立；反方：不立不破"。

他低头轻笑了一声。

这辩题实在不太适合祝安的数学脑。

林陆远在最后一排坐了一会儿，又起身往外走。踏出礼堂没几步，他抬头，脸色微变。

祝安就站在门口不远处，轻笑着伸出手，握住了一个男生的手。那男生背对着他，看不清模样，却能感觉到他很激动，似乎十分高兴。

两个人的手交握了许久。

林陆远不由得皱了皱眉。

林陆远站的地方视线角度很偏，祝安看不到林陆远。

林陆远远远望去，她眉眼含笑，跟在莫如望身后，从侧门绕进后台。只剩下林陆远一人站在礼堂门口，停驻良久。

他抬起手摸了摸口袋，什么也没摸到。

他身上没有烟。

林陆远很是叛逆过一阵子，大学的时候就学会了抽烟、喝酒。不过尼古丁会影响大脑运转，令人上瘾，试过之后，很快便戒了。

林陆远突然开始想念起那股味道。

陆陆续续，有学生三三两两往小礼堂这边走来。

林陆远听力很好，意外地从他们口中听到了祝安的名字，不免有些愕然。

他发誓，自己绝不是在关心祝安，只是好奇别人说她什么。

林陆远转身，跟着那群学生，一同进了礼堂。

严格说来，这是祝安第一次参加学校活动。

之前，她大部分的时间用在林陆远身上，小部分时间用在学习上，分给自己的实在是太少了。

现在将这个耗时大头甩脱，顿时感觉很轻松。

祝安笑吟吟地拿了辩题字条坐到后台，听裴文晴、莫如望还有另一个文学社同学讲话。

莫如望正经起来时，没了刚才那副羞涩模样，严肃着脸，将重要事项一一仔细交代。

辩论赛虽然只是社团活动，不算十分正式，却也要尽善尽美。

安排结束，裴文晴去前面帮忙调试话筒，其他人也各自去忙。

祝安对这种活动感到有些新奇，却也没出去打扰他们，就安安静静地坐在原地等待。

不过几分钟，莫如望回到后台，朝着她招了招手，小心翼翼地喊她："祝安同学。"

祝安笑了："叫我祝安就行了。"

莫如望从善如流："祝安，来，辩论马上要开始了，我先带你去裁判席。”

“嗯，谢谢。”

裁判席就设在礼堂第一排，正对舞台。

祝安走进去。

小礼堂里已经坐了不少观众，正窸窸窣窣地交头接耳。

她坐到第一排最旁边那个位子，似是万分低调。

蓦地，后排窃窃私语声热烈起来——

“这就是数学系那个天才美女吗？”

“是不是外籍混血儿啊，五官看起来好精致啊。”

“哇，真人真漂亮……”

祝安抿了抿唇，有些无所适从。

P 大到底是国内顶尖大学，能人学霸不少，还有号称“天才基地”的少年班，学生也都是厉害人物，不至于很夸张。只是祝安长相出挑，被拍到的素颜照片还在学校论坛大火了一下，就成了 P 大牛人里耀眼的那一个，处处受人关注。

都这么久了，她还是会觉得不太自在。

好在辩论赛很快就开始了。

裴文晴偷偷摸摸坐到祝安旁边，小声和她咬耳朵：“怎么样？”

祝安微微侧目：“什么怎么样？”

“我们社长怎么样？”

祝安说不出话来。

裴文晴眼睛亮亮的，似乎有八卦之火在燃烧：“他是你的粉丝，在社里说过他这辈子最喜欢数学好的女生。看过你小时候那次手脑速算比赛之后，确定你就是他的梦中情人。”

祝安：“你不也是数学系的吗？”

裴文晴摊手：“我是来浑水摸鱼的，只求不挂科，毕了业就去当初中数学老师，这是我的梦想。我又不是真爱这门课，建模不会，常微分搞不懂，泛函分析全靠你的笔记，拓扑差点扑街，也心算不出 96758 乘以 14356 啊。”

祝安乐了：“那是他们不了解，把速算看得太神奇了。其实就跟才艺一样，和画画、跳舞没区别。这可比建模简单多了，还没代数复杂呢。要不，我教你一些诀窍吧？”

裴文晴拒绝再和她讨论这个问题，岔开话题问道：“晚上有聚餐，你去吗？”

祝安正想摇头，就听她说下一句：“去吧去吧，我不想一个人嘛。你也可以放松一下，吃火锅呢。”

“那行吧。”

祝安这周没能陪裴文晴看电影，本就有些抱歉，听她这么说，犹豫了一瞬，还是答应了。

裴文晴心满意足，猫着腰离开了。

自由辩论时间开始。

祝安对辩论不太了解，提前做了功课。

她是典型的理科思维，低下头，握着笔，将双方辩手的观点一条一条列在纸上，清晰明了，然后再做分析，评分。

最后分数和另外两个校辩论队出的大差不差。

祝安松了口气。

四点半，辩论赛结束。

主持人宣布反方获胜。

祝安起身，轻手轻脚地摸去找裴文晴。

莫如望拿着电脑，在看这天的活动照片，见到两个人，立刻就笑了：“祝安，谢谢你今天来帮忙。”

祝安连忙摆手：“没有没有，我不太懂辩论，没能帮上什么忙。”

莫如望：“你能来就很感激了。我们文学社的活动，很少能请到外援呢，每次都是这么几个人自嗨，特别没意思。”

祝安勾了勾嘴角。

“文晴，你带女生们先去店里，男生们都留下来收拾场地，之后再过去找你们。”

裴文晴应声，祝安便也跟着走了。

聚餐就定在校门外的火锅店，莫如望定了店里的大包间，六人位能坐进五桌。很快，男生们也浩浩荡荡来了。

祝安从没参加过这种聚会，看着这些青春洋溢、满是朝气的面孔，引得她也不由得笑起来。好像，她已经能彻底忘掉林陆远带给她的阴霾与痛苦了。

裴文晴也发现了她的反常：“宝贝，你今天好高兴呢，很少见你这么笑。”

祝安一愣，又眨了眨眼，低声道：“嗯，因为很有意思。”

“什么有意思？”

“这一切，所有。”

没有林陆远参与的一切，于她而言，都是全新、有趣的新生活。

吃完火锅，时间尚早。一行人直接出门，拐进隔壁的KTV，开了个超大包间继续玩。

祝安乖乖巧巧，安静地坐在角落，手里突然被塞了一支话筒。

“小女神，来一首，来一首！”不少人起哄。

灯光迷离，每张脸上都是善意的微笑。

祝安有点不好意思，握着话筒，有些不知所措：“我不会唱歌……”

她很少听流行歌，也很少唱歌。

小时候，林老曾经问过她，要不要送她去学个什么乐器，陶冶情操、培养气质。

祝安挺有兴趣，考虑了好一阵子。

但很快就被少年林陆远一句话浇灭了热情。

他说：“你学得再好，也是烦人精。”

那时，林陆远是烦透了她。

小祝安哭了很久，再也没提过这事了。

这件事成了她的心理阴影。

祝安后来就很少接触音乐，连流行歌都只能简单地哼哼两句。再加上她做题、动脑需要全神贯注，不能有声音出现，也就不会特意去听。

这个时候她就略显为难，显得有些格格不入。

裴文晴见状，连忙阻拦：“你们别闹啦，祝安宝贝第一次来玩，你们可别吓到人家。”

“那行吧，来个合唱也行！来来来，另一支话筒给社长呗！小女神跟着哼哼两句就行！咱们社长唱歌可好听了！”

话筒塞进莫如望手里。

莫如望的耳朵尖都泛红了。

这么大个个子，竟然整出了一点害羞的意思。

“那……祝安……你唱吗……”

“来一个！来一个！”

“来一个！来一个！”

…………

祝安骑虎难下，笑了笑，终于松口：“那行吧，我真的不会唱歌，只能随便跟着哼哼啊。”

莫如望整个人都像是被点亮了一样，挤到点歌机旁，飞快地开始输入歌名。

伴奏一切，包间里，所有人都安静下来。

目光汇集到两个人身上。

莫如望点了首粤语老歌，但祝安竟然听过。

前奏过完，他低声开口：“你以目光感受，浪漫宁静宇宙，总不及两手，轻轻满身漫游……”

声音缱绻而温柔。

祝安不会粤语，只跟着记忆轻轻哼了一段副歌。

莫如望最后一个字落下，所有人都很给面子，开始鼓掌起哄。

祝安生怕他们再闹，赶紧放下话筒，借口去洗手间，离开了包间。

KTV 走廊设计得弯弯绕绕，她找了一会儿才找到洗手间。

回来就很轻松了。

只要再拐过最后一个弯，十米之外就是他们的包间。

祝安含着笑意，突然被大力拉了一下手臂。她吓了一跳，尖叫起来：“啊！”

一双大手牢牢地捂住了她的嘴巴。下一秒，她整个人一下被拖进了隔壁包间。

隔壁包间没开灯，只有屏幕光线一闪一闪的，显得有些阴郁。

昏暗中，她对上了林陆远的视线。

他怎么会在这里？！

祝安说不了话，只能瞪大眼睛。

林陆远眉目间含着浓重的戾气，沉沉地看她。

学校外这种 KTV 都是老房子改建，年久失修，隔音效果也很差，林陆远几乎可以听到隔壁包间的一切动静。

他听到那些学生点了啤酒；听到他们喊她“小女神”；听到他们起哄，让她和别的男人合唱。

甚至，祝安竟然答应了。

林陆远都没有听过她唱歌。

林陆远拉开门，将刚刚走近的祝安一把拽回了自己身边。

两个人对视许久。

祝安目光里带着寒意，一丝一毫都不愿退让。

林陆远松开她，转为按住她的肩膀，将她整个人按在墙上。

祝安厉喝：“林陆远！你这是干什么？！”

林陆远的眼神逐渐变得冰冷，一字一字，缓缓开口：“这么晚了为什么不回家？既然有活动，结束之后让司机开车来接，这都不会吗？”

祝安气笑了，仰起头：“我已经跟林老说过了，他都答应了，你凭什么管这么多？”

“你怎么敢和这么多男生一起来 KTV？还喝酒？不怕出什么事吗？”

“林陆远，他们都是我的同学。我跟谁玩，你管不着。”

林陆远彻底被她激怒，失了理智般，重重地捏住她的手臂。

祝安吃痛。

林陆远没有立刻松手，一字一字：“我必须管。”

祝安眼圈一红，眼泪不要钱般簌簌往下掉，声嘶力竭地喊道：“林陆远！你为什么还要捉弄我！难道非得我离开你才满意吗？”

顿时，林陆远原本的气急败坏消失殆尽，意识到自己冲动之下到底做了什么——只是看祝安一直在说让他生气的话，他想阻止她，让她不要再继续，全乱了。

这不是他的本意。

林陆远的眼神有些慌乱，手上的力气也不由得放松了些。

祝安垂着眸，能感觉到铁钳般制着她的力量，从肩膀上一点点消失。

她猝然抬起手！重重一巴掌，直直地甩在林陆远脸上。

祝安用尽全力，他完全没有设防，脸一下被打歪过去。很快，男人脸上出现淡红色掌印。

火辣辣的刺痛感从祝安的指尖一路蔓延开来。

林陆远愣住了。

祝安含着泪，整个人还保持着手臂用力的姿势，恨恨地怒视他。

“林陆远！你这个神经病！我再也不想看见你！”她失了教养，忍不住尖叫。

趁着林陆远发呆，祝安飞快地跑了出去。

包间门被重重合上，徒留林陆远一人，对着满是死寂，沉默不语的包间。

祝安擦干眼泪，匆匆回了文学社包间，垂着眼，拿起包，拉了一下裴文晴的袖子。

“文晴，我有点事，先回去了。”她声音平稳，听不出任何端倪。

裴文晴喝了点酒，脸颊泛红，反应略有些迟钝：“啊？怎么就走了啊？”

祝安没法解释。

担心林陆远在门外守株待兔，她动作匆忙，小声提醒：“别喝太多，早点回来。”

说完，她快步拉开门，跑了。

林陆远没有出现。

一直到走出 KTV，祝安后知后觉般，心脏开始剧烈跳动起来，身体也因为委屈而开始颤抖。

林陆远从未尊重过她，依然把她当成召之即来挥之即去、无须重视的那个小弃女。

夜幕低垂。

祝安蹲在校门口，抱住手臂，浑身泛起寒意。

这必须是最后一次掉眼泪。

她下定决心，抹了把脸，站起身，朝寝室楼走去。

晚上十点多。

裴文晴回到寝室。

其他室友已经各自上床，拉上床帘，只有祝安还坐在写字台前忙碌。

裴文晴急急忙忙洗漱完，松了口气，又往脸上贴了张面膜，低声开口问道：“宝贝儿，你怎么先走了啊？发生什么事了吗？”

祝安笑了笑：“没有，就是突然想起来今天还没有做练习。”

为了保持竞赛手感，她每天都要做些固定训练。

她语气轻柔，不急不缓地说：“已经很多年没练了，再落下比赛时就要丢脸了。”

裴文晴没多想，点点头“哦”了一声。想了想，她又起身凑到祝安旁边，看她怎么练习。

平板里在放节目。

现在这个时代，娱乐至上，各种脑类竞赛综艺层出不穷。手脑速算虽然作为节目观赏度不够高，但到底是特殊技艺，很能满足观众的猎奇心理。

祝安看的就是这类竞赛综艺。

她捏着笔，架在指腹，有一下没一下地打转，看似漫不经心，面前还放了一张白纸。

主持人将题目报出来。

节目里，那几个天才选手开始答题。

祝安已经飞快地将答案写在了纸上，抬起头，继续优哉游哉地转笔，等待结果。

裴文晴惊讶得简直合不拢嘴。

这是她第一次看到祝安正正经经练速算。不是车上那种，开玩笑一般随便出两个三位数做乘除。

屏幕上出现那题目，是裴文晴这辈子都没想象过的——

“523167X14578473=？”

就算是按计算器，她都得按上好一会儿。

祝安竟然就这样轻轻松松眨了眨眼，便将答案写了出来。

裴文晴难以置信，压了一下面膜，从旁边拿起手机噼里啪啦将这一串数字输入。

屏幕上跳出答案：7626975983991。

裴文晴将这串数字和祝安的答案仔仔细细比对了一番，居然一个数字都没有错。她张大了嘴，半晌才说出话来：“妈妈，我今天总算见到活的天才了……”

祝安已经和那个主持人对完了答案。

听到裴文晴说话，她低笑了一声：“不是的，这才不是什么天才，只是一种运算手法而已，就和上幼儿园时的珠心算一样，只要……”

裴文晴：“停！亲爱的，你说得这么容易，只会让我等普通人更加挫败。”

祝安歪了下头，果真不说话了。

节目还在继续放，里面已经开始下一道题。

裴文晴不再打扰她，摘掉面膜，爬上床。

十一点半。

寝室里一片安静。

祝安关掉顶灯，蹑手蹑脚地上床，坐进被子里。

手机轻轻振动了一下，有新消息。

她拿起来，解锁。

裴文晴："抱歉宝贝儿，刚刚喝了点酒太亢奋了，没能陪你回来。"

祝安弯了弯眼睛，用手指敲字："没事儿，是我走得着急。我又不是小孩子了，陪什么呀！"

裴文晴："但是你是陪我去的嘛！不好意思，呜呜呜！"

祝安："没有关系呀。"

裴文晴："亲爱的，你真好！"

裴文晴："对了，有件事！"

裴文晴："我们社长，你觉得怎么样？"

裴文晴："我没有做媒的意思哟，就是好奇问问。你不要生气呀。"

祝安顿了顿，开始认真思考。

平心而论，这一天下来，莫如望给她的感觉很不错，人好，长得也不赖。但是再多就没有什么了。

那些开玩笑的话，祝安并没有当真。

祝安："学长是个好人。"

裴文晴发了一个省略号。

下一秒，裴文晴就给她推了个好友。

裴文晴："这是莫如望的微信，他刚刚就一直问我要你的微信，我都没给。既然你觉得他是个好人的话，那你自己决定吧。"

裴文晴："睡了，睡了，晚安。"

祝安看着那个微信名片，啼笑皆非。

犹豫了一会儿，她还是加上了好友。

本就决定开始新生活了，多认识点新朋友，应该就是新生活开始的象征了。更何况她还蹭了文学社一顿饭呢，是该谢谢人家。

"已发送好友申请"。

祝安放下手机，闭上眼。

周末，酒吧里人声鼎沸。

对于林陆远来说，这晚注定是个不眠夜。

段南嘉坐在他对面，看着他喝水一样喝威士忌，眉头皱起，问道："阿远，你到底是怎么了啊？发生什么事了？”

林陆远沉默。

段南嘉丝毫不泄气，继续追问：“周一不是还要出差去签合同吗？这大周末的……难道是合同出问题了？”

“这也不是？难道是失恋了？”

林陆远抬头，狠狠地瞪他，难得爆粗口：“失个屁！”

段南嘉点点头：“也是，你都没女朋友，哪来的恋可失。”

林陆远阴郁地瞟了他一眼。

尚未开口，突然听到一个女人声音传来，带着一丝惊喜和不确定：“阿远？”

林陆远和段南嘉一同抬起头。

姜婷正站在卡座旁。

她一身黑色亮片吊带裙，掐出纤腰，露出纤细的手臂和大腿，头发松松软软地散在肩上，锁骨若隐若现。她红唇、短裙加长发，打扮得有些勾人。

见到林陆远，姜婷面露喜色：“这么巧。”

林陆远皱着眉，沉默以对。

姜婷却不以为意，继续问：“我可以坐这儿吗？”

段南嘉看热闹不嫌事大，立刻点头。

得到肯定的答复后，姜婷倚着林陆远坐下，撒娇一般开口：“我们有好久没见了，阿远，你都不回我消息。”

林陆远心情不好，完全不想理她。

姜婷也不气恼。

林陆远曾经夸过她这种想说就说、肆意张扬的脾气。

她为了讨他喜欢，越发口无遮拦：“来喝酒也不喊我，真是的……难不成上次真被我说中了？阿远，你和那个女生？”

姜婷语气中带着酒意，自然，这话也成功地在一瞬间点燃了怒火。

林陆远一甩手，将洛克杯砸到地上，玻璃杯瞬间四分五裂。

他冷冷地开口：“滚。”

姜婷瑟缩了一下，眼睛眨了眨，却并没有被他吓倒，只说：“我不。林陆远，你知道的，是我让爸爸答应签安远那张单子的。就是为了那张单子，你还没得手，我哪能说滚就滚呢？”

这通发言太过劲爆，段南嘉忍不住“哇”了一声。

不过他很快就猜到了姜婷的身份。

之前林陆远亲自去签的那个大单，合作方和安远商务磨了很久，直到林陆远亲自出马，对方才松口。

这女人说什么爸爸，大概是那个合作方的女儿。

林陆远可真是祸水啊！段南嘉啧啧感叹。

可惜有这么个大美女明示，林陆远也不买账："我现在心情很不好，姜婷，别惹我。"

他实在没有耐心应付她。

姜婷勾了勾唇，轻言细语："阿远，你对我也不是没好感的吧？你不是说，你最喜欢我这样肆意张扬的脾气，讨厌女人唯唯诺诺、看人脸色吗？你还请我去了你爸爸的生日宴。你是有点喜欢我的，别不承认。"

林陆远挑眉，没说是，也没说不是。他想看看这个女人还能怎样自我发挥下去。

姜婷继续道："大家都是成年人了，前面的剧情也不需要太多。"

她站起身，身姿袅娜，从手包里摸出一张房卡，塞到林陆远手中。

"阿远，你会爱上我的。"

姜婷走了。

服务生过来打扫了碎玻璃。

段南嘉已经被混乱的场面震得头晕眼花："阿远，你……"

林陆远随手把那张房卡丢进了垃圾桶。

姜婷说的没错，他确实那般夸过她。除去客套原因，也算是真心话。

因为，所有和祝安反着来的性子，他都觉得挺好。

当时那可笑的想法，之后想来，确实幼稚得要命。

林陆远嗤笑一声，站起身："不喝了，回家。"

第二天是周日。

林陆远前一晚喝得醉醺醺，没回林宅，段南嘉便把他送回了他自己的公寓。

他睁开眼，已经是早上十点多了。

林陆远极少喝成那样，宿醉让他头痛欲裂，十分不适。在床上缓了一会儿，他才坐起身，捏了捏鼻梁，将手机从床头柜上摸过来，解锁屏幕。

各个聊天软件都有新消息。

林陆远一一扫过去，视线在某一条上凝固。

手指轻触，点开。

林老："安安要搬出去住，你让人给她找一套房子，离她们学校近些，尽量挑她喜欢的。"

林陆远皱起眉头。

盯着屏幕确认了许久，他调出家里的号码，拨通。

管家接起电话："您好。"

林陆远揉着眉心，语气沉沉地问道："叔，我爸在家吗？"

管家："您稍等。"

电话很快转接到林老房间的分机上："阿远？"

林陆远："祝安要搬出去？"

他语气中带着一丝咬牙切齿，但被电波稀释了，林老并没有听出来。

"是啊，安安说想要独立生活试试。到时候我们家给她找一套房子，就当生日礼物吧。"

林陆远难以置信："不行！她一个人住不安全。"

没想到这个回答让林老哈哈大笑起来："阿远，这可不像你说的话。你这么大的时候，已经主意比天大，每天和我对着干了。况且你不是不喜欢安安住在家里吗？她搬出去，省得你天天心烦，给小姑娘脸色看。"

林陆远无言以对。

林老平日虽然不说，却看得很明白。他应该是讨厌祝安的。

这件事，所有人都知道。

林老："这件事就交给你了，你仔细问问她喜欢什么样的房子再做安排。交给别人办，我怕她不好意思提要求。等到房子找好了，她也该过生日了。预算没有上限，安全第一，环境也要好一些。好了，我这边还有事。"

电话挂断，听筒里传来嘟嘟声。

林陆远用力握着手机，保持原本姿势，手指骨节渐渐泛白。

一大早，祝安联系了章七炜，将上课时间从周一调到这天。

章七炜看了一下排课单，爽快地答应了。

下午一点半。

日头高照，驱散了初春的凉意。

祝安循着记忆搜索章七炜家的地址。

找到直达线路后，她背上包，独自离开学校。

还是那栋公寓，章七炜给祝安开楼道门，又开了电梯。见她独自过来，他笑了一声，随口问道："林陆远呢？"

祝安抿唇："他不会来了。"

章七炜点点头，没再多问，让开一个身位。

他靠着门框，等祝安走进客厅才开口："我就是一个开培训班混口饭吃的，从三岁到三十岁都教，口碑、信誉一直很好，让他放心。"

章七炜戴眼镜时，表情和气质都有些阴郁，不似小时候那般傲气，说话的语气却挺真诚，像是在安她的心。

祝安："我知道。"

章七炜满意地点头，合上房门。

两个人没那么熟，也就不再寒暄什么，干脆地开始进入培训。

祝安的反应速度已经恢复了不少，虽然比起九岁时还略差了些，不过已经非常厉害了。

就算章七炜把输给她这件事一直记了那么多年，也不得不承认，祝安就是一个极有天赋，且不可多得的数学天才。

她对数字、运算的敏感度远超正常人，是真正的老天爷赏饭吃。

这样想来，实在令人不甘心。

最后一题结束，章七炜关上平板，坐在地毯上，目光沉沉地盯着祝安整理东西。

良久，他状似无意般开口问道："你们现在在学什么？"

祝安："微积分？"

"哦。"他点点头，"以后会考研吗？"

祝安笑了笑："可能考，也可能不。"

说实话，她很喜欢数学。

几何、概率、代数；拓扑、微分、象限。各种猜想和理论就像一个神秘世界，发着耀眼光芒，吸引她进入。

但是这一切，都是基于林家负担了她所有开支的前提下。若是离开林家的庇护，祝安很难有时间、有资金继续求学。

特别是这种专业，越读越深，可能要花一辈子来研究这些不切实际的抽象概念。时间成本太大，生存成本也会上升。

昨天那件事发生后，祝安翻来覆去，花了一晚上来考虑未来。

首先，她不想再看到林陆远，那就必须搬离林家。要不然抬头不见低头见，实在不知道该怎么面对他。

林老不久前才给她许了一个生日愿望，这个时候正好可以用上。

确定之后，祝安编辑了长长的消息，发给林老。

果然，林老听说她想尝试独立之后，并没有多想，而是爽快地答应了。

其次就是要在经济上也渐渐独立。

毕竟，她以后注定是要自己生活的。

祝安感激林老。哪怕离开林家，她一样会尽到孝心和职责，这一点不会变。

所有的一切前提都是钱。

章七炜见她神色低落，没有追问，而是换了另一个话题："为什么后来没再参赛了？"

关于这件事，他好奇了很久，甚至可以说不是好奇了，是念念不忘，也是不甘心。

章七炜对祝安的感情很复杂，颇有点爱恨交织的意味。因为她打败自己后，并没有继续参赛。而章七炜也不再参加任何比赛，开始专注学业。

祝安于他而言，就像一个执念，可以说影响了他一辈子，改变了他原本的人生道路。

等了多年，此刻才终于有机会问出口。章七炜看似不在意，实际已经握紧拳头，等着她说出那个答案。

祝安抿唇，低声道："没什么原因。"

只不过是因为林陆远不乐意，所以就不参加了，也不是什么大不了的事。

章七炜泄了气，脸色有些愠怒。他站起身，目光冰冷，居高临下地看她。

"你快走吧，下一个学生要来了。"

祝安："……"

与此同时，P大学生论坛有人开了新帖。

帖子名简单又直接："数学系小女神祝安，偷拍！"

首楼是昨天辩论赛时，祝安的一张侧脸照。

途中，她单手撑着脸，视线看向台上，另一只手在转笔。高鼻梁、薄嘴唇、尖下巴，长睫微翘，手指细长白皙，无一不是精致完美。光线浅浅地落在她脸上，瞳孔里像是有星光，盛不住一汪盈盈春水。

虽是偷偷抓拍，像素却好到几乎能拍出茸毛。

照片发出，帖子立刻就火了。

底下的回复全是夸赞祝安的样貌，还有些人好奇她怎么会去参加社团活动。

P 大虽然是 985 综合学校，却是以理工科见长，男女生比例将近七比三。只要是女生，就会受追捧，更别说祝安这样的美女了。

帖子短短几个小时，已经盖了两百多楼。

很快，又有人传了图上来。

“刚刚在校门口偶遇了，旁边那个是小女神男朋友吗？”

照片中，祝安和一个高个男生站在一起，各自捧了杯奶茶，相视一笑。那般模样，无比青春耀眼。

祝安也没想到那么巧，一下车就偶遇了莫如望。

莫如望先看到她，喊她：“祝安！”

祝安脚步一顿，往前走了两步：“学长。”

莫如望笑出两边小酒窝，温柔又亲切。他扬眉：“喝什么？我请你。”

祝安摇摇手，打算拒绝。

莫如望抢在前面开口：“必须喝，不然我让外卖送你们寝室去。你跟文晴一个宿舍吧？”

祝安：“香芋奶茶，谢谢学长。”

店家很快做好。

两个人一人拿了一杯，转过身，并肩往学校里走。

莫如望昨晚收到了祝安加好友的申请，已经美了一晚上，这会儿还没消停，整个人散发出喜气洋洋的味道。他决定和小女神多说几句话，更加拉近关系。

他小心翼翼地问：“出去玩了吗？怎么一个人？”

祝安：“没有，有点事。”

莫如望点点头，没追问，又看了看时间：“要不要一起去食堂吃晚饭？顺路。”

祝安正准备答话，忽然，手臂被人从后面一把拉住。她踉跄了一下，停下脚步，扭头一看。

林陆远正怒气冲冲地站在半步之外，伸出手，用力拽住了她的胳膊。

两个人僵持许久，迟迟没人开口说话。

莫如望也停了下来，似乎对这种情况有些摸不着头脑：“祝安，这是你朋友吗？”

林陆远的脸色更差了，眼神像是被黑云笼罩，但声音还算平静：“祝安，我们聊一下。”

祝安抿着唇：“没什么好说的。我说过不想再看到你。”

林陆远冷笑了一声：“你知道的，我不喜欢一句话说三遍。”

“所以呢？”

“跟我回去，我有话问你。”林陆远咬牙切齿。

他午饭都没吃，开着车直奔P大。抵达后，他打了她好几个电话，都没有人接。

林陆远无措，在车里沉思了几个小时，还是没有章程，只确定一件事——不能答应让祝安搬出去。

她要永远离开他了。一想到这儿，林陆远的怒气直冲头顶。

不可以！这怎么可以？！

她怎么能随随便便离开！

林陆远立刻下车，打算去宿舍，让宿管上去找祝安。没想到几步之外，他一眼就看到了祝安和一个男生并肩走在一起，有说有笑。

林陆远记得这个男生。昨天在礼堂外，是他，握住了祝安的手。

霎时间，他快步上前，牢牢地抓住了祝安的手臂。

祝安对这种场面厌烦透顶，一句话都不想再说，抬腿就想离开。

林陆远却不松手，紧紧地抓住她的手臂。

气氛瞬间僵住。

莫如望见状，也看出了一点端倪，心里猜测：这男人对祝安纠缠不休，祝安这么柔弱，怎么可能是这个男人的对手？

这个时候，就该男人挺身而出。

莫如望立刻往前一步，站到两个人中间，抓住了林陆远的手腕。

林陆远的目光落到他身上，冰凉，仿佛高高在上、睥睨一切。

莫如望的火也冒了出来：“放手，你是谁啊？为什么强迫女生？”

林陆远皱眉：“那你又是谁？以什么身份在这里？”

莫如望脑子一热，仗义上头，决定帮她彻底解决这个麻烦，大声答道：“我是她男朋友！怎么？你有话就跟我说吧！”

林陆远的手臂肌肉倏地绷住。

祝安只觉得手臂上的桎梏更紧，乍然吃痛，皱起眉头。

林陆远没有注意，眼神里在悄悄酝酿风暴，声音也跟着变了调："男朋友？"

祝安没回答。

莫如望得了信心，以为祝安默认了他这种做法，永绝后患。他挺了挺胸，一张可爱的娃娃脸上正气凛然："怎么？不可以吗？"

林陆远深吸一口气，压制住暴戾情绪。

他说："当然不可以。"

莫如望："你算什么……"

林陆远一字一字打断他："我是祝安的哥哥。这位同学，请问我可以管了吗？"

莫如望顿时愣住，说话有些磕磕绊绊："哥……哥哥？"

他仔仔细细观察着林陆远的脸。

林陆远："不敢当。"

不再和莫如望废话什么，他扭头，目光凌厉，凝固在祝安脸上。

祝安咬着唇和他对视。

林陆远皱眉："安安，别惹我生气。"

祝安的眼圈红了。委屈像是气泡一样，咕嘟咕嘟，从胸腔一点点往上冒。

"林陆远，你想怎么样？"她声音里带了哭腔。

凭什么？

凭什么他一句话，轻轻松松便将人打回原形？

凭什么他完全不考虑她的想法、她的心情，害她在学校里出糗，还对她颐指气使？

难道说，林陆远天生就高她一等，是林家小少爷，她这个外人在林家白吃白喝这么多年，所以就活该受他的折磨吗？

莫如望也不知道该怎么继续处理这种场面。

自己这一番义气英雄救美，仿佛是彻底歪了方向。

他有些无措，看了祝安一眼，想着要不要好好解释一下。

林陆远不想再给两个人机会眉目传情，他将莫如望推到一旁，将祝安拉到身前，一把将她打横抱起，转身离开。

祝安勉力挣扎起来。

可林陆远到底是男人，个子高，力气极大，祝安双腿腾空，没有借力点，再怎么挣扎，也只能被他轻松制服。

“你乖一点，我们好好说几句。”他制住她的挣扎，加快脚步。

车就停在不远处。

林陆远横抱着祝安走到驾驶座那边，掀开顶棚，自己坐进去，锁了门。再把祝安放到副驾驶座上，压着她的手，替她系上安全带。

祝安气得整张脸都红了，扬声喊他：“林陆远！”

林陆远没说话，关了顶棚，发动车子。

发动机轰鸣几声，超跑犹如离弦的箭，绝尘而去。

无论祝安怎么吼他、哭闹，林陆远都无动于衷，一言不发。

周末，正值暮色四合时分，市郊交通还算顺畅。

仅四十分钟，林陆远就飙车回到了他住的小区。

这套房子完全是林陆远自己赚钱买的，林老没有资助一分一厘。

小区位置很好，虽然算不上市中心寸土寸金，却也是均价很高的地段。设施、安保、环境，都是顶尖。

平日里，他工作日不回林宅，就会住在这里。

祝安从没来过。

林陆远将车开进地下车库，停车，熄火。他手臂压着方向盘，扭过头，看向祝安。

祝安早就已经不说话了，安安静静地坐在旁边。

反正说什么都无济于事。她太弱小了，怎么都不是他的对手。

林陆远看不惯她这般面无表情，看起来毫无生气，当即皱起眉头：“祝安。

“为什么要搬出去？

“和那个男生有关吗？

“我不会答应的。”

祝安脸色雪白，看起来毫无血色，咬牙切齿：“林老已经答应了。”

林陆远摇头：“如果我告诉我爸，你是为了方便见男朋友才搬出去，你说他会怎么办？”

她眼睛里含着泪水。

这就是林陆远，无情、霸道、疯狂、难以沟通，把所有人都踩在脚底。

祝安：“你真是个疯子。”

斩钉截铁。

然而这话却不知哪里戳到了林陆远。

他沉着脸，浑身肌肉都紧绷起来，仿佛什么大秘密被人拆穿了。紧张，又有点恼羞成怒。

林陆远：“下车。”

祝安毫不犹豫地拒绝：“我要回学校。”

林陆远不再多言，开了锁，下车，绕到另一边，故技重施，将祝安整个人轻轻松松地再次横抱起来，快步迈向电梯方向，上楼。

高档小区，哪怕是周末，人也不太多。从地下车库到电梯到达楼层，这一路上没遇上别人。

这套房子是大三居，林陆远将书房和客厅打通，做了个光线通透的大套间，用来工作。装修冷冰冰的，机械感很强，没什么人气。

祝安就像一个柔软的洋娃娃，和这个房间的气质格格不入。

林陆远这么想着，手上动作没停，将她小心翼翼地放到沙发上。

双脚一落地，祝安一下就站了起来，满脸怒气：“你想怎么样？”

林陆远身高将近一米九，面对一米六的祝安，看起来有些居高临下。

他长手一伸，祝安放在外套口袋里的手机已经落到了他掌中。

林陆远将手机收起来，语气平静：“你在这里住几天。”

祝安难以置信：“为什么？”

“住到你改变心意为止。”

祝安瞪大了眼睛，却听林陆远淡淡地继续道：“你不是想独立吗？让你试试。我这里什么都没有，你一个人住住看吧。”

祝安气笑了：“你可不可笑啊？”

林陆远：“不可笑。祝安，你不会做饭、不会打扫、不会洗衣叠被，甚至不会看人脸色。我把你宠得像个公主一样，不是让你独立来做这些杂事的。”

祝安说不出话来。

不可否认，她确实是不太会干活。林宅里，管家、用人样样配齐，没什么事需要她动手。

林家没有苛待过她，林陆远也没有，除了经常不给她好脸色看、说话难听，却也不是灰姑娘的继母。

上最好的学校、请最好的老师，吃穿用样样精致，完全可以称得上“宠”。

这逻辑真是引人发笑，祝安却仿佛一下子想明白了。

祝安深吸一口气，缓缓开口：“你说得对。”

林陆远有些诧异地挑了挑眉。

祝安：“林家对我很好，是我不知感恩。林陆远，我样样都不会做，但是我可以学。难道我一辈子都只能在林家的羽翼下活着吗？”

林陆远没想到她会这么说，皱起眉头：“你……”

两个人僵持了几秒。

林陆远扯了下衣领，试图松口气，却是无济于事。

沉默半晌，林陆远不再多说什么，去厨房给她倒了杯温水，放在茶几上。而后他转过身，离开了。

等祝安反应过来时已经迟了。

门锁在她面前发出滴滴声，再怎么拉都无法打开。

半个小时后，林陆远回来了。

他打开门，看到祝安坐在地上，愣了一下，皱起眉头：“你在做什么？”

祝安抬头看他。

林陆远不是一个人回来的。准确来说，他抱了只狗回来。

是埃迪。

埃迪见到祝安，欢喜地叫了两声，从林陆远怀中跳出来，跳到祝安腿上。

萨摩耶是大型犬种，这一跳差点让她背过气去。

祝安没碰埃迪，任由它撒娇。

林陆远将埃迪赶到旁边，握着祝安的肩膀把她从地上拉起来：“这种天坐在地上，想生病吗？”

祝安声音沙哑：“让我回学校。”

林陆远的脸色一下沉了。

他看了一眼茶几，水杯一动未动。他把祝安拎到椅子上，按着她坐好，又去换了杯温水给她。

祝安不动，也不肯接水杯。

埃迪在旁边“汪汪”直叫，绕着两个人的脚打转。

林陆远：“这里有什么不好的，我把埃迪都给你抱来了。”

祝安不明所以：“我要埃迪做什么？”

林陆远皱着眉，看了一眼她，又看了一眼埃迪。

“你不喜欢吗？”

祝安冷笑了一声：“这是你的狗，为什么我会喜欢？”

事实上，埃迪的由来，祝安自己都不知道。

十岁那年，她还有写日记的习惯，只是年龄太小，日记写得天马行空，大多是简单记事。

那年，林陆远已经上少年班。

暑假时，林陆远被祝安缠着，要他陪她到书房练字。

祝安坐得端正，小手握着毛笔，手臂绷得笔直，看起来颇有架势。这么熬人的事，她也不急不恼，很坐得住。

林陆远叛逆期很长，正是脾气不好的年纪，才坐了一会儿就没了耐心。他转身去了祝安的房间，心血来潮，准备趁此机会检查一下她的作业。

作业叠得整整齐齐，日记本就放在最上面。

林陆远随手一翻。

“今天看了莉莉的照片，她的狗狗很可爱，我好喜欢。但是我要懂事一些，不能提这种要求，再给林家添麻烦……”

林陆远低笑一声，合上日记本。

他回到书房，祝安依然安安静静地拿着毛笔在练字。

她这么乖，倒是难得。

林陆远的手指微微一动，心也软了下来。

隔日，他便抱来了埃迪，说要养狗。

祝安说，她不喜欢埃迪。

林陆远却蓦地想到了那日的画面。

祝安乖乖巧巧地坐着，像是小狗，小小一只，不小心闯入了什么陌生的深宅大院，看上去可怜又可爱。

他捏紧了手指，像忍耐什么一般轻声开口：“安安，你乖一点。”

祝安勾起唇角，冷冷一笑。

“乖乖待着吗？待在这里？林陆远，你最近很奇怪，你到底是怎么了？”

林陆远一愣。

到底是怎么了？

祝安的声音中带着愤怒，还有一丝微妙的怀疑，仿佛不认识他一般。

林陆远皱起眉，眼神不自觉地游离起来。

林陆远从小就极为聪明，大事上稳重有度。因为一直在接受这种“天才教育”，童心泯灭，叛逆因素滋长过甚，变得有些喜怒无常、脾气也不算太好。

他能面无表情地把旁人都气得吐血，但能让他生气的人，寥寥可数。

不用说，小祝安就是其中之一。

没想到这么多年过去，祝安还是能轻松地让他丧失理智。

林陆远捏了捏鼻梁。

“晚上想吃什么？”他试图避开那个话题。

祝安扭头：“我要回学校。”

埃迪还在旁边绕圈，仿佛感觉到两个人之间的气氛不对劲，也着急起来。

它已经是成年萨摩耶了，体形巨大，通体雪白，长毛扫在祝安的脚踝上，有些痒。

祝安一动不动，眼神坚定。

林陆远似极力忍耐般皱眉，开口道：“我要是不答应呢？”

祝安被气笑，提高音量：“我明天要上学。”

林陆远沉默，目光沉沉地凝视她。

良久，他率先妥协，低声开口：“太晚了，明早送你回去。”

祝安用力摇头：“不行。”

“安安。”

“那我回林老那边去。”

林陆远：“老宅离你们学校那么远，你又想早上去挤地铁？听话一点，明天早上我开车送你去。”

祝安还是拒绝。

林陆远不再搭话，沉默地走进厨房。

二十分钟后，林陆远从厨房走出来，手上还端了两个盘子，放到桌上。

他喊她：“吃饭。”

时间已经不早了。

祝安还是不理人，依旧安安静静地坐在沙发上。

埃迪躺在她脚边。

林陆远："要我过去抱你吗？"

祝安怒气冲冲地起身，快步走到餐桌旁。

林陆远脸上没什么表情，似乎也看不出喜怒，拿了两副碗筷，坐到桌旁。

祝安咬唇，犹豫许久后还是坐了下来。

林陆远的语气已经不复刚才的模样，平静得和往日没差别，说道："太晚了，随便吃点。"

确实是随便了点。

就两个菜，一个虾仁炒青豆、一个糖醋小排，都是地道的海市口味，甜咸得益，和林家厨师弄的没差别。

酸辣汤是拿粉冲的方便食品。

只是就这么两个菜，都让祝安跌破眼镜。

她从来不知道，林陆远，堂堂林家三少居然还会做菜，这实在是不可思议又让人啼笑皆非。

林陆远见她没怎么动，抬头问她："不好吃？"

祝安摇了摇头，垂下眼，默默进食。

气氛彻底冷下来。

好在两个人很快就吃完了。

林陆远放下筷子，说："碗放着，我一会儿来弄。"

祝安低低地"啊"了一声。

林陆远低下头，神色不明："你睡客卧，干净的衣服和毛巾都有。"

"林陆远……"

"有些事，我需要想清楚。乖一点，听一次话，今天去休息吧。"

陌生的地方，陌生的床。

还是林陆远家。

祝安本以为自己会难以入眠，没想到折腾了一整天，又是用脑又是耗尽体力，实在太累了。她的头一沾上枕头，没过多久就失去了意识。

然而隔壁房间，林陆远却躺在床上辗转反侧。

他素来聪慧，难得有束手无策的情况。比如此刻，失措感几乎将他淹没。

林陆远往日并不是一个占有欲很强的人。

他出身高知家庭，受到最好的教育，并非不学无术之流。自己能力强，家庭关系也简单，从小顺风顺水，没有什么东西会让他喜欢到产生不可失去的念头。

这是第一次。

他意志强烈，绝不允许祝安一走了之。

所以，排除掉一切不可能，剩下的那个可能，必然就是真相。

黑暗中，林陆远紧紧握住手指，第一次体会到名为“不知所措”的情绪。

第三章
乘以沦落

周一一早，林陆远让林宅管家送了换洗衣服过来，拿给祝安换上，再如约开车送她去学校。

这次他没开超跑，怕在学校里太招摇，而是开了低调一点的车。

祝安坐在副驾驶座上，从林陆远手里拿回手机。

一天一夜，消息都炸了。

她先点开了莫如望的对话框。

莫如望：“祝安，你没事吧？？”

莫如望：“对不起啊，昨天我以为是你前男友在纠缠你，想找个理由帮你打发他的。抱歉抱歉，是我误会了。”

莫如望：“拜托不要生气。”

祝安想了想，回复：“没事的，我没生气。学长，谢谢你的好心。”

消息发送后，她又点开了裴文晴的名字。

裴文晴：“宝贝，这么晚了，怎么还没回来呀？”

裴文晴：“今天回家住了吗？”

隔了两个小时。

裴文晴：“宝贝，你火了……[网页链接]”

这话没头没尾，祝安有些纳闷，点开了那个链接。

地址是 P 大校内论坛里一个帖子。第一页贴了她周六参加辩论赛时的照片，现在已经盖了一千多楼。

祝安往后拉了好久，总算拉到重点部分。

有人在帖子里贴了张照片，是昨天偷拍的，她和莫如望在校门口。

没过几分钟，那人又贴了新图上来。

图里，林陆远将她横抱起来，脸色铁青。她像只小鸟一般被他压在怀中，只露出了一小半侧脸。

对方还配了文字："我可算亲眼见到这种两男争女神的场面了……第一个是文学社社长吗？输了输了，他彻底输了！"

评论瞬间炸了——

"我的妈呀，这男人也太帅了吧……是明星吗？"

"小女神值得！"

更多的却是酸话——

"这男的一看就很有钱，没想到祝安这种才女也是肤浅的人，难以免俗。"

"我还以为天才会更看中内涵。啧啧。"

"小女神跌落神坛了。"

祝安懒得看这些，切回聊天软件。

裴文晴："安安，要不要我去解释一下？"

祝安皱眉。

"不用，我马上到学校了，见面说。"

她收了手机，头抵在玻璃上，愣神。

林陆远全程都没有说话。

从早上开始，他就一直是这种状态，十分不对劲。

祝安却也没有多问。

没一会儿，汽车驶入P大校园。

林陆远将车停到宿舍楼拐角小道边，熄了火。

祝安抿了抿唇，声音低得几不可闻："我走了。"

林陆远没阻拦。

祝安下了车，准备反身关上车门。

林陆远突然叫住她："祝安。"

他捏了捏鼻梁，似乎疲惫不已。

"别闹了不行吗？我们还像以前一样……"

祝安叹了口气，问："以前是怎样的呢？是我小心翼翼、谨小慎微，还是你始终不假辞色地对待我？一直那样，你觉得我们俩都很快乐吗？"

说完，她头也不回地离开。

林陆远目送祝安的身影消失，又待了一阵子，彻底冷静下来后，才发动汽车，掉头，出发去公司。

离第一节课还有半个小时，祝安就先回了寝室。

刚刚说给林陆远的那几句话抽干了精气神，她整个人看起来都有些颓废，游魂一般，没什么气色。

寝室里只有裴文晴一个人在，正拿着手机在吃早饭。

她应该是打包了皮蛋瘦肉粥，热气腾腾，一开盖，香味飘得老远。

祝安慢吞吞地走近。

裴文晴余光瞥到她，立刻放下勺子："祝安！你没事吧？脸色怎么这么差？"

祝安勉强笑了笑："没事。"

再多么伤筋动骨、惊心动魄的事，最后都化为一句"没事"，轻轻巧巧地飘散在风里。

裴文晴觑了觑她的脸色，没有多问，转而说起别的事："那个帖子……你准备怎么办？"

语毕，她又顺手拿了个外卖给的塑料小碗，舀了半碗粥，推给祝安一起吃。

祝安闻着粥香，沉默一瞬："这种无聊的八卦，不管不行吗？随便他们说好了。"

裴文晴无言以对。

真不愧是高冷小女神。

有个性。

然而下午第一节课还没结束，一条回复再次将论坛帖子推向高潮。

"我是莫如望本人，我不是祝安的男朋友……嗯，照片里的男人也不是男朋友。我们正好在路上碰到了而已！大家别误会……并没有抢女朋友的戏份，我还不配。"

没一会儿，女同学们就把帖子攻陷了——

"照片里的男人有女朋友吗？"

"我不想学习了，呜呜呜——我想谈恋爱，帅气哥哥看看我吧！"

"有没有祝安学妹的联系方式啊，重金急求！"

…………

裴文晴也看到了莫如望的回复。

有人能解决论坛议论，她替祝安松了口气，顺手从课桌底下把手机给了祝安。

祝安接过，低头，看了一眼屏幕。

她抿唇一笑，把手机还给裴文晴，又写了张小字条：“谢谢。”

裴文晴愣了愣，立刻奋笔疾书，“唰唰唰”写了一长句，又把字条丢回给她。

“谢我干什么呀！是我们社长的功劳！肯定是他看不下去你被大家那样说，赶紧出来解释了。是真爱！”

真爱可不敢当。

祝安抿着唇，把字条捏在手心，开始专心听课，没再回什么。

因为昨天已经去了章七炜那儿培训，这天下午下课就没有事了。

祝安背着包，和裴文晴一起，慢吞吞地走在校园小道上。

一路上，裴文晴嘀嘀咕咕，话题始终围绕莫如望。

祝安听了一耳朵，心思不自觉地飘远。

她想给林老打电话，倏地又想到昨天晚上，林陆远说要考虑一件事，要想清楚、想明白。

到底会是什么事呢？

会和她有关系吗？

很快，一周过去了。

林陆远没再出现，也没有联系祝安。

祝安松了口气。毕竟他那副模样，真是有点恐怖。

其实之前也是这般，两个人只有周末才会在林宅见面，平日里很少联络。就算祝安经常会发去消息，多半石沉大海，或是简略回复。

这种距离刚刚好。

直到周五早上，林老打来电话：“安安，今天回家吗？让司机去接你。”

祝安睡眼蒙眬，迷迷糊糊应了一声，很快又反应过来：“我……”

她想说还是留在学校，却不知道该怎么开口。

难道要说她不想见林陆远？势必会被追问为什么。

林老声音含笑，仿佛没有听出她的犹豫：“听话，我有事问你。”

她讷讷的，只得说“好”。

中午十二点，暖阳高照。

祝安一个人蹲在寝室收拾行李。

倏忽间，一阵剧痛从下腹传到四肢百骸。

祝安的脸一下就白了，捂着小腹，往后跌坐在地。只消几分钟，冷汗就从额头缓缓滴落。

“救……救命……”她喊了几声。

这个点，学生大多在吃午饭。加上又是周五，有些没课的，早上就离开寝室了。或回家，或趁机出去逛街、聚会，还有各种社团活动、做实验等。

祝安进来时顺手关了寝室门，纵然隔壁间有人，也听不见她脱力时这般沙哑的低音。求救无门。

祝安颤抖着唇，用力伸出手，哆哆嗦嗦去桌上摸手机。

吧嗒一声，手机砸在地上。

眼前已经被汗蒙上了雾气。

剧痛让她几乎没有办法思考，手抖了好几次才点到通讯录，循着本能将电话拨了出去。

寝室里一片寂静，将听筒声音放大：“安安——”

祝安咬着舌尖，集中精神：“救我……”

没等到回答，她就痛得眼前一黑，彻底昏了过去。

再醒来时，窗外的天已经完全黑了。

满鼻子都是消毒水味。

祝安皱起眉头，缓缓睁开眼。

果然是在医院。

自从亲生父母和弟弟去世后，她对医院便有种很奇怪的恐惧感，只想逃离。

“醒了？”男人声线低沉，打断她的思绪。

祝安扭头望过去。

林陆远坐在病床边，一动不动，不错眼地看着她。

她张了张嘴：“你……”只是喉咙又干又哑，声音沙沙的，像是闷住了，怎么都发不出声来。

林陆远淡淡地开口，打断她："急性阑尾炎，明天做手术。我已经给家里打过电话了。"

其实祝安只是想问，他为什么会在这里。

仿佛心有灵犀般，林陆远读懂了她的眼神，回答："你打电话到我这儿了。还好，还不算太笨。"

祝安沉默了。

随便按出去的号码居然是林陆远的。

或许是想到了。

毕竟，为了让他能出现在通讯录第一个，祝安给他备注了"阿远"。

阿，A 字开头，点开就能看到他的号码，想象他的模样和表情。无论有什么好消息、坏消息，第一时间就能与他分享。

祝安曾经将小心思通通藏在了这些地方，仿佛自我折磨一样。

林陆远起身去倒了一杯温水，摇高病床，拿着杯子凑到她嘴边，开口道："喝点水。"

祝安默不作声地接过水杯。

林陆远后退一步，沉声道："手术前要禁食十二小时，还有时间，我去给你买点吃的。"

祝安垂着眼，轻声道："谢谢。"

林陆远不自觉地握紧拳头，转过身，拉开病房门，落荒而逃。

几分钟过去，病房门又一次被推开。

段南嘉在门口探头探脑，对上祝安的视线后，讪笑了一声，很是自来熟地打招呼："安安妹妹，还记得我吗？"

祝安抿唇："记得，段南嘉。"

她连三岁时发生了什么都记得，更别说林陆远这些朋友的容貌了。

段南嘉似乎很高兴她记得自己，乐呵呵地推开门。

"好久不见啦。"

祝安住的这间病房是单人间，设施配置都很不错，有电视、沙发、饮水机、微波炉之类日常用品，还有独立卫生间，空间极大。

段南嘉坐到沙发上："阿远拜托我来照看一下你，有什么需要就跟我说哦，别客气！"

祝安皱了皱眉，又道了声谢。

段南嘉的目光落在她脸上，像审视，但仔细看过去，又觉得好像是多心了，没什么特别内容。

顿了顿，他说："我看过你的比赛哟。"

祝安神情疑惑。

"你不知道这件事吧？上学那会儿，阿远是咱们学校的大红人，好多人去翻过他之前参加速算大赛的视频，都觉得太牛了。我们想让他现场算一个试试，他就拿了你的比赛视频给我们看，说没什么好吹的，你九岁时就有那么厉害了。"

祝安愣了一下。

段南嘉似乎觉得很有意思，无须互动，自己就能滔滔不绝。

"你都不知道，今天接到你的电话，阿远当场就疯了。"

祝安眯着眼笑了笑，浑不在意，只是单纯为了接话才接话："怎么疯了？"

段南嘉一拍膝盖："我们在跟合作方吃饭呢，他接了电话直接就没再回来，人合作方脸色都变了。我出去找他的时候，正好看到他打120，声音都在颤抖。电话一挂，招呼都没打，立刻就开车去你们学校了。"

祝安不信。

打120是必然的，林陆远不至于看着她死。但那什么颤抖、发疯，在她看来，完全就是段南嘉在艺术加工。

祝安自认比谁都了解林陆远。

他从小就冷淡，泰山崩于前都能面不改色，甚至可以说冷漠到有点刻薄。不过对她，那一定是刻薄大于冷漠。

祝安已经不想再回忆过去了，抿了抿唇，开口："我会好好谢谢他的。"

段南嘉一挥手："阿远这人就是有什么话都闷在心里，只偷偷做事，我非得帮他说出来才好，不然别人都不知道。"

祝安："……"

二十分钟后，林陆远回到病房，两只手都拎着塑料袋，大大小小好几包。

他将袋子放到桌上，全部拆开，刻意漫不经心地说："你只能吃清淡好消化的，我买了粥，还有面，要哪种？"

祝安垂眸："随意。"

林陆远很了解她的口味，给她拿了香菇鸡丝粥，又拆了好几碟配菜，都是她喜欢的，一一放到她面前的小餐板上。

剩下的给了段南嘉。

一时之间，病房里安静下来。

最终，还是段南嘉打破了这份寂静，开口问：“阿远你不吃吗？你从中午开始就没吃过东西。”

祝安的手指微顿，抬头，视线落在林陆远身上。

林陆远的脸色不太好看，捏了下鼻梁，看起来有些疲惫，却也无损这惊艳的容貌。

他说：“我不饿。你吃完就回去吧，今天谢了。”

段南嘉撇撇嘴，似乎想说什么，但忍住了。

闻言，祝安放下勺子，轻声道：“你们都回去吧。”

林陆远当即抬起头。

祝安无视他的表情，平静地说：“我一个人住就可以了。”

林陆远想也没想直接拒绝：“不行！”

她一个女孩子，怎么能一个人住院呢？就不说安全问题了，如果有什么需要呢？如果发生什么意外呢？

林陆远不敢想象。

“安安，你别闹小孩子脾气。虽然是小手术，但动手术就是大事，没有人陪床照顾会很不方便……”

祝安勾了勾唇，一字一字，慢声细语，像是一个愉悦的刽子手。

“林陆远，你在这里陪着，我才会觉得不方便。”

并非她不知感恩，她只是不想再给自己机会受伤了。

两个人对上视线。

这场面实在太过尴尬，还有点震撼，围观群众段南嘉一动不敢动，恨不得连呼吸声都压到最低，尽量减少存在感。

认识这么多年，段南嘉没见过林陆远出现这种情绪。好像无比纠结，又带着不自信的痛苦挣扎。

这完全不是他。

还是说，只有在祝安面前，林陆远才会变成这般模样？

段南嘉捻了捻手指，总觉得自己无意间勘破了什么秘密。

他陷入沉思。

林陆远没注意到好友的表情，所有注意力全集中在祝安身上。

祝安说完，头也不抬，继续喝粥。

配菜里有个酱黄瓜，是海市人配粥最爱，酸酸脆脆，很有味道。她夹起一块放进嘴里，眼睛微微眯了下，看起来很满意。

这表情，顿时把林陆远气着了。

他在病房里踱步，来回两轮，才平心静气下来："我跟你好好说。"

祝安："我在好好说。"

林陆远深吸一口气，快步走到旁边，从沙发上拿起外套，咬牙切齿道："行。"

他转身离开了病房，背影毫不留恋。

病房门重重合上，砰的一声，像是惊雷在耳畔炸开。

祝安脸上，血色退得干干净净，手臂垂了下来，勺子也落回碗中。

段南嘉围观了全程，没想到会是这个发展方向，顿时有些不知所措，磕磕绊绊出声："安安妹妹……"

祝安垂眸，仿佛力气尽失："你也走吧。谢谢你……段哥。"

段南嘉愣了愣。

林陆远明显是负气跑掉，要是他也跟着离开，把祝安一个人留在医院……林陆远知道了，指不定要迁怒他。

段南嘉并不是说害怕林陆远，只是从大学开始，林陆远就十分厉害，年纪小，做事却缜密有魄力，还有非凡的领导才能，让所有人不自觉都会听从他，也是林陆远一手将他拉出来，从一个程序员，成了一家公司二把手。

财富、权力，样样有了。

论功行赏，都该感谢林陆远。

段南嘉犹豫良久。

祝安叹气："我要睡了，再见。"

段南嘉没办法，只得起身，仔细地关好门，离开病房。

不出所料，林陆远果然没走远，正靠着墙，躲在走廊拐角阴影里。

段南嘉走过去拍他肩膀："你站这儿干吗呢？要吓人啊。"

林陆远沉默。

灯光明灭，交错在他脸上，看起来竟有些落寞。

段南嘉吓了一跳。

落寞这种词，和林陆远实在有些八竿子打不着。

要他来说，天之骄子，不过如此。

林陆远上辈子必须是国宝熊猫投胎，这辈子才能运气这么好，面如冠玉还惊才绝艳，真是让人感叹老天不公。

段南嘉小心翼翼觑他一眼："到底是怎么回事？要不，兄弟陪你去喝一杯？说说话？发泄一下？"

林陆远微微动了动，声音沙哑："不用了，你回家吧，我让家里人来陪她，等人到了我就走。改天请你吃饭。"

段南嘉笑了声，试图活跃气氛，说："我还没见过你对女生这么体贴呢，简直跟宠女朋友没两样。"

林陆远半天没说话。

段南嘉自讨了个没趣，不再多言，拍了拍他的肩膀："走了。"

"嗯。"

没过多久，管家带着阿姨一同到了医院。

目送他们轻手轻脚走进病房，林陆远在拐角踟蹰许久，才转身离开。

第二日。

天色将亮时分，林老也来了医院。

祝安睁开眼，一见到林老，眼圈立刻红了。

林老摸了摸她的头，安慰道："安安可怜了。别怕，阑尾炎就是小手术，马上就好了，不疼的。"

她咬着唇，点点头。

"昨天晚上开始禁食了吗？"

祝安乖乖作答："禁了。"

"那就好。别怕，啊！"林老又安慰了她几句，转身去找了主刀医生，剩下祝安一个人留在房中发呆。

她从小健健康康，没病没灾，感冒发烧之类有家庭医生，医院都很少来，这还是第一次住院做手术，难免紧张。

走廊里，脚步声来来回回，和着酒精消毒水气味，总归容易让人产生微妙的联想。

她手指不由得蜷到了一起。

忽然，那脚步声在门口停下。

祝安竖起耳朵，闷声问："林老？"

无人应答。

吧嗒一声，门从外面被推开。

祝安循声望去。

林陆远站在门边，安安静静看着她。他眼睛里还带有红血丝，黑眼圈很深，皮肤又白，印在眼眶底下，看起来没有休息好。

祝安收回视线，低下头。

林陆远没期望她给什么回应，合上门，自顾自地走进来，坐在床沿，侧着身子问她："还疼吗？"

祝安摇摇头，语气万分疏离："不疼。昨天谢谢，麻烦你了。"

虽然话是这么说，她手指却死死抵着掌心，怕下一秒就败下阵来。

林陆远的脸色渐渐变得铁青。

良久，他自嘲地笑了笑："安安，你真是没长大。"

只有没长大才能敢爱敢恨，说喜欢就用尽全力去喜欢，说讨厌就再也不会给好脸色。

若是长大了，爱恨都成了枷锁，难免瞻前顾后，停滞不前。

祝安不知道他为什么忽然发出这种感叹，目光疑惑。

林陆远却没有再说什么，转而问了其他事："这几天，章七炜那里去了吗？"

祝安微愣，很快又点了点头。

之前祝安因为这事和林陆远吵架，不要他来回接送。他当时虽然很生气，最后却也没有拂了她的心意，还是让她自己去了。

"很乖。"林陆远应声，又从口袋里摸了U盘出来，放到床头柜上："这是这几年各种比赛的视频资料，你要是无聊，可以看看。电脑下午给你送过来，但只能打发时间看看，不能太累。"

祝安不知该说什么，还是只能点头："谢谢。"

气氛随即僵下来。

林陆远坐了一会儿，眼神飘忽不定，似乎想看她，又无法切实落下，只能游移在半空。

还是祝安忍无可忍，打破这种沉默，说："你精神不太好，还是先回去休息吧。"

林陆远："你在赶我走吗？"

祝安有些愕然。她竟然从他的语气里听出了一丝可怜味道。

怎么可能呢，这可是林陆远啊。

林陆远等不到祝安回答，抿了抿唇，蓦地沉了脸色："祝安，你不想见我，对吗？

“因为我曾经伤害过你，所以所有我对你的好，你也忘得一干二净。

“你对我，真要这样避如蛇蝎吗？”

林陆远越靠越近。

祝安皱眉，想说点什么反驳，又被他眼神压制，仿佛失去了语言能力。直到林陆远的脸离她只有一掌距离，她终于开口：“我只是如你所愿，离你远点而已。”

林陆远：“好，我道歉，这并不是我的愿望。”

祝安伸手，按住他的肩膀试图推开他，却没能如愿。

林陆远握住她的手指，眼神里似有海浪滔天。

他说：“我不会走，你哪里也不许去。”

两个人脸对脸，距离不过一指，只需谁主动往前一步，就能相触。

这是诡辩。

林陆远确实是诡辩之才，然而祝安也不是不清醒的人，没被他绕进去。伤害造成就是造成了，并不是一句道歉就可以解决的。

愣怔间，门口突然传来动静：“你们在做什么？”

祝安条件反射般用力挣脱开桎梏，抬手一把将林陆远整个人推了出去。

林陆远没有丝毫防备，后背猛地撞到床头柜的尖角处。

他疼得变了脸色，抬起头：“你……”话未出口，余光已经瞟到林老。

林老站在门边，不知看了多久。

林陆远飞快起身，挡在病床前，也挡住了可能落到祝安身上的视线。他目光沉沉地和林老对视：“爸。”

林老“嗯”了一声，随口问道：“吃早饭了吗？”

林陆远微愣，似乎有些意想不到这份平静。

林老语气平淡，毫无异样：“没吃的话去吃一点，看你脸色不太好。”

林陆远扭头，看了祝安一眼。

祝安垂眸，头发散在脸颊边，将所有情绪挡得严严实实，不见天日。唯独手指缠绕在一起，泄露了一丝情绪。

上午十点多，祝安被推进了手术室。

林陆远安安静静地坐在外面等待。

林老也没走，人就在旁边交代管家，饮食、后续检查样样件件都要仔细。

而后他坐到林陆远旁边。

走廊上没什么家属在等待，显得空旷又寂静。

不知何时，林老接到研究所的电话，率先起身离开。

林陆远则是深吸一口气，依旧望着手术室的方向，愣怔出神。

阑尾炎是小手术，很快就能结束。

祝安被推回病房里，但因为打了全麻，还没彻底清醒。

林陆远在病床边坐了一会儿，轻手轻脚坐回沙发上，拿出电脑，开始看工作邮件。

傍晚时分，祝安迷迷糊糊转醒。

全麻有后遗症，她脑子里还是混沌一片，见到端坐在那儿的林陆远，半天回不过神来。

林陆远合上笔记本电脑，快步走到她旁边，声音四平八稳："醒了？有哪里不舒服吗？"

祝安皱眉，试图坐起来。

林陆远立刻按住她的肩膀："不行，医生说要平躺。"

"几点了？"

"六点不到。"

"哦。"

林陆远抿唇，神色未变："想上卫生间吗？"

祝安的脸一下红了："不想！"

她很久没有喝水，嘴唇有些干裂，声音也带着沙哑，听起来底气不足。

好在林陆远也没有接着追问，只从旁边拿了棉签，沾水，给她润了润唇。

"再睡一会儿吧。有什么需要就喊我。现在还不能吃东西，要排气之后才可以。"

祝安："……"

林陆远的形象一贯是高高在上、藐视众生，矜贵得不可一世。突然说出这种接地气的台词，实在有损形象。

她扭过头不再看他，小声道："我不困了，把手机给我吧。"

林陆远点点头。

祝安随手解锁屏幕。

十分钟前，裴文晴发了消息给她："宝贝儿，我马上到医院了，你在哪间病房呀？”

祝安瞪大了眼，赶紧回复：“你来医院了？”

裴文晴秒回：“对哦，我们已经在住院楼一层了。你在哪间呀？我要一间一间找吗？”

祝安来不及说什么，立刻问了林陆远。

林陆远告诉了她，又狐疑地看她一眼。

祝安把病房号发给裴文晴，低声开口：“我同学他们来了。”

林陆远识趣地站起身说：“我去跟医生聊几句。”

话音才落，拉开门，却恰好迎面和裴文晴撞上。

裴文晴看到林陆远，眼睛一亮，正想打招呼，一下又卡了壳。

她后头还跟着莫如望，见着林陆远，立刻站直了身子：“哥哥好！”

裴文晴难以置信地看了他们一眼。

林陆远看了他一眼，面不改色地点了点头，转过身，反手替他们关上病房门。

裴文晴把拎来的牛奶和水果放到桌上，再冲到病床前：“祝安！那个大帅哥！居然是你哥哥啊？！”

祝安张了张嘴，不知该怎么作答。

沉默良久，她笑了一声，岔开话题：“你们怎么来了？”

裴文晴和莫如望各自坐下，抑扬顿挫地给祝安解释了一下当时的情况。

“我的天，我们都不知道发生了什么事，回宿舍楼的时候，看到警车和救护车都停在楼下，真把人吓死了！”

“对！还是后来看到了刚刚那个哥哥，才知道是你晕倒了。”

“晚上我打电话给辅导员，她说你只是急性阑尾炎。宝贝儿，你差点没把我吓死！”

祝安安安静静听着，脸上挂着笑意。

三个人又说了一会儿话。

她精神好了许多，见天色渐晚，便说：“谢谢你们能来看我，今天就快回去吧，很晚了，寝室楼要锁门了。”

莫如望和裴文晴对视一眼。

裴文晴有些犹豫：“那再坐十分钟就走。”

莫如望点点头，说要先去洗手间。虽然病房里就有，但他是男生，怕祝安不方便，还是去了外面。

等莫如望一走，裴文晴扭过头，急忙低声问道：“祝安，那个帅哥，是你什么哥哥啊？”

祝安：“啊？”

“我不是想探听什么隐私哟。亲爱的，我就是觉得有点奇怪。你不知道，我在寝室里看到他了，他那种表情真的特别特别吓人，感觉下一秒就要打人了。”

祝安垂下眼，沉默下来。

裴文晴见她不愿意说，连忙摆手：“没事没事，我就是告诉你一声，那我们就先……”

“我以前喜欢他。”祝安轻声开口打断她。

裴文晴动作一顿。

祝安笑了笑：“对，是我以前喜欢的人。但现在已经是不重要的人了，所以也没有必要解释他的身份。”

门外，林陆远的手指已经触碰到了门把，听到里面的对话，又缓缓垂下。

他牢牢握着拳头，试图抵抗心脏传来的钝痛感。

好像几乎要令人溺毙、窒息。

裴文晴和莫如望离开后，林陆远也没再回来。

祝安等了等，觉得自己好没意思。

为什么都已经下定决心了，却还是不自觉地依赖他呢？说到底，还是习惯的错。

她低低嗤笑一声，关灯，闭上眼。不消片刻，终于迷迷糊糊起了睡意。

倏地，门口又传来轻微的响动。

祝安把眼睛睁开一条小缝。

走廊里光线明亮，打在那个人背上，面目虽然不明，身形却清晰——是林家的用人阿姨。管家把人带过来，负责给她每天陪床。

不是别人。

祝安用力合上眼。

之后几天，林陆远也没有再来。

电话倒是一个接一个，不过都是打到阿姨那儿。

祝安听到过几次，忍不住问：“阿姨，林……咯，陆远哥哥说什么了？”

“三少说，让我好好看着您吃东西，别嘴馋吃那些不消化的，也别整天学习、玩手机什么的，伤眼睛。他还问了您有没有好好睡觉休息……都是问您的事呢。”

祝安：“哦。”

她低下头，继续看视频，没再问什么。

这次意外，林陆远早就帮她向学校交了病假单，不是旷课。

不过也不是什么大病，没过几天医生就说可以出院了，回家好好调理即可。

出院前一天的午后，辅导员出乎意料地跑来探病，还拎了一篮水果，敲门后走进病房。

祝安一愣，正想爬起来，被辅导员眼明手快地按住。

“不用不用。”

“老师，您怎么来了？还麻烦您特地跑一趟……”

人情世故这些，祝安虽年纪小，到底寄人篱下这么多年，比林陆远那种少爷要明了得多。

辅导员一贯喜欢她。

毕竟，谁不喜欢聪明漂亮还懂事的学生呢。

因为这件事是发生在学校里，林陆远又找到辅导员沟通，总得来看看。

关照了几句之后，辅导员觉得关心到了位，有些无话可说了，却又不好坐这么几分钟就走。

她话题一拐，回到了自己的本职工作上：“祝安，GRE 准备了吗？”

祝安手指微顿：“老师，我……”

她想说自己还不确定，但辅导员不是章七炜，并不能说得那么直接，免得被追根问底，说不定还要打电话去林家。顿时，她犹豫了。

辅导员理解错了她的意思，以为她是过度自信，慢声道：“虽然你很聪明，老师也知道，但还是要早些准备，争取有十全把握，不能白白浪费了天资。到时候拿个全奖出国，搞研究也好，做别的也罢，履历都漂亮，是吧？咱们这种院系专业太偏门了，就算是 P 大，本科出来也没有前途。你年纪比同学们都小，时间还多，要多上几年学才好。”

祝安垂下眼，有一下没一下地抠着手指。

心头思绪万千，像走进了迷宫，恍恍惚惚，找不到出口。

实际上，辅导员也就是随口一聊。

她在P大见过不少祝安这种孩子，早慧、理智，无须别人多言，自己就已经默默给自己做好了规划。

不过起身准备离开时，辅导员又多嘴问了一句：“你家里人呢？没陪你吗？”

祝安浑浑噩噩，眼睛里满是雾气，良久才作答：“对，不在。”

平素阿姨见到有人来，就会悄悄避开。此时病房里只剩下她们两个人。

直到此刻，辅导员才意识到，她仿佛对祝安的家庭情况毫无了解。

她的家庭关系上，明明双亲健在，为什么出事时找来学校的男人却介绍自己姓“林”呢？

一周后，祝安拆了线，顺利出院。

管家来了医院，带着司机等人前前后后帮忙，交款、整理行李，还给她带了一部新手机。

祝安手指轻轻敲了一下屏幕，问道：“叔，林陆远呢？”

管家：“三少出国谈生意去了，大概要一个月才能回来呢。”

祝安闷闷地应了一声。

管家见她情绪不太高，连忙又说：“要是他在的话，一定是要亲自来接您的呢。”

祝安扑哧一声，笑了。

倏忽间，祝安竟然觉得浑身轻松，仿佛什么重担被卸了下来，再也不见踪影。

她说：“他太忙了，没事的。”

之前祝安跟学校请了一周的假，连着周末还有几天可以休息，便回了林家。

阑尾炎术后需要静养一两个月，不过她不能旷课这么久，再加上之后还有比赛，总得赶紧走上正轨，只能自己小心一点。

林陆远不在家。

祝安安安静静窝在房间里，看书、练习，惬意万分。

很快，时间来到周一。

林老做主，把家里的司机安排给了祝安，送她上学接她放学，每天回林宅，免得在外面吃得不干净再出问题。

祝安反抗失败，只得听话。

时值早高峰，市区主干道有点堵车。

祝安安安静静坐在后座，拿了本专业书，看得津津有味。

蓦地，手机在旁边轻轻振动起来。来电显示是个陌生号码。

她放下书，顺手接起来，语气平平淡淡：“你好。”

电话那头是个陌生声音：“您好，请问是祝安同学吗？”

“我是。”

“您好，我们是青少年手脑速算挑战赛的主办方，想问您有没有时间做个赛前采访呢？”

祝安一愣：“采访？”

“是的，会作为比赛预热播出，让观众了解选手的日常生活。并不需要很久，两个小时左右即可，您看方便吗？”

犹豫了一下后，祝安应了下来。

那边很快跟她约好了时间，然后挂断电话。

祝安上网搜索了一番，心里有了底。

现在速算类节目层出不穷，“天才”“神童”等称呼引起了全民讨论的热潮。

这次比赛本就是由某视频网站出资，连奖金也是他们出的，到时候会剪辑成益智节目，放在平台引流。

林陆远给她报名时并没有说起这件事。

不过祝安也没想着放弃。

她既享受比赛的感觉，也需要那一大笔奖金。

既然想要独立，钱必然要提上日程。哪怕是出国继续深造，成功拿到全奖，生活费也需要林家接济。只有手头有钱，才能和林陆远彻底划清界限。

周二下午。

主办方的车轰轰烈烈开进 P 大校门。

祝安坐在湖畔，等着他们找角度取景，安安静静，模样乖巧。

春日，还有些凉意。

她穿白衬衫搭百褶裙，外头套了件针织开衫，头发散在双肩，脸上还化了一点点淡妆，衬出五官立体，看起来容貌逼人，青春无敌。

主持人仿佛找到了话题度，一见面就眼睛一亮，偷偷瞄一眼她的脸，再扭头和摄影师低语。

祝安不急不恼，冷漠得和林陆远如出一辙。

拍摄机器调试半天，总算开工。

主持人拿着话筒，问了几个常规问题，例如“年龄”“专业”“过往经历”之类，而后又按部就班、照本宣科般问了“对比赛成绩的期许”“是否有信心”等。

最后还要跟着祝安参观拍摄P大校园。

话筒关掉前，那主持人仿佛随口一问：“祝安同学有男朋友了吗？”

祝安一愣，收了笑，垂下头。

片刻后，她云淡风轻地开口：“没呢。”

四月底。

林陆远回到海市。

祝安期中考试结束，算了算比赛开始的日期，打电话给林老：“林老，这周我不回家了，想在学校做一下集中训练，马上要比赛了……”

林老笑呵呵：“这周不行。回来吧，我们商量一下你的生日怎么安排，没几天啦。”

按照惯例，生日肯定要开宴。

不过小辈不如长辈，不可能大张旗鼓，一般都是请几家关系熟悉的人，再请些朋友、同学来凑个热闹。

林陆远以前生日也是这么办的。

林老素来一视同仁。

“阿远也回来了，正好。”

这消息来得猝不及防，祝安愣了半天，才应了声“好”。

周六早上，惯例有家庭早餐。

祝安昨天晚上没见着林陆远，下到餐厅才看到他。

视线对上，两个人都是微愣。

祝安只失态了一秒，接着便四平八稳地下楼，坐到桌边，面色不变。

林二不在，林大带着妻子和俩孩子，一顿饭吵吵闹闹，悄无声息地将尴尬气氛抹平。

祝安安安静静，慢吞吞地将粥喝完。

家庭早餐步入终场。桌上只剩下林老和林陆远，动作优雅、慢条斯理地进食。

祝安放下调羹，低声说："林老，我吃好了。"

林老笑了笑："正好，咱们商量一下正事。"

林陆远敛着下巴，眼皮都没抬一下。

林老："安安，马上要生日了，家宴还是跟之前一样，你看看想请什么好朋友，就让管家发请柬出去。还有，你那个生日礼物的想法，我想过了，可以的。独立也是好事，可以锻炼人。阿远不靠谱，我让人给你看了几套房子，你抽时间去看看喜欢哪套。"

祝安低眉顺眼笑了笑，看起来很乖："谢谢。"

没想到话音刚落，林陆远当即摔了筷子。

"我不同意。"

他抬起头，看向祝安，眉间戾气铺天盖地，四散开来。

林老收了笑，沉下脸色："林陆远，是谁教你在桌上摔筷子的？没有家教，我看你是昏了头了。"

这话已经说得极重了。

林老一直把林陆远当宝贝，年纪尚小、叛逆那会儿都没这么数落过他。

林陆远固执地抿着唇，一言不发。

祝安捏着手指，站起身。她低声开口："谢谢。我吃饱了，先上去看书了。"

说完，她转过身，绝情地给林陆远留了个背影。

脚步声消失在楼梯上。

吧嗒一声响。

祝安关上了房门。

餐厅里只剩下林老和林陆远莫名相对。

林老收了厉色，叹气："你看看你，安安都比你明事理。"

这话听来实在好笑，林陆远嗤笑一声，没说话。

可是无论林陆远再怎么发狠，祝安搬家这件事都势在必行。

林老也懒得跟他多说，起身回了书房。

餐厅里，林陆远端坐良久，只觉得食欲全无。

直到阿姨上前来询问："三少，这些都凉了，吃了伤胃。您还要吃点什么吗？我再给您去做。"

林陆远如梦初醒般站起身："不用了，谢谢。"

他慢吞吞地上了楼，踟蹰了几秒，在祝安的房门前停下脚步。

过了许久，他最终还是转回了自己房间。

此刻，祝安正在看视频。

比赛在即，主办方将选手视频素材整合完，做了一段十分钟左右的剪辑，放到平台预热。昨天晚上上线后，才把链接地址发给她。

这会儿点开，弹幕和留言已经密密麻麻，几乎将画面淹没。

祝安随手关掉弹幕。

这不是她第一次上采访、视频之类的节目，早在很多年前就有过类似经历，所以心情也没什么起伏。

她安安静静撑着下巴，目光凝聚在屏幕上。

视频中段，轮到祝安出现。

摄影师角度选取得很好，光影明灭，湖畔、树木、石桥、教学楼，还有人，远近错落，看起来和谐又带着文艺气质。

她的履历在一众“神童”中算不得很华丽，除了九岁时那场比赛，再没有什么拿得出手的。甚至，她连跳级速度都不是选手中最快的。

唯独这张脸，是所有人中独一份。

完全没有任何书呆子味，精致艳丽得能让人忽略她在说什么。全靠一身乖乖女气质，才把场面拉回“天才”画风。

短视频看完，祝安意兴阑珊，准备关掉网页。蓦地，她又随手往下滑了滑。

平台是行业顶尖规模，用户众多。仅这么一夜工夫，评论已经炸锅——

“四分半的时候出来的那个女生是艺人吗？这颜值，不可能是素人吧！”

“有没有P大的同学来说说，你们学校有这个人吗？”

“来了，P大校友来了。不是托，有这个人，数科院小女神，跳级上P大的超级天才。”

“我恋爱了！妈妈，我要好好学习上P大追妹子去！”

“P大老哥我是你们隔壁学校的，明天去你们学校逛一圈，能不能给带个路？”

“P大学霸老哥，有联系方式吗？我重金求！”

…………

看这种无意义的讨论实在没什么意思，还不如多算几道题。祝安关了网页，站起身。

突然，手机振动起来。来电显示是章七炜。

重逢以来，章七炜看起来变得有点阴郁，冷冷淡淡，态度不甚热络，主动打电话给她还是第一次。

祝安颇有些受宠若惊，接通："章老师。"

章七炜闷闷地"嗯"了一声，没说话。

祝安："是有什么事吗？是排课计划有调整吗？"

章七炜沉默好久，终于低声开口："你马上去比赛了吧？身体……好透了吗？"

祝安愣了愣，讷讷地说道："嗯，嗯……已经完全好了。"

章七炜的声音凑近了些，清晰明了："比赛那天我也会去现场，你要赢。"

声音一点点化开，仿佛近在耳畔。

祝安："啊！我尽力……"

章七炜一声不吭，挂断电话。

这是他的魔障。

把他踩在脚下的女生，改变了他人生轨迹的女生，绝对，绝对不可以输给任何人。

听筒里传来嘟嘟声。

祝安握着手机，有些不知所措。

这个电话是什么意思？是怕自己给他这个老师丢脸吗？所以特地打电话过来嘱咐？

她想了一会儿，依旧不太明白，干脆不再纠结。

第四章
减去迷茫

五一小长假结束。

祝安提前半个月就跟学校请好了假，去参加挑战赛。

比赛安排在下午。

因为并不算是正式大赛，含金量也不高，于祝安来说，只是用来试水。

但主办方还是尽量弄得正式，有模有样，制造些许话题度和看点。

赛制有三轮，一共比六个小时。

为了上镜，主办方让选手提前四个小时就到现场。不必特地换衣服，但化妆师会给他们化点淡妆，以示尊重观众。

早上九点，风和日暄。

祝安换了一身长袖连衣裙配一双小白鞋，白领蓝色底，长度到膝盖上一点，学生气十足。她把头发梳成马尾，清爽又干练。

她对着镜子照了照，自觉形象良好，应该不会给林家丢人。

吃过早饭，家里司机送她去会场。

事实上，这件事本该由林陆远来做的，奈何他一大清早就被段南嘉的电话叫去了公司，在“送祝安去参赛后回来处理工作”和“赶紧忙完工作再赶去看她比赛”中义无反顾地选择了后者，只能作罢。

安远门口。

段南嘉截住了林陆远，没让他进公司，直接把人拉到天台上。

中心办公楼最顶层这俩楼都是安远的办公室，顶楼那个小天台只能走消防楼梯上去，一般也不会来别人，平日都是安远的员工放风用。

行政请示了段南嘉，弄了几把长椅上去，再摆了张小桌子。脚下就是寸土寸金的CBD，视角藐视众生，好不惬意。

此时，时间尚早，没有其他员工上来放风，顶楼只有他们。

不知为何，气氛有些紧张。

林陆远皱起眉："怎么？"

段南嘉的表情十分严肃，不像平常那般嬉皮笑脸，低声开口："姜总公司派律师来了，在公司等你。"

林陆远："姜总？"

段南嘉似笑非笑，拍了一下他的肩膀："你忘了？姜婷她爹。"

上次在酒吧，林陆远没给姜婷面子并丢了房卡之后，这个名字已经消失许久。

林陆远并不觉得需要出卖自己换单子，他对自己给安远出的条件十分自信，哪怕没有姜婷，也有信心自己可以说服对方。

这样来说，姜婷反倒是个意外。

在她没有表明意图之前，确实曾让林陆远感觉，这女人很爽快、不娇气又有头脑，可以聊几句，却也没想到会成为这个巨大变数。

在国外那一个月里，林陆远白天忙工作，天黑就苦于内心挣扎，辗转反侧，完全把这件事抛到了脑后。

谁曾想姜大小姐完全没忘呢，还像是要誓不罢休。

林陆远轻咳一声，十分冷静地问道："他们有什么诉求？"

段南嘉："昨天半夜发邮件给商务，说下一季度要将安远搜索引擎的独家推广转为共同使用，商务不敢做主，就把邮件转到了我这儿。"

林陆远低低地应了一声："你怎么看？"

段南嘉："本来合同里签的就是三年，没有三个月改条款的说法。但我们毕竟是乙方，要是对方真和我们杠上，即使官司赢了也很亏，时间成本太高了，宣发内容也花钱做出来了，不能白白打了水漂。只能看看能不能和解了。"

林陆远皱了皱眉。

两个人都是名校学霸，天之骄子，心高气傲得很。

安远成立三年，硬生生把技术宅傲骨磨断，磨成了正经商人，连段南嘉都会向人情世故屈服，寻求最优解了。

林陆远沉默半晌："让法务和商务一起去谈，合同条款不能变更，这是底线。其他附加条件可以再商量。"

段南嘉："阿远……"

他皱起眉，似乎不太认同林陆远的做法。

三年前，安远第一个引擎模板是段南嘉和林陆远一起做出来的。公司成立后，虽说也做了其他业务，搜索引擎却一直是两个人放不下的初心，没指望成为中国的拉里·佩奇和谢尔盖·布林，却也不想轻易放弃。

如今，引擎终于优化到可以见人了，第一笔业务就曲折多磨，实在煞人志气。

段南嘉犹豫一瞬，吞吞吐吐："合同放宽点也没什么吧……要是对方逼着要改条款，搞拖字诀，推广难度就会增大到极限……"

林陆远捏了捏鼻梁，斩钉截铁道："不能改。"

"改合同先河一开，这里就是安远的终点。"

段南嘉："我明白你的意思……阿远，虽然不想那么说……要不在谈之前，你先联系一下姜婷吧？你们俩有怨报怨、有仇报仇。都是成年人了，谈情说爱不成功，也不至于祸及公司啊。"

林陆远懒得搭理他，转过身，下楼。

没想到说曹操曹操就到，不过几分钟，姜婷就把电话拨到了林陆远的手机上。

林陆远握着手机，停下脚步。等手机在掌心断断续续振动了几分钟，他终于接起来，平静地出声："姜婷。"

听筒里，姜婷娇娇柔柔地笑了一声，十分古怪。

"阿远，好久没听到你的声音了。中午有时间一起吃个饭吗？"

林陆远条件反射地看了眼时间，又回忆了一下祝安比赛开始的时间，计算着到底需要聊多久才能说明白。

在段南嘉期盼的眼神中，他主动敲定："十一点四十分，你方便吗？"

姜婷娇笑着应声："OK。"

十一点半，户外烈日当空。

海市进入五月后，气温就开始缓缓升高，日渐闷热起来。

姜婷穿了白衬衫搭格子短裙，脚上蹬一双低跟拖鞋，头发散在肩头，只束起一撮八字辫，压在侧面，像个女高中生。

这一身和她往日的打扮相差甚远，似乎缺了点不可一世的艳丽妖娆，反倒青春灿烂起来。

姜婷婷婷袅袅地推开门，走进店里，隔着老远就看到林陆远。

她不紧不慢地走到他对面，坐下，开口："好久不见啦。"

林陆远面色平静地点点头："姜婷，好久不见。"似乎完全忘了早上公司发生了什么。

姜婷笑了起来，抿了口茶说："阿远你去过公司了吧？真是沉得住气，我喜欢。"

林陆远沉默以对。

姜婷也不着急，自顾自地点了菜，动作慢吞吞，怡然自得地说："就是不知道，我这样，你喜欢不喜欢呢？"

林陆远皱眉："你找我就是说这个吗？"

姜婷点头："对呀，那不然呢？我这个人有个特点，就是不撞南墙不回头，想做什么非得做成才行……你看我，像不像那个祝安？"

林陆远瞬间冷了脸色。

姜婷没什么顾忌，话直直地戳进他的心肺："我看得出来你对她是什么想法——男人嘛，啧。先试试别的也行啊，有比较才有差距，对不对？我有自信。"

倏忽间，林陆远头顶的那根弦彻底崩断。

他不想再和她虚与委蛇，冷冷地开口："姜婷，是我看错你了。"

姜婷收敛了笑意，严肃起来。

"我本来以为你很聪明、有头脑，在生意场上算是个女中豪杰，比姜总也不遑多让，值得深交。却没想到也不过如此。"

"林陆远，你……"姜婷脸上露出一丝怒色。

林陆远站起身，慢条斯理地整了整衣服："你不是问我你像不像她吗？不像。因为她是大家闺秀，聪明、矜持、有教养，绝对不会对男人说出这种不知廉耻的话。"

说完，他快步离开餐厅。

下午三点不到，祝安已经做好准备，站上赛场舞台。

为了保持头脑清醒、注意力集中，她没吃午饭，此刻胃里空荡荡的。

祝安深吸一口气，眼神落到观众席。

观众席差不多有七八十个人。因为是青少年比赛，请来的观众也大多是学生，坐了好几排，正纷纷交头接耳、窃窃私语着。

章七炜坐在第一排正中间，依然是一贯阴郁的模样，戴着金丝边框眼镜。在一群学生中，他的神态看起来像个严肃的班主任。

祝安有点想笑。

因为还没正式开始，镜头没开，她便冲着他小幅度地摇了摇手。

章七炜似乎有些不习惯这种感觉，他抬臂，手指微微地屈了屈，算是应答。接着，他便移开了目光。

祝安抿唇，眼神飘忽不定地转了一圈。

没有看到林陆远。后台没有，观众席也没有，他是压根儿就没有来。

她嗤笑了一声。

很快，灯光调试结束，比赛正式开始。

第一轮共有一百名选手，男生、女生，年龄从五六岁到二十来岁，皆是严阵以待的模样。

一百人全部站在各自的答题台前，前面是大屏幕，会显示题目。每个人答题台正前方都有台小型摄像机，作答结束后，只要将答案展示给镜头即可，每道题都有二十秒作答时间。

祝安做了个深呼吸，抬头。

第一题是快速加减。

大屏幕开始跳题，一个个数字在飞快地滚动。

“46+39+7537……+91=？”

祝安几乎是毫不犹豫地拿起笔写下答案，拿起答题板展示给镜头。

…………

一直到高位数乘除，都是这种节奏，压力很大，还十分耗费心力，旁边有个选手开始低低地啜泣起来。

祝安依然心无旁骛。

高位运算是她的绝对强项，再加上有前面的题热身，让她很好地进入了状态。

直到最后一题，祝安都是第一个完成作答的选手。

机械音回荡在现场：“第一轮比赛结束。”

她放下笔，长长地松了一口气。

观众席不像比赛时那般安静，开始喧闹起来。

祝安顺势抬起头。

林陆远正坐在第一排最外面那个位子上，平静地看着她。

四目相对间，他动了动嘴唇。

祝安立刻读懂了他的意思。

就像过去那些漫长岁月里的某一天一样，若是她表现好，他就会淡淡地、仿佛不走心般地夸奖一句：“不错。”

哪怕已经下定决心再也不在乎，从小到大养成的习惯，短时间内还是难以改变。得到林陆远的肯定，祝安就会握紧拳头，轻轻地笑一下，仿佛是他最虔诚的信教徒。

蓦地，祝安回过神来，立刻敛了笑意，视线也从观众席上移开。

这习惯，要改。

她掩饰般地抬手，以拳抵唇，轻咳了一声。

很快，主持人上台，公布了所有人的答题得分。

没有后期剪辑那种磨磨蹭蹭、吊人胃口的效果，这一流程速度很快。只看一眼，祝安就在大屏幕第一排找到了自己的名字。

她分数最高，准确率和速度都是第一名，综合成绩自然是第一。

她弯了弯唇，垂下眼，也不再关注别人的名次。

在场选手全部确认完毕后，主持人言笑晏晏，声音清朗：“第一轮分数统计完毕，前30名进入第二轮。分别是祝安、×××、××、×××……请其他选手离场。”

祝安余光瞟到周围，不少选手黯然离场。只几分钟，答题台便空了一大半，气氛顿时凝重不少。

祝安抬起头。

林陆远依旧坐在那个位子，目不转睛、旁若无人地望向她。

他本身身材优越，肩是肩背是背，一举一动气质又极佳，坐姿端正，气势十足，就算观众席狭小拥挤，也撑出了睥睨天下的味道。

被这样盯着，祝安觉得压力倍增，不自觉地抿了抿唇。

十分钟后，第二轮正式开始。

出题形式由屏幕显示变成了主持人口报，题量也增加了三倍。

听题目时，因为过于紧张，选手手心会冒汗，不少选手都放下笔，把手蹭了蹭衣服。

祝安面无表情，连眉毛都没有抬一下，流畅地在答题板上写答案。

一串串数字在她脑海里闪过，就像是日升月落、花蕾绽放，循规蹈矩，完全不会有意外。无须思考，就知结果。

祝安这般轻松惬意的节奏，硬生生地将周围一圈选手的心态全部影响，越发乱中出错，呼吸都此起彼伏地粗重了起来。

最后一笔落在数字7上，祝安在“7”的腰部轻轻地勾了一下，放下笔。

这次，因为人少，分数出得更快了。

第一名依然是祝安。

她确认之后，沉稳地低下头。

片刻过后，主持人再次上台。

这次，还未待她开口，蓦地，旁边有一道声音响起：“您好，我对分数有质疑。”

室内不算太安静，她声音响亮，哪怕没有戴麦，也顺利传入了所有人的耳中。

话音落下，全场有些哗然。

说话的那个女生，看模样不过十四五岁，身材纤瘦，眉清目秀，梳着高马尾，没有刘海遮挡，倔强的眼神一览无余。

那主持人慌乱一瞬，耳麦得到指示后，当即镇定下来：“可以，请说。”

女生口齿清晰，一字一句万分尖锐：“我合理怀疑本次比赛有黑幕。前两轮第一名都是这个名叫祝安的选手，按照显示的答题速度，她每一道题几乎没有计算时间，是计时结束后直接写出的答案，这种情况不符合速算比赛的常规情况。我想请问主办方，是否提前告知了题目，是否有内定结果的嫌疑？如果无法做到公正公平，只是需要有人陪跑作秀的话，我自愿退出第三轮比赛。”

祝安没想到竟然是冲着她来的，她咬了咬下唇。

小女生不知者无畏，大庭广众之下就提出疑问，条理还十分清晰，似乎非得要个答案才肯罢休。

底下观众开始窃窃私语。

主持人答了句“稍等”，转过身回了台下。

没人控场，选手也开始互相交流起来。唯独祝安一个人，安安静静地站在原地，似乎漠不关心。

她就像个王，在自己专属的领域，高居王座，漠视众生，拥有绝对的自信。

十分钟后，赛事统筹和主办方沟通完毕，答应直接将祝安的答题过程视频公开。

大屏幕一跳，祝安放大的脸猛然出现。

就算是这种高清屏幕，还有这个角度，自下而上拍过去，这张脸也精致得恍若虚幻，毫无视觉死角。

台下议论声更大了，依稀还能听到几个稚嫩男生的声音——

“好漂亮！”

“美女！”

“在哪里在哪里？她在哪个位子？指给我看下！”

“就那个，第三排，马尾那个。你看到了吗……”

…………

祝安不走心地勾了勾嘴角，很快又恢复面无表情，仰起头，和所有人一同观赏视频。

公开的视频不止一个视角，除了答题台上那个摄像头，似乎是为了剪素材方便，选手头顶还有吊式移动摄像机，十分高清。放大了看，还能看到每个人答题纸上的答案。

两个视角配合起来可以证明，祝安桌上确实没有小抄等作弊工具，也确实是在题目公布那一瞬间，她就拿起了笔。

一连看了十分钟，每一题都是这种节奏。

女生难以置信地摇头，依然觉得不服气：“那你们要如何证明没有提前给她题目呢？或许是背了答案？这是人类的计算速度吗？你们自己信吗？观众信吗？”

她越问，语气越发刻薄起来，仿佛已经认准祝安是背了答案。

主持人表情有些无奈：“这位选手……”

与此同时，祝安终于望向那女生，缓缓开口问道：“那你想怎么论证你的结论呢？”

女生一愣。

祝安：“每个数学家在证明猜想前，都会做一切可能的推论，然后慢慢验证。既然你已经提出了猜想，就应该已经有了自己的验证方法吧？”

她语气四平八稳，完全不像当事人，一点紧张感都没有。

女生年纪尚小，见祝安这种表情，感觉自己被挑衅了，立刻冷笑一声：“很简单，我随便出一道题目，你就用答题的速度得出答案，我就信了。”

祝安毫不犹豫地点了下头：“可以。”

她的目光扫过台下，在林陆远脸上停留一瞬，很快又移开了。

林陆远表情依然平静，只是换了坐姿，单手托着下巴，像在思索什么。

祝安抬起头，轻声道："我接受你的质疑……那么，如果我完成了题目，你会向我道歉吗？"

"道歉"两个字她咬得很重。

女生的脸涨得通红，厉声道："没问题！只要你得出正确答案，我当众向你道歉，并且立刻退赛！"

一场速算比赛顿时变得剑拔弩张起来，精彩万分。

祝安不予置评，默不作声地抬头，看了那个主持人一眼。主持人已经得到了指示，冲着她点头，表示可以。

祝安不自觉地叹口气，对上那女生的视线："你想报数还是直出？"

女生拿起笔，在纸上"唰唰"写下两串数字，再走出答题台，走到祝安面前。

祝安虽然比这女生大个几岁，但身高只有一米六，视线和女生几乎持平。

两个人对视了一眼。

女生仰起头，似乎想让自己看起来更有气势一些。

祝安却依旧十分平静，随手摘了笔帽："可以了。"

女生将纸举起来，举到她面前。

祝安只瞟了一眼，便流畅地下笔。

十秒钟后，她放下笔，低声念了一串数字："659721036975。"

那女生难以置信，捞起纸，手指辅助，默默算了好几次。

她脸色苍白："这不可能的……人脑必须有运算过程……怎么可能瞬间反应呢……"

祝安勾了勾嘴角，声音低沉："没有不可能的事。人脑是世界上最强大的计算器。"

一场闹剧终于就此收尾。

时间也已经到了暮色四合时分。

第三轮只剩下十个人。

比赛开始前，有半个小时的调整休息时间。

祝安慢吞吞地回到后台。

由于刚刚那个小插曲，她成了众人的焦点，甚至还有少年上来跟她搭讪。

只不过在场学术氛围浓厚，难得竟然不是上来要联系方式的，而是一本正经地问她："你好，不好意思冒昧问一下，你是用什么方法做大位运算的？"

祝安一愣："就……常规方法吧。"

实际上，她自己虽然会算，但真让她说，却说不太出来，并非故意敷衍私藏。

少年皱了皱眉。

祝安不知道该怎么解释，抱歉地笑了笑，转过身去找手机。

因为不能带电子设备入场，她的手机放在包里，包和所有选手的个人物品一起放在后台。

祝安翻了翻，将手机摸出来。

还没来得及解锁屏幕，那个少年已经追了上来："那个……抱歉，可以留个联系方式吗？想之后和你交流一下。我叫盛知榭，在T大少年班读二年级。"

祝安犹豫了一瞬："好。"

她打开手机，和盛知榭交换了微信。

退出添加好友界面，祝安一眼就看到了新消息。

林陆远："在哪里？"

林陆远："我过来找你。"

祝安尚未打出拒绝的话，林陆远已经悄无声息地走到她身边，喊了她一声："安安。"

祝安转过身，后退一步，和他拉开距离："你怎么进来的？"

林陆远没回答，也没因她的防备而生气，只抿了抿唇，抬起手，轻轻地摸了一下她的头。

他说："做得不错。"

祝安呼吸一滞，扭头，刻意避开了他亲昵的动作。

林陆远手指微颤，很快缩回手，背到身后。

祝安垂下眸子，低声开口："你回去吧，我一会儿自己回学校。"

林陆远的脸色僵了一下："安安，我们非得这样吗？"

祝安不想和他在后台吵架。这里是公共区域，随时都会有人进来。

她叹气："我以为自己已经说得很清楚了。"

林陆远当即有些咬牙切齿，沉声开口："我们之间，不可能算清楚。"

下一秒，脚步声纷至沓来。三四个男人走进了后台休息区。

祝安扭头望去，眯了眯眼睛，在其中看到一个熟悉的面孔。之前P大采访时见过，应该是场控、统筹一类的角色。

男人冲着她点点头，笑起来："祝安同学，还记得我吗？"

祝安："记得的，您好。"

"有时间聊几句吗？"他看了林陆远一眼。

祝安："有的，您说。"

他指了指领头那个男人，介绍："这位是《超级脑王》节目的制片人。"

制片人和祝安握手，笑道："祝安同学，我刚刚看了你的比赛，真的太出色了。听说你是P大的高才生？真是年少有为啊！"

祝安没说话。

他又接着开口问："我们想邀请你参加新一季的《超级脑王》，不知道你有没有兴趣呢？"

祝安愣了愣。

制片人发现她十分迷茫，贴心解释道："《超级脑王》是我们台一档竞技益智类综艺，会把许多世俗意义上的'天才'集中到一起，让大家做一些题目。"

哦，作秀。祝安点点头，表示明白。

制片人："祝安同学，你的形象特别适合上镜，又那么聪明，一定会吸引到很多粉丝的。"

祝安犹豫了一瞬。

林陆远迈步挡在她前面，淡淡地开口："她不愿意。"

制片人张了张嘴，"啊"了一声，小心翼翼试探道："请问您是？"

林陆远沉默了一下。

只这一刹那犹豫，祝安已经无视他的拒绝，自顾自地接了话："参加这个，有钱吗？"

制片人见她口风松动，忙不迭点头："当然了！祝安同学算是我们制作组特邀，报酬会很丰厚的。"

祝安笑了笑，点头："那我愿意参加比赛。"

距离第三轮比赛还有五分钟。

林陆远抓着祝安的手臂，半拖半抱地把她拉到了无人走廊上。

祝安挣脱不了，低吼：“林陆远！你是野蛮人吗！一点礼貌都没有！快松手！”

这话可把林三少气得不轻。

他从小到大都桀骜不驯惯了，天资过人，被别人捧得太高，还是第一次听到有人说他“野蛮”“没礼貌”。

林陆远也承认，自己对祝安做这些事，是不够光风霁月。

林陆远冷着脸，松了手。

祝安往后退了两步，满脸谨慎地看着他的动作。

倏地，林陆远只觉心酸不已。

走到这一步，都是他的错。但若是要他轻易放手，他宁可一错到底。

压制住内心的折磨感，林陆远深吸一口气，勉强平静下来。

“祝安，你是做学问的人，去参加这种节目娱乐大众算怎么回事？你很缺钱吗？”

从祝安九岁时，就已经有这类邀约找过来。

而今这个年代，观众都爱看新鲜的。“神童”显然就很有噱头，各种节目层出不穷。就算长大“伤仲永”，天赋不再，潇洒转个行，也能发家致富。

之前那些年，林陆远就怕祝安年纪小、心思浮动，干脆一直压着她，不让她到处抛头露面。

除了自身原因，也怕她被外界言论伤害。

但这个原因听着太过温柔，不符合他一贯冷漠桀骜的个性，他跟谁都没有说过。

最后三分钟。

祝安看了眼手表，轻声开口：“是啊，很缺钱。林陆远，我说过的话，从来就不是说说而已。”

林陆远一顿。

祝安：“你为什么会反复纠缠、问同样的问题，给我压力，这个问题你从来没想过。你只在乎自己没有得到你想要的答案和结果，压根儿没有考虑过别人的感受。”

她敛了神色，清了清嗓子：“林陆远，你还不明白吗？一切的感情，都建立在尊重的基础上。你从来没有尊重过我，又谈何喜欢？”

说来可笑，从小到大，祝安一直将林陆远奉若神祇，虔诚仰望。

林陆远对她，不过是召之即来挥之即去。

最后一个字落下，祝安深深地望了林陆远一眼，转过身，快步往会场里走去。

林陆远站在原地，哑然。

良久，他皱起眉头，陷入沉思。

后台能听到前面的声音，没过多久，比赛开始了。林陆远没有再回去看，而是快步离开现场。

这次挑战赛娱乐性质颇重，没有选手是祝安的对手，结局已经十分明显。

会场外，夜幕低垂。

林陆远独自上车，却没急着发动，左手手心抵住方向盘，垂着眼，给家里的管家打电话。他声音低低的，听不出端倪。

“叔，我在安安这里，有事要先走。她没吃晚饭，应该午饭也没怎么吃……一会儿让司机过来接她的时候带点吃的来。别给她吃凉的东西，最好炖点汤，拿保温桶带来，暖暖胃。”他停顿了一瞬，“也不要太油了，不然晚上睡觉会不舒服。鱼和肉都少些，免得刺激。”

一字一句，悉心嘱咐。

这些事情，在十几年潜移默化中，已经习以为常。正如祝安自认为最了解林陆远一样，林陆远也是全世界最了解她的人。

“对，跟我爸说，安安表现很好，让他早些睡。别说什么话，容易给她增加心理负担。”

林陆远独自驱车前往安远。

因为中午和姜婷谈判失败，修改合约势在必行，只看谁退步更多。公司里，相关员工都留下来加班。

林陆远没去打扰他们，自己回到办公室。

段南嘉也还在。

见林陆远办公室亮着灯，他脚步一转，拎着外卖推门而入，随口招呼道：“回来了？安安妹妹怎么样？”

林陆远正在看合同，头也没抬，低低地“嗯”了一声。

段南嘉顺手把外卖放到林陆远办公室中间的茶几上，掀开盖子。

他点了只大董烤鸭，送来时还温温的。加热包往盒子底下一放，烤鸭的香味飘荡，四散开来。

段南嘉拿了张面皮，夹了块烤鸭放上去，招呼他："来一起吃啊。"

林陆远站起身，默不作声地坐到段南嘉对面的沙发上。

段南嘉丢了双筷子给他。

林陆远接了，却没急着动手，皱起眉头，状若随意地开口道："你最近……有目标吗？"

段南嘉一愣，半晌才理解他的深意，忍不住笑了一声。

"你哥我忙成这样，你看我像是能有时间谈恋爱的人吗？忙着赚钱呢！我跟你说，年底分红要是不给力，我明年也甩手混日子了啊……"

林陆远却没什么心思说笑。

祝安那番话就像是魔咒一样，缠绕在他心间。

尊重……

什么叫尊重？

林陆远自小就是人中龙凤，哪怕脾气差，待人接物也是林家熏陶出来的，几乎无所差池。

在他看来，自己并非不尊重祝安，只是不想失去她，想去挽回她，让她留在自己身边罢了。

但是很显然，手段还不够高明。

段南嘉随口笑闹了几句，看他神色不明，停滞一瞬，小心翼翼地试探："阿远，你这是……为情所困了？"

要不然，工作狂林陆远，必然是三句话不离工作，怎么会在这种时候还关心别人的私生活呢。估计也只是铺垫一下，有话想问他，但不好意思直接问罢了。

果然，林陆远抿起唇，沉默半晌，有些犹豫："你以前那个女朋友……有说过你不尊重她吗？"

段南嘉笑起来："怎么可能。"

林陆远："……"

段南嘉又包了一块烤鸭塞进嘴里，模样十分惬意。

"我那是把她当公主似的捧着好吗？指哪儿打哪儿，说一不二，连拒绝都从来没有过。"

顿时，林陆远也回想起了往事。

当时段南嘉那个女朋友，他也认识，两个人谈了挺久，大学一毕业就开始谈婚论嫁，只是两个人在就业问题上产生了巨大分歧。

段南嘉拿了大厂的邀请，女友非常满意，逼着他去，可他自己又不想进大厂当技术民工。恰逢林陆远想要创业，段南嘉立刻就跟着他跑了。

女朋友当即和他分了手，没过几个月，就和青梅竹马订了婚。

这段感情把段南嘉伤得极深，差点就一蹶不振。

林陆远有些歉意，低声开口："抱歉。"

段南嘉摇手："这有什么好道歉的，我本来就不想进大厂，即使做出成绩也没点成就感。就算没你拉我出来单干，我也不会去的。"

"所以，你到底是什么情况？跟哥说说呗，说不定我这当牛做马的经验，还能帮你解下惑呢。"

林陆远握紧了拳头。

良久，他叹了口气，依旧没有回答。只是他思寻许久，拿起手机，编辑了消息。

踟蹰了很久，他终于下定决心，点击发送。

这会儿，祝安正坐在平稳驾驶的车上，一勺一勺喝着汤。

鸡汤滤干净了油，口感清清爽爽，温度也正好，喝着十分舒服，从喉咙一直暖进胃里。

旁边空位上，手机轻轻振动了一下。

她空出一只手，划开屏幕。

林陆远："别一下吃太多，对胃不好。"

林陆远："房子……我过几天先帮你去看看。"

林陆远突然松口，着实反常。

甚至连这两条微信也透着古怪，不符合他的气质。

祝安握着手机，眼神凝在屏幕上，似乎要将这两行字掰开来，揉碎了，连带着粉末也捻开来检查。

沉思半晌，她依旧琢磨不出什么端倪。

难道是自己刚刚那番话他听进去了？

祝安自嘲地低笑一声。

林陆远能对她的示好视若无睹、随意践踏，又怎么可能被她几句狠话说得转变性子呢？

她太高看自己了。

祝安锁了屏幕，没回复。

片刻后，似乎是没等到答案，那头又发来了新消息。

林陆远：“那个综艺你想去参加也可以，爸那边，我会去说。”

祝安这才想起来，节目这件事还没和林老通过气，自己就随口应下了。

林老是学术派，教育孩子虽然不严苛，却极有原则，对她以天资来娱乐大众这种事，想必不会很乐意。

犹豫了一下，她垂眸回复：“谢谢。”

林陆远没再说什么。

车一拐弯，稳稳地停在P大校门口。

祝安喝光最后一口汤，将保温桶放下，推开车门，冲着司机低声道谢。

司机笑了笑：“安小姐，三少特地打电话嘱咐了好几次，让您晚上不要吃太油腻了，回宿舍也别吃不消化的零食。”

祝安愣了半天，轻声应了，迈开步子，拎着包往宿舍走去。

甫一推开宿舍门，裴文晴一下跳起来，蹦到门口，拉住祝安的衣袖，急忙问道：“怎么样怎么样？结果怎么样？”

祝安默不作声地和她对视。

裴文晴见她脸上没什么喜色，以为是结果不如意，松开手，表情有些尴尬。

“没事啊，下次再来也行，都是小场面……你不是说这次比赛娱乐性很强嘛，咱们大赛再卷土重来，哈——”

祝安扑哧一声，轻轻笑了。

她说：“逗你的。第一名。奖金明天就会打给我。周四请你吃饭好不好？”

裴文晴惊呼一声，一把扑到她的身上，毫无形象地蹭了蹭，尖叫：“哇！宝贝，你真是天才！我的偶像，呜呜呜！”

祝安眯着眼，轻轻笑了起来。

她的心情一下就好了。

没过几天，《超级脑王》节目组联系上了祝安，请她去签合同，拍新一季的宣传片。

恰逢她的生日临近，林老让她回老宅，请了老裁缝给她定做旗袍。

林家世代都是海市人，虽然时代变了，重要的生日穿旗袍的老习俗却延续了下来。

接到节目组电话时，林老就在旁边。

祝安十分紧张，抿着唇，脸颊泛起红色，只能赶紧“嗯嗯啊啊”胡乱应下。

通话结束，祝安抬头望向林老，模样颇有些紧张兮兮：“林……”

林老摇了摇手：“阿远都跟我说过了，我知道的。”

祝安抿起唇。

她并不知道林陆远是怎么说的，一时半会儿也不好接话，生怕露了馅。

林老：“虽然是娱乐节目，多认识一些朋友也不是坏事。安安，你脾气天真烂漫，还有些固执倔强，就算是做学术，我也担心你因人受挫。你年纪尚小，多玩玩，能更开朗一些也好。”

祝安低低地应了声。

林老轻轻摸了摸她的脑袋，万分亲昵。

他说：“好了，快去量尺寸吧。咱们安安生得这么漂亮，穿旗袍一定很好看。”

周五放学，祝安去节目组拿了合同。

自从林陆远创业起，时不时就对她耳提面命，合同不能乱签，一定要看仔细了。

祝安是理科生，有些条款写得拗口，粗看看不太透，正好拿回去，趁着周末慢慢研究。

看房那件事也得提上日程。

林陆远最近很忙，似乎知道祝安不想见他，周末也没有出现，只是让人带了文件回去给她。

祝安拿到手，翻了两下，便拆了文件袋。

里头放了几张纸。

她定睛扫了扫，每张纸上都是房型图，房子的基本信息、位置信息、利弊、主观点评，密密麻麻，写得一清二楚。

祝安有些诧异，随便挑了张拿起来。

“楼层十楼，南北通透，日照光线和位子都适宜。步行五分钟有菜市场，十五分钟有大型超市，便利。距离地铁位置略远，到学校无直达车，打车不方便。愿意用司机的话，购房时可连停车位一同购买……”

竟然是出自林陆远的手笔。

祝安有些啼笑皆非。

听管家说，林陆远的公司出了合同问题，最近忙得脚不沾地，竟然还有工夫去看房、写这些琐碎的东西……

她手指顿了顿，心脏仿佛也停了半拍。

还好管家及时出现，打断了祝安的思绪："安小姐，车已经安排好了。"

祝安平静下来，仰头："好，谢谢叔。"

林老帮她约了中介，趁着天气还不热，赶紧先看看。选了房子之后，还得简单装修、散味，才能住人。

虽然祝安说租房即可，林老却很坚决："不可以，租房我不放心。安安，你就当向我租的好了。"

毕竟，谁知道会遇上什么房东。她一个女生，又是一个人住，安全第一。

祝安没办法，只得应了。

一整天，祝安看了好几个楼盘。每个楼盘都是现房，每一套都和林陆远资料上写的大差不差。

她犹豫不决，只能先回去再做考虑。

入夜时分。

祝安回到林宅。

管家等在门口，低声道："安小姐，您吃饭了吗？裁缝师傅来了。"

她点头："吃过了。"

"那我带您去试衣服。"

祝安上楼，回自己房间换衣服。

老师傅带给她的是一身丝质湖蓝色旗袍，同色盘扣，收腰，长度及脚踝，两边开衩，极为合身。布料里压着暗纹，灯光下，看起来流光溢彩。

祝安对着镜子照了照，总觉得自己像是电影里的女主角。

镜中，她褪去了满身稚气，像民国大小姐，一动一静，皆是矜贵风情。

祝安抿着唇，拉开门，准备下楼去找老师傅，让他看看尺寸还要不要改动。

然而人才缓步走到楼梯口，林陆远朝她迎面走上来。

见祝安这副打扮，他仰起头，微微愣了一下，一贯冷淡的眼里满是惊艳之色。回过神后，他又低低地喊了她一声："安安？"

祝安后退半步，垂眸，抿着唇，没应声。

林陆远也略有些不自在。

祝安极少会是这般打扮。上次林老生日宴，她那身裙子过于裸露，也被林陆远强行喝止。

其实也说不上失礼，甚至可以说是非常漂亮。只是他看不得她那般穿着。

林陆远捻了捻手指，很快收敛了表情，恢复淡漠。

他慢声开口，问她："衣服做好了？"

祝安点了下头。

林陆远靠边，让开半个身位："去吧。"

林宅装修风格很中式，楼梯并不十分宽敞，并肩走两个人已是极限。

林陆远身材极好，个高腿长，宽肩窄腰，清瘦但不单薄。

纵然如此，再怎么样他也是男人。于祝安来说，他人高马大，将楼梯空间挡掉一大半。她只得侧着身，小心翼翼地、慢吞吞地擦过去，才能勉强不碰到他的身体。

林陆远又往里侧了侧。

一阵微甜的香气从鼻尖滑过。他喉咙一动，眼神微黯。

祝安年纪尚小，不怎么用香水。这味道，多半是她馋嘴，多吃了几块甜腻的白巧克力，才会这般奶香四溢。

祝安心神不宁地走到楼下。

老师傅等在会客室，手里拿了软尺，见她出现，立刻站起身。眼神锐利，上下一扫，顿时心里有底。

他说："安小姐，有哪里觉得紧绷或者不适吗？"

祝安低声开口："没有。"

"那麻烦您抬手。"说着，他又比画了几个动作。

祝安一一照做。

老师傅仔细问完，又拿软尺确定了一番，记下数字："我拿回去再改一下，大概后天就能送过来了。一定能赶上您的生日。"

祝安道了谢。

她回到房间，脱下旗袍，换成居家装扮，再下楼客客气气送走了裁缝师傅。

时间已经不早，林家这座宅子也随着月色升起，慢慢走向寂静安宁。

祝安没在走廊上见到林陆远，也没听到什么动静。

他自然是已经回了房间。

或许已经睡了？

两个人有些日子没见，刚刚擦肩，也不过是匆匆客气了半句。

祝安往年生日，都会提前好几个月缠着林陆远，暗示礼物。

这年却没了这一道工序。

她躺到床上。

过往画面如同老旧默片，在脑海里被齿轮拉扯着，一帧一帧循环播放。

少年桀骜不驯，言辞刻薄，但在别的方面从未亏待过她。

林陆远满脸冷淡，送来的礼物却往往最合心意，大多是祝安想要很久，或是非常喜欢的东西。

或许，这年最好的礼物，就是彻底离开林陆远。

祝安闭上眼，不再细想。

次日正是周末。

那赛事主办方将上半场比赛剪辑完，趁着流量大，赶紧放到视频平台上。

祝安收到通知，免不了俗，也点开看自己上镜的表现。

上半场剪辑到第二轮比赛结束。

她没想到竟然将那个女生挑战她的剧情也剪了进去，放在视频尾段，有将近十分钟。结束也结束在祝安答那道题的画面，留下了长长的悬念。

这段看起来实在有些像作秀，更何况，这些镜头必然会伤害到那个女生。

不过观众都喜欢这种剧情，为了点击量无可厚非，也没什么办法。

祝安草草看完。

一个小时二十分钟的视频，自己戏份极多，剪了很多单人镜头。想必这并非林陆远的本意，连祝安自己也不太喜欢这般哗众取宠。

比赛是比赛，综艺是综艺，不能相提并论，这样只会显得这个比赛很不严谨。

不过第一名奖金丰厚。

她没再说什么，随手关了视频。

当晚十二点多，微博突然冒出来一个新词条——“P 大超级校花”。

词条关注度很高，才半个多小时就被广泛讨论。

裴文晴是秃头熬夜党，网上浏览时竟然看到了祝安的照片，有模糊的生活照，也有视频截图。

她十分诧异，一骨碌从床上爬起来，仔仔细细将词条内容从头到尾看了一遍，越看越忍不住瞪大了眼。

裴文晴想给祝安打电话，又怕她已经睡了，吵醒她家里人，只好手忙脚乱地给她发微信。

这会儿祝安还没睡。

卧室里开着一盏小灯。她睡不着，靠在床头，屈起膝盖，上面放了本《费马大定理》。

书页有些旧了，看起来是翻了多次，祝安却依然看得认真而专注。

手机一连振动好几下。

她看完整段才放下书，伸手去摸床头柜上的手机。

是裴文晴发来的新消息。

她笑了笑，点开。

裴文晴：“宝贝！你火了！”

裴文晴：“看微博！”

裴文晴：“等等，你有微博吗？没有的话快注册一个！一定要看啊啊啊！”

祝安不关注明星，也不关注时事，但各种社交软件也是有的，只是玩得少罢了。

看裴文晴这么激动，祝安也没让她失望，伸长手拿了平板下来，点开微博。

微博显示“P 大超级校花”。

祝安眼皮一跳，连忙点开。

果然，有人发了她比赛视频的截图，凑了九宫图。

“× 组热议！聪明和美貌共存的女生到底存不存在？有图！（后续：预告片中介绍了是 P 大的校花，数学系！）”

祝安叹了口气。

此刻，这条微博已经转了八千多，底下评论也有两万条了。

热评大多是好奇，还有一部分人质疑。

“P 大的？学霸啊！”

“数学系……真有女生学这么噩梦的专业吗？”

“问了我朋友，说是真的学霸，还跳过级。真人更漂亮！但平时在学校里特别低调！哇，漂亮妹妹我爱了！”

“×× 平台又要捧新人了吗？”

…………

祝安拉了几条，关了微博，给裴文晴回复。

祝安：“看到啦。”

裴文晴秒回：“我已经看完那个比赛视频了！我的天，宝贝你好帅！”

祝安笑了一声。

哪有什么帅不帅的，要是这些人见过林陆远参赛，估计更疯狂。

只可惜那是正规大赛，连个视频直播都没有，唯有寥寥几张照片，记录了那风姿绰约。

那时，林陆远年纪也不大，眼神落在远处，冷冷清清，却像星光一样浪漫。

那句话怎么说来着。

见过他，所有人都变成将就。要谈放弃，难度犹如抽筋刮骨。

祝安：“睡了，晚安啦。”

海市进入六月，不知从哪一日起，气温蓦地拔高，逼得人急急忙忙脱了外套，换上单衣。

暑意越来越浓。

自从微博事件，加上下半场比赛视频公开后，祝安在学校里彻底成了名人。

不仅仅是论坛上有讨论楼，连走在路上也会看到别人指着她窃窃私语——

“这是祝安吗？”

“哪个祝安？之前微博上的那个吗？”

“好像也没网上说的那么漂亮嘛，感觉在我们学校算不上校花？”

“嘘——”

“别说了，她听到了……”

裴文晴满脸怒气，正想回头，被祝安拉了下袖子，轻轻制止了。

她扭头：“祝安，你不生气吗？”

祝安笑了笑，声音很低：“没有生气。”

裴文晴不解：“为什么？”

祝安摊手：“因为也没有什么值得生气的点。我确实是参加了比赛，之后也会参加综艺。至于漂不漂亮，审美是主观的，别人怎么说都是自己的想法。”

裴文晴哑然。

“非要说我有什么值得被讨论的点，那可能就是因为太厉害，不小心出名了吧。没办法，生活所迫，不得不多才多艺。”说完，她自己先笑了。

裴文晴愣怔地望着她。

良久，她小心翼翼地说道：“你真的变开朗了很多。前两年你真的特别高冷。最近这几个月，好像一下子就接地气了……”

祝安抿唇，收了笑，却也没有再说什么。

过去并非高冷，只是被忧虑和无奈所困，一颗心都寄放在别处，自然无奈又淡然。但努力将林陆远抛到脑后以后，生活成了自己的事。

哭和笑、快乐和烦恼，样样都由自己主宰，反倒更自在了。

祝安自嘲地勾了勾唇。

好在没高调太久，P 大考试月就轰轰烈烈地来了。

课程全部结束后，大部分学生都开始泡图书馆复习。

裴文晴也开始早出晚归地抢座、背书。

祝安成绩极好，记忆力超群，倒也不必临时抱佛脚。

学校里一片风声鹤唳。

她干脆坐校车回了林家。

恰逢林老也在家，见到祝安便笑了：“安安，过来。”

祝安乖乖走到他旁边，安安静静地坐下。

林老心情不错，问了几句课业，又问了与综艺相关的事。

她乖巧地一一作答。

林老点点头，又说：“房子已经签了合约了，等你考完试，我让管家约设计师来家里，你把你的想法跟设计师聊聊。”

那天看完房后，祝安斟酌许久，选了一套。地处海市远郊，是新开发的区域，三房两厅。面积虽大，但位置偏远，价格也适中。

“谢谢。”

林老笑眯眯的，顺手泡了杯茶端给她："不过应该也住不了太久。你毕业之后的规划，想过吗？"

祝安收了表情，坐直身体，谨慎地答道："我……"

顿了顿，她却不知该如何开口。

难道她要说想和林家撇清关系？这样会不会伤了林老的心呢？

祝安并不算很通人情世故，明明想好了决断，一时之间又犹豫起来。

林老见她踟蹰，笑了笑："我这边也有点想法，你可以参考一下。"

祝安沉默地抬头，望向他。

林老："安安，你是难得的好孩子。你知道的，咱们家的人大多从事科研工作，你也有不可废弃的天赋。我想送你去斯坦福继续深造，你觉得怎么样呢？"

祝安张了张嘴。

斯坦福数学系全球顶尖，她自然向往。但用着林家的钱，就势必要继续和林陆远纠缠不清。

林老见她似乎有些坐立难安，又问了一遍："你不喜欢上学吗？"

祝安垂下头，声音闷闷的："喜欢。林老，我……我很感激您，但是我已经成年了，实在没脸……"继续蹭吃蹭喝地享用这一切。

林老收了笑，严厉起来："你这是什么话？"

祝安张了张嘴，却没说出什么来。

林老："小小年纪不要想那么多，做自己喜欢的事就好了。就这么定了，你准备一下，绩点、GRE 都别落下，学校活动还有各类比赛也可以多参加一点，增加些经历，简历也好看些。等暑假过完，我就让人开始安排。"

他挥了挥手，示意祝安不必再多说了。

祝安抿唇。

林老站起身，又看了她一眼，问道："这周末就是生日宴了，我听说你只请了两三个朋友来？"

祝安点了点头。

她本意是谁都不想请的，就如同过去高中、初中那会儿一样。

只是裴文晴对她那么好，也提了好几次要搞个聚餐帮她过生日。祝安不想骗她，干脆拿了邀请函，裴文晴和莫如望一人一份。另外，她还邀了章七炜来。

林老失笑："你这孩子……去休息吧。"

周六一早，林宅上上下下都忙碌起来。

祝安生日自然不可能办得和林老一样轰动，却也是大事，前前后后都得安排好。

林陆远也踩着晨曦回了家。

祝安此时还没起床。

他手上抱了个小盒子，快步走进客厅。

管家在指挥人装扮客厅，见到他，连忙问道："三少，早上好。您要吃点什么吗？"

林陆远摇了摇手，上楼，脚步停在了祝安房间门口。

他踟蹰半晌，抬手，敲了敲门。

祝安已经醒了。

听到敲门声，她睁开眼。

门外，林陆远压低声音："是我。"

祝安叹了口气，坐起身。

夏日衣着单薄，她将头发一把束起，扎成个丸子在脑后，又从衣柜里拿了外套套上。这才慢慢走到门边，将门拉开一条缝隙，紧张地看他："有什么事吗？"

林陆远依然是满脸冷淡，但眼神里带着一丝温柔，仿佛冰川初融，诱人深入。

他将手中紧握的盒子拿给她："安安，生日快乐。"

倏忽间，祝安竟生出了泪意。

往年，林陆远总是第一个对她说"生日快乐"的。

并非他心意十足，只是每到这天，祝安总是踩着十二点的铃声跑去骚扰他，逼着他开口。

有一年，林陆远还在上大学，或许是忘了她生日，没回来。祝安气得一整天不见人，把自己关在房间里，终于等到他回家，还是让他做了这祝福第一人。

思及往事，祝安扭过头，轻声开口："你不用这样。"

她已经不会再逼他了。

林陆远皱起眉头。

这辈子，他从未向任何人低过头，偏偏栽到了这小尾巴身上。现在大抵是自己说什么，她都不以为意了。

林陆远冷了脸色，将那个盒子放在她门口，转身离开。

祝安在心里冷笑一声。

林三少一身傲骨，怎么受得了这般奚落。

她为他放下自尊，不指望换得他同样相对，但林陆远口口声声说完那些话，却没有一样真的做到了改变。

果然，如她所想一样，感情也不过如此。之前那段时间，大抵就是占有欲迷了他的心智罢了。

不过十来秒，林陆远竟然又从转角走廊那儿走了回来。

他说："安安，你打开看看喜不喜欢。我找了很久。"

祝安愕然。

两个人身高差将近三十厘米，对视时，免不了一个低头，一个抬头。

林陆远沉默地垂眸，仿佛眼里所有的柔光都到了她身上。

祝安的心跳微微有些失控。对于这一番好意，哪怕是陌生人，她都难以冷言相对……毕竟是生日礼物。

她抿了抿唇，弯腰将那个盒子拿起来，握在手中，却没有立刻拆开。

她轻声道："谢谢。"

见她要关上门回房间，情急之下，林陆远一把握住她的手腕。

祝安回过头。

林陆远连忙松手，低低地咳嗽一声，掩饰失态："拆开看看喜不喜欢吧。"

祝安顿了顿。

虽然生日宴在晚上，但是再过一会儿，林家早餐就要开始了。

她干脆地点头，依言拆开了盒子。

那礼物包装精美，最外面是系带，再是包装纸，撕开后，发现里面还有一个礼物盒。

祝安两只手不便操作，蹲下身胡乱扯了一通，终于拆开了最后一个盒子。

盒中放了柔软的丝绒布，上面带着小钩，卡着一只绿色玉镯。那绿色极正，通身毫无瑕疵，纯净如油，仿佛摸一下就要滴出来一般。

林家大宅里有不少翡翠玉石，大多是收藏品，祝安却完全不懂珠宝。

她只听管家介绍过，翡翠极品是帝王绿，价值连城。林二脖子上那个坠子，便是帝王绿。

这镯子的颜色和林二那个吊坠，几乎一模一样。

祝安抬头，默默地看了看林陆远。

林陆远摸了下鼻子，语气没什么波澜，平静地解释道："我见这镯子和你那身旗袍很搭，颜色虽然沉闷了点，却也算好看。你喜欢吗？"

祝安抿了抿唇："太贵重了。"

而且她想不明白，为什么林陆远会送翡翠玉镯给她。

自己已经不似过去，没有什么心心念念想要的礼物，心态上颇有点无欲无求，想必林陆远也不能像以前那样猜中她的心思了。

祝安的婉拒清清淡淡，却压得林陆远有些喘不过气来。

他捻了捻手指，压抑心中的暴戾和痛苦，假装浑不在意一般，轻巧地开口："不贵重，你生日，什么礼物都不算贵重。"

林陆远将那个盒子从祝安手上拿过来，手指轻轻一按。

玉镯从卡扣里脱开，落到他的掌心。

他将祝安从地上拉起来，捏着她的手指，把镯子推到她的手腕上。雪白的肤、翠色的绿，晃晃荡荡地交缠着，竟然无端带出一抹艳色。

林陆远松开手，凝视良久，声音有些微哑。

他说："好看。"

祝安没有拂他的好意，又道了一次谢。至少……至少要等生日过完，再还给他。

林陆远点点头，没再说什么，默不作声地走开了。

祝安合上房门。

她坐到沙发上，褪下镯子，手指轻轻摩挲。

这翡翠质地温润，色泽极为惊艳，哪怕是门外汉都能感觉到，并非凡品。

林陆远不知道从哪里弄的这个礼物，也不知有何深意。一时之间，只让人觉得迷茫。

想了想，她将镯子放回锦盒中，妥帖地收起来。

早餐时分，全家人准时聚集在餐厅。

林陆远最后一个下楼，气色不太好，看起来有些懒洋洋的，眼眶下还带了点黑眼圈。

走廊光线不明亮，祝安刚刚没有看到他神色疲惫，到这时才窥见端倪。

她垂下头。

林陆远目不斜视，不紧不慢地走到桌边坐下。

林老看他一眼，笑呵呵地问道：“昨天晚上不是还在宛城吗？这么早就回来了？”

林陆远：“嗯。”

闻言，祝安的手指微颤。

难道……林陆远是特地赶回来的吗？为了第一个对她说生日快乐？

思绪百转千回，最终都化为自嘲的低笑。

别再想这些了。都是因为林陆远那霸道又不可一世的占有欲在作祟，试图用这种小恩小惠来掌控人心罢了。

她捏紧手心，收起脑中纷乱的猜测，面不改色地继续吃面。

林老也没想太多，随口说道：“挺好的，是该早点赶回来给安安过生日。”

林陆远沉默了。

林老：“你脸色不好，待会儿上去休息一会儿。晚上精神点。”

林陆远点头应了，顺势侧目，余光扫到祝安正在低着头咀嚼。

他脸色变了变，一点点沉了下去。

不久之前，林陆远亲手给她套上的镯子。此时，祝安的手腕依然细白光滑，却空空荡荡的，毫无装饰。

林陆远心中的苦涩无法言说。

仿佛一整颗心都在空中飘飘荡荡，找不到落脚点栖息。

午后，日头高照。

祝安换了见客的穿着，走到门口去迎接裴文晴和莫如望。

等了几分钟，门口保安带着两个人走过来。

祝安对着保安笑了笑：“谢谢。”

一路进来，裴文晴已经合不拢嘴，看向祝安时，眼神都开始不对劲了。

她磕磕绊绊地开口：“宝贝……这是庄园啊！啊……我的天，我还是第一次进这种豪宅……”

莫如望也有些吃惊。不过相比之下，他并没有裴文晴那么夸张。

林陆远去学校那天，他前思后想都觉得有些担心，便悄悄跟在了林陆远身后。看到两个人上了超跑，他心里也差不多有了底。

莫如望也算是家底丰厚，只是家里人皆是生意人，和林家这般底蕴不能比。

祝安张了张嘴，不知道该怎么说，想了想，轻声说：“你们先进来吧。”

她带裴文晴和莫如望上了楼。

二楼有间小会客室。之前是书房，祝安小时候就在这儿练字，后来渐渐弃用，才改成了会客室。

三个人围着小茶几坐下。

阿姨端了饮料和茶还有各种小吃零食上来，悄无声息地放到桌上后，再反手合上门。

裴文晴实在是太震撼了，半天没回过神来，连说“谢谢”时，声音都还是飘忽不定的。

祝安笑了一声：“你别这样。”又将冰镇果汁推到她面前，让她压压惊。

裴文晴喝了一口，叹息：“白富美的人生，我今天总算领教了。唉，想到我曾经还为你……喏，豪车感叹，现在想想，那可真是小儿科啊……”

祝安有点想笑，手抵着下巴沉思了几秒。

她轻声说：“其实，也不是……反正我和林家关系比较复杂。很抱歉，不能详尽地告诉你们。”

不是不能说，而是不知道该怎么说。毕竟，这一切经历听起来都太过神奇。

祝安低声叹了口气。

见她神色不好，莫如望连忙道：“没事的。祝安，生日快乐！”

两个人分别将礼物送上。

祝安没拆，放在身边，真诚地一一道谢。

裴文晴又问了一句：“那晚上的生日宴是不是也会像电视里拍的那种，豪门聚会，觥筹交错？完了，我今天这身衣服好像不够正式？”

她没想到会是这种场景，只穿着衬衫和格子裙，学生气十足。倒是莫如望，还穿了一身休闲西装来。

祝安连忙摇手：“没有的，就是普通的亲朋好友一起吃个饭，切蛋糕什么的，不是你想的那种。”

裴文晴松了口气。

想了想，她又问道：“那这里后院有泳池吗？”

祝安愣了愣：“有倒是有……你想游泳吗？”

裴文晴："我想嫁进来。宝贝，你家有适龄未婚男青年吗？或者管家、厨子、司机之类的，是都住在隔壁的配楼里吗？只要适龄的都行，我不挑的。"

小会客室热热闹闹。

林陆远在房间小憩了一会儿，睁开眼，又醒了醒神。

他没去打扰祝安他们，起身上了楼。

林老在书房。

林陆远敲了下门，然后推门进去。

见到他，林老放下了手中的数据记录，随口问道："阿远？你怎么上来了？没去陪安安他们吗？"

林陆远神色平静地坐到林老对面。

林老直起身子，也严肃起来，问他："有话想说？"

林陆远皱着眉头，食指和大拇指指腹互相摩挲了一下。

林老目光如炬："安安的事？"

林陆远："是。"

林老："你问过她的意见了吗？你确定你们是两情相悦吗？"

林陆远蓦地哑然了。

林老笑了笑，眼里却没什么笑意："你们俩的脾气不合适。她拧，你也拧，两个人在一起总有一个人要低头。你是想一辈子低头，还是让她一辈子低头？"

林陆远抿了抿唇，声音低沉："我会一直宠着她的。"

就像过去一样。

她喜欢狗，他就抱来埃迪；她想要人陪，他就不耐烦地坐在旁边。

现在，他也可以给别的了。

林老："你的宠就是逼着她向你屈服，对吗？她不喜欢的，你就逼着她喜欢，骗自己这是她想要的？阿远，你也要为别人的心情考虑一下。我已经和安安聊过了，大学毕业之后，我会送她去斯坦福深造。安安在数学方面极具天赋，出国是最好的选择。"

林陆远的脸骤然僵起来。

林老笑了一声，继续说："以安安这种资质，留在斯坦福也是很不错的选择，你很清楚，对吗？"

林陆远声音干涩，似乎很努力才能反驳："她一个人待在国外……

不合适。”

“每个人的天赋都是有时间生命的。你那个时候不愿意做科研，我有强迫过你吗？安安天真烂漫、不谙世事，又极具耐心和毅力，这是数学研究的基础条件，再加上她自己明显也对学科理论有极大兴趣。你看看你，又要因为一己的想法强行说不合适了。”

林陆远紧皱眉头，抿着唇，一言不发。

事实上，在这段时间里，他思考了许久什么才是祝安想要的“尊重”。

是替她精心挑选住处？

还是送她不心仪的礼物？

或者，只是干脆不要出现在她面前呢？

仿佛什么都不是她想要的。

许久以前，祝安需要他，只是希望和他待在一起。或者说，只期盼林陆远能给她想象中的爱，这样就很满足了。

但是那时候林陆远并没有意识到，她对他来说和别人不一样，自然感觉不堪其扰。

当他能给感情时，祝安却彻底弃之如敝屣了。

现在她想要自由，要逃离，要做一切他不愿意的事。

为此，林陆远辗转难眠，心神不宁。连段南嘉都看出了异常，追问了好几次。

林陆远一贯心高气傲，上次吐露心声，已是在痛苦纠结下，难得一见。这心事这么丢人，他当然不会再多说。

只是，林老轻轻巧巧几句话，便将林陆远的一切心思全数击溃。

他就像个不懂事的孩子，小心翼翼地掩耳盗铃，最终溃不成军。

林老挥了挥手，低声道：“你回去好好想想。今天是安安生日，别再说这些，先哄得她高高兴兴了。”

回到二楼，林陆远的脚步顿了顿。他没回自己房间，而是转向了小会客室。

房里，三个人还在热热闹闹地交谈。

他驻足，侧耳听了几句。

里头在说期末考试，还有下学期选修课老师相关的小道消息。

祝安一贯擅长聆听，话不多，声音也轻。但于他来说，能轻松分辨。

祝安说话的声音极为动人，如清泉一般，潺潺地流进心间。

林陆远低声笑了笑，阴霾消失殆尽。

他敲了敲门。

房间里突然安静下来。

裴文晴和莫如望一同看向祝安。

祝安抿了抿唇，起身走到门边，基本已经猜到来者是谁。

走出半步，她轻声问："怎么了？"

林陆远也不知道自己有什么事，只是心绪烦乱，想听她说几句话而已。

祝安的眼神中满是怀疑，他却还是能保持平静。

林陆远："嗯。没事。"

林陆远抬起手，替祝安整理了一下纷乱的发丝，又在她后退避开之前放下手臂，说："有什么事就叫我。"

祝安只觉得自己仿佛在看一个陌生人。

在这里自己能有什么事？这个人真是奇奇怪怪。

林陆远深深地看她一眼，眼睛里是缱绻温柔："走了。"

祝安摸不着头脑，愣了一会儿，关上门，坐回桌边。

裴文晴在吃云片糕，见她回来，擦了擦手指，随口问道："谁啊？"

祝安抿了抿唇："林陆远。"

裴文晴瞪大眼睛。

自从那天听祝安提了一嘴后，她虽然没有追问，心里还是起了各种猜测。

裴文晴掐了掐指尖，磕磕绊绊地问道："啊！那是，是有什么事吗？"

祝安摇头："不清楚。"

从很多年前开始，一直都是这样。她仿佛永远也搞不懂林陆远，两个人之间隔着天堑。

祝安不自觉地沉默下来。

晚上六点出头，客人陆陆续续到了。

来的都是林家亲近的故交，其中不乏耳熟能详的人物，大多做出过杰出成就，要不然就是研究所负责人、高校荣誉教授、科研专家之类。

裴文晴和莫如望坐在同龄人那桌，一边偷看来人，一边用手机偷偷搜索，越查越惊讶。

原来女神不仅是白富美，还是这种神话般的圈中人。只可惜她人不在旁边，不能拉着她盘问。

祝安安顿好朋友，就急急忙忙上楼换衣服去了。

旗袍修改完穿在身上，服服帖帖，将姣好的曲线完美勾勒。她又画了个淡妆，增加气色。头发上也配了同色系发卡。

她检查了一番，确定没有任何失礼之处，再换上方跟皮鞋，慢吞吞地下楼。

林老早已落座主位，余光看到她，连忙朝她招手："安安，来。"

祝安一步一步走到林老身边。

林老握住她的手臂，仔仔细细从上到下打量了一番，一连说了好几个"好"字，表情里带着一丝动容："安安长大了。"

祝安的眼圈一下就红了。

林老摸了摸她的头发，笑着叹道："我把你牵进家里来的时候，你才那么点大，要哭不哭的，牢牢抓着我的手指，好像怕我把你扔出去一样，特别聪明可爱。没想到转眼都这么大了。"

花开花落，十数载春秋。

祝安一点点长大，有了自己的小心思，但对于林老的感激，从来都没有变过。

她说："林老，谢谢您。"

林老笑呵呵，十分满意："乖。"

祝安垂下眸子，偷偷将眼泪抹去。

林老："也去和你爸妈还有爷爷奶奶打个招呼吧。"

祝安点头应下，缓步走到林老老友身边，一个一个乖巧地喊人。

祝夫人很客气，拿了个大礼盒放到祝安手中。

"安安，生日快乐啊。虽然你没有养在我们家，却也是我们的孩子，有什么事打电话给我，知道吗？"

这顷刻间，祝安觉得自己别无所求。

和所有人一样，她有家人，也有朋友。父母和弟弟不要她，却也有那么多爱她的人。她这一生并没有什么残缺的，也不值得自怨自艾。

祝安收下礼物，扬起笑脸："谢谢。"

热闹了一整晚，直到晚上十点，客人们才纷纷告辞。

林家司机将裴文晴和莫如望送回学校。

祝安和林老一块儿坐在沙发上，安安静静地拆礼物。

林老也不介意陪她浪费时间，有一搭没一搭地闲聊：“祝女士送了什么？”

祝安打开盒子，里头摆了个H牌的包。

林老哭笑不得：“这送得也太……”

虽然实用，但总觉得缺了点高知世家的气质，过于接地气了。

祝安笑了笑，没说话。

“收着吧，可以搭搭衣服。安安也到了要打扮的年纪啦。”顿了顿，他又问，“阿远送了什么？”

祝安收了笑，不知该如何开口。

恰好林陆远从外头走进来。这晚他穿得十分正式，一身西装，看起来矜贵又禁欲，还有些高不可攀。

祝安低下头。

无论何时，他都像是高不可攀的明月，自己则是仰望星空的落叶。他们俩本来就不该有交集。

林陆远打断了林老的提问：“爸，我有事找安安。”

林老点点头：“你们去吧。”

得了首肯，林陆远望向祝安。

祝安乖巧地起身，跟着林陆远走到旁边去。

走廊尽头无人的角落里，林陆远松了松领带，轻声开口：“换身衣服，我带你出去玩。”

祝安不知道他玩什么把戏，摇头：“我不去了。”

林陆远叹了口气，苦笑一声说：“祝安，我在学着尊重你，可是你一点机会都不给我，这样让我该怎么办呢？”

“林陆远，算了吧。”她扭过头去。

林陆远：“你教我怎么算了？”

“我跟爸说了。”

祝安抬起头，神色诧异，声音都有些颤抖，问他：“你说什么了？”

林陆远没和她对视，眼神落在她白玉般小巧的耳垂上。

她肤色极美，耳垂也毫无瑕疵，如同羊脂白玉，有光泽在流动。

祝安就是这样漂亮。

林陆远有些走神。

祝安没等到他回答，急忙又问了一次。

他回过神来，慢条斯理地开口：“我说，我对你有意。”

祝安难以置信，只觉得一切全乱了套。她的生活会不会……通通成为泡影呢？

祝安气得咬唇，在心里将他骂了无数遍。

林陆远恍若未觉，伸手抚了抚她的脸颊，动作如羽毛般轻柔。

“我爸说，他要送你去斯坦福继续上学。安安，你想去吗？只要你说想，我就支持你。”顿了顿，他沉下声，“但是这样，我们就会分开很久很久。我只是想趁着你还没有走，多制造一点美好的回忆。”

没等祝安回答，林陆远牵住她的手腕，将她拉到自己怀中，又飞快地与她十指相扣。

他掌心火热。

“要怎么样你才能原谅我？”

在祝安看来，这句话问得实在太迟了，干脆扭过头去不回答。

林陆远叹了口气，心里有些挫败。

他手上使了点力。

祝安的手指细长，骨节分明，捏起来却是软绵绵的，很容易让人联想到“柔若无骨”这种描述。

林陆远忍不住又捏了捏。

可能是从小被戴上了“天才”的帽子，使得他一直有些孤高，缺失了那点人间烟火气。

林陆远也没想到，自己那一点点凡人冲动，竟然是被祝安勾起的。

林陆远在心里叹息一声，强忍住低头去吻她的冲动，想让她这个生日高高兴兴地收尾。

他松开手，低声又问了一次：“真的不想去吗？”

祝安点点头。

林陆远抿唇，眼神看起来有些难受，却还是放开了她：“那好吧……晚安。”

他有些急，却又急不得。正如祝安曾经等待自己一般，林陆远想告诉她，自己也等得起。

没想到林陆远会这么干脆，这下，祝安的表情变得有些诧异。

顿了顿，她才轻轻回了句“晚安”，转身，踩着方跟皮鞋，娉婷袅娜地上楼了。

林陆远靠在墙边，没动。车钥匙在他手指上转了两圈，又被一把捏住。

这晚，他本想带祝安去郊外赛车。但既然祝安不愿意，他也学着尊重她的意见，将这项活动收进清单里，待办。

下一次，下一次再去，也不晚。

第五章
想喜欢

夏日漫长。

结束最后一科考试，祝安撑着伞回到寝室。

裴文晴比她早回来一点，开了行李箱，正蹲在地上收拾东西。

见到祝安，她停下手，问道：“宝贝，你今天回家吗？”

祝安点点头。

因为每周都回家，她没什么东西需要特别收拾，随便理一理就能走，正好下午还能去看一下新房的装修情况。

裴文晴笑了：“要不要一起吃午饭？吃完我爸应该能到，顺路把你带回去。还是你有人接？”

祝安想了一下，说：“那一起吃饭吧。”

进入六月中下旬，P 大大部分学院都在这两天结束期末考试。

学校氛围非常轻松，随处可见学生拖着行李箱，满脸笑意地踏上归程。

祝安和裴文晴把行李暂放在宿管阿姨那儿，手挽着手去食堂。

两个人一路上免不了闲聊几句——

裴文晴：“对了，你暑假有什么安排吗？考不考托福、雅思之类的？还是要比赛？”

祝安：“要去录个综艺，赚点零花钱。别的没什么，就在家看看书吧。”

裴文晴笑了起来，说：“那我热烈邀请你到我家来玩，虽然天气热，但咱们那儿有山有水，比海市还是凉快的，可以逛逛。”

祝安有点心动。

自从她知道林陆远摊牌后，她总有种说不出的尴尬，仿佛做了什么天大的亏心事。

再加上她从小到大也没有去什么朋友家玩过，免不了对这种体验好奇。

踟蹰半晌，她小心翼翼道：“会不会有点打扰啊？”

裴文晴大手一挥：“打扰什么啊，我爸妈最喜欢你这种学霸乖乖女了。你要真来了，估计得硬留你到开学呢。”

祝安轻笑一声：“好呀，那之后微信联系。”

这个时间，连食堂一贯最受欢迎的石锅饭都无须排队。

两个人各自买了想吃的菜色，轻轻松松地吃完，又一齐走出食堂。

裴文晴爸爸来得很准时。

隔大老远裴文晴就看到了他爸的车，蹦蹦跳跳地跑过去。

祝安勾了勾唇，还未来得及跟上，手机在口袋里振动了几下。她放慢脚步，拿出来看了看。

微信有新消息。

莫如望：“祝安，你们考完了吗？”

祝安回了个“嗯”字。

莫如望：“那你现在有时间吗？我有事想跟你说，在学校外那家奶茶铺隔壁的甜品店，你方便过来吗？”

莫如望：“那啥……嗯……别喊文晴。”

祝安心一紧，仿佛已经有了预感。

她停下脚步，握着手机，神色万分犹豫。

裴文晴没注意到异常，高高兴兴地和她爸打了招呼。见祝安落在后面，她连忙喊：“祝安！怎么啦！快来呀！”

祝安三两步小跑上去，先乖巧地和裴文晴爸爸打了招呼。

犹豫了一下，她总觉得有些难以启齿。

等两个人进了宿舍楼，祝安才道：“文晴，我不能和你一起走了。”

裴文晴很惊讶：“怎么啦？”

“嗯……有点事。”

虽然于祝安而言，并非不可说的秘密，但是现在情况还不能百分百确定她就贸然说给裴文晴听，反倒是对莫如望不尊重。

就算真如预料那般，她为了维护莫如望的面子，也不会多言。

这是祝安从小受的教育。

实际上，无论从哪个方面来看，她都是一个很能让人欢喜、让人感觉如沐春风的女孩子。只是她过往心有所属，无心放在人际交往上，才显得高冷沉静些。

好在裴文晴很体贴地没有追问。

她说："那好，你先去忙，到家了给我发消息啊！"

祝安感激地笑了笑："好。那再见啦！"

等裴文晴离开后，祝安拖着行李箱，不急不缓地往校门口走去。

她一只手打伞，一只手拖箱子，还要背书包，实在有些狼狈。不过走出十来步，脸上已经开始出汗。

光从体贴这个角度来说，莫如望就已经显得青涩稚嫩了。天气这么热，若换了是林陆远，哪怕心里老大不情愿，也会冷着脸安排好，找人来接的。

祝安忍不住胡思乱想。

十五分钟后，她终于找到了那家甜品店，收起伞，抬手推开门。

店面很小，入目不过两三张桌子，此时都空着，点餐台那儿也没有员工。

祝安有点狐疑，试探着喊了一声："学长？"

没人应声。

她挑了把椅子，正对着空调坐下。

冷风一阵阵吹来，祝安总算缓过劲来。等了两三分钟还没见人，她拿了手机给莫如望发消息："学长，我到了。"

发送成功。

她把手机放到小桌上，一抬头，视线被一大束红玫瑰挡住。再往后一点，是莫如望通红的脸颊。

祝安在心里叹气："学长……"

莫如望怀里捧了一大束玫瑰，脸比玫瑰还要红，鲜艳欲滴。

他不敢看祝安的眼睛，磕磕绊绊道："祝……祝安……我……我喜欢你，能做我女朋友吗？"

祝安没接那束花，站起身，目光带着满满的歉意："学长，抱歉。"

闻言，莫如望的情绪瞬间低落："啊……"他又不知道该说什么了。

莫如望虽然年纪比祝安大一些，但他一个大大咧咧的男生，从没主动追过女生。他想过会被拒绝，可到底没做好被拒绝的心理准备。

祝安没给他发好人卡，低声道：“我一直把学长当好朋友，所以不想骗你。抱歉……我暂时没有心思谈恋爱。”

莫如望的脸更红了，还有些手足无措。

他说：“没事没事，我也就是……哎，这花你收着吧，就当是好朋友送的，行吗？”

祝安犹豫半晌，还是接过了花束。

莫如望应该是包了一百九十九朵，连枝带叶，又大又重，沉甸甸的。

祝安差点没能接住。

抱稳之后，她才抬头看向莫如望。

莫如望已经没了刚才那般羞涩，只有满满的局促和一丝难过。

突然，一个声音从后头传来：“老莫！怎么办啊！被拒绝了，那冰激凌蛋糕还上不上？”

祝安循声望去。

点餐台后面的小门里走出来一个男人，二十多岁的年纪，有点胖，但面相很憨厚。

他笑得眯起眼：“太惨了啊，出师不利。小妹妹，老莫是个靠谱的人，你要不再考虑考虑？”

莫如望冲着他比了比拳头：“要你多嘴。”

顿了顿，他又对祝安说：“这是我高中的学长——人不着调，但做甜品手艺挺好的。天气那么热，你要不要吃点冰激凌？吃完我送你回去。”

祝安不想给他更多期待，摇了摇头，低声婉拒。

莫如望叹气：“那我陪你去打车。你拿这么多东西，坐校车不方便吧？”

说着，他顺手提过祝安的行李箱，把书包背在自己身上。

这次，祝安没有拒绝。

两个人一前一后离开甜品店。

祝安怀里抱了那么大一束玫瑰，一上街便吸引了不少目光，不免有些尴尬，只能默默垂下头。

莫如望已经在手机软件上叫了车。

“还有两分钟就到了。”

祝安：“谢谢。”声音几乎淹没在玫瑰中。

莫如望想说什么，又猛地被人打断。

“祝安。”

祝安一愣。

林陆远站在十步之外，面无表情地看着她。他目光沉沉，落到她怀中的花束上，顿时如寒潭般慑人。

“祝安，我来接你回家。”

祝安抿着唇，后退半步，不自觉地把那束花搂紧了一些。

林陆远的脸色立刻僵了。

天气热得人心焦灼。

祝安没想到会在这里见到林陆远。她抱紧怀中的花束也并非挑衅，只是条件反射需要获得一丝安全感。

林陆远眼中的戾气极重，仿佛要吃人。

前车之鉴下，祝安不愿靠近他。两个人之间隔着十来步距离，默默僵持。

这么一耽搁，莫如望总算恢复了一点精神。

他并不清楚林陆远和祝安的真实情况，被人家撞见两次，这次还是告白失败现场……他有些赧然。

好在到底做了几年社长，抗压力和心理承受能力都很不错。他面色如常，先跟林陆远打招呼，紧接着推着祝安的行李箱往车那边走了两三步，又笑了笑，开口道：“祝安，那我就送到这儿了？天气这么热，赶紧回家吧。”

祝安抿着唇，明显不想动。

林陆远也没再说什么，只是平静地看着她，一副惬意万分的模样。

祝安在心里叹了口气。

这大庭广众之下，她实在不想和林陆远吵架出糗。加上太阳太大，她只站了这么一会儿，神情都开始有些恹恹的，提不起劲来。

林陆远明显不会退步，再耽搁下去也是自我折磨。

祝安快步走到车子旁边，先在莫如望的帮助下把行李箱放进后备厢，再抱着花拉开后座车门，挪腾着坐进去。

她降下车窗，冲莫如望挥挥手，态度如同往日一般笑道：“再见啦学长，暑假快乐。”

莫如望压着心酸，也挥了挥手：“开学见。”

随后，林陆远坐到驾驶座上。

祝安低垂着脑袋，正在摆弄手机。那束玫瑰花放在旁边的空座上，从后视镜里看过去，红得刺眼。

林陆远克制不住自己，视线透过镜子，凝固在那抹艳红上，迟迟没有发动车子。

祝安也感觉到了不对劲，诧异地抬起头。

林陆远对上她的视线，明明想生气，却又没立场。

他轻咳一声，刻意平静地说道："我花粉过敏。"

这个理由实在是没什么说服力。

两个人从小一块儿长大，什么事、什么习惯不知道，可以说一点秘密都没有。林宅外头就是花园，也没见他过敏过。

祝安："什么时候开始的？"

林陆远言简意赅："刚刚。"

祝安不理他了。

林陆远又往后瞥了好几眼，抿着唇，默默发动了汽车。

行至半路，车子开进中环，靠边停下。

林陆远丢下一句"等一下"，快步下了车。

祝安有些摸不着头脑。

五分钟后，林陆远捧着一大束蓝色妖姬走回来。

拉开后座车门，他冷着脸将花放在祝安的腿上，这才心满意足地关上门。

祝安简直啼笑皆非。

林陆远显然是第一次做这种事，虽然带了点和莫如望打擂台的意思，但不可否认，作为收花人，祝安确实心跳快了两三拍。

祝安捧着蓝色妖姬，低声开口："你不是花粉过敏吗？"

林陆远："又好了。"

祝安低下头，弯了弯眉眼。

车厢里弥漫着一股花香味。

刚刚看了一路视频，这时手机滴滴两声，宣告进入低电量。

祝安将花都放到旁边，觉得有些无所事事。为了打发时间，她用目光数了数朵数。

红玫瑰一百零一朵，比视觉上少许多。

蓝色妖姬九十九枝。

顿了顿，祝安又解锁屏幕，在搜索引擎中输入了各自的花语。

在最后一点电量里，搜索引擎缓缓给出了答案。

一百零一朵红玫瑰代表唯一的爱。

九十九枝蓝色妖姬花语则是——情不知所起，一往而深，我的爱注定今生只为你一个人。

回到林宅，管家见她个子小小，抱两束花挺费劲，连忙上前帮忙，顺口问道："是您男朋友送的吗？"

林陆远停好车，一脚踏进玄关就听到了这个问题，免不了竖起耳朵，偷偷听她的答案。

祝安没注意，摇摇头："都是莫名其妙收到的……"

林陆远重重地冷哼了一声。

管家笑起来："那我让阿姨剪几枝出来插在您房间的花瓶里吧。"

祝安低着头，有些不以为意，随意作答："叔您看着办吧……要不还是丢了吧，陆远哥哥说他花粉过敏。"

管家一愣，扭头望向林陆远："三少，您……"

林陆远重重地点头："没错，我过敏，都丢了吧。"

管家："……"

为什么他从没听说过这件事？

难道是他失职了？

正想再仔细问问，林陆远已经头也不回地上楼了。

祝安说："叔，我一会儿想去看一下那边房子的装修，方便吗？"

管家立刻转移了注意力："方便的，我让司机送您去。"

"谢谢。"

午后太阳太大，祝安在空调房里懒洋洋地休息了一会儿。见日头下去了些，她这才换了轻薄的衣服，准备出发。

没想到司机又成了林陆远。

祝安站在车子旁边，不愿意上车。

林陆远刻意不看她，冷淡地解释道："司机去接我爸了。我要去公司，顺路送你而已，就不用麻烦别人了。"

有理有据，义正词严。

祝安却觉得有点好笑。

曾几何时，她也是找一万个借口，就为了和林陆远多待一会儿。

再回想到那束蓝色妖姬，她心软了一秒钟，不由自主地往前迈了一步。

下一秒，她又停下脚步。

她懊恼地拍了一下脑袋，恨铁不成钢，恨自己意志不坚定。

林陆远的目光却因为她这个小动作变得柔软下来。

“上来吧。”他勾了勾唇。

这个时候再拒绝，就显得过于矫情。祝安抿了抿唇，只得上车。只是她依然坐的后排，对角线，刻意离他最远。

林陆远没有再多说什么，安安稳稳地把她送去了新房子，然后驱车离开。

出发之前，管家已经提前给设计师工作室打过电话。祝安到达时，主设计师也在那儿。

两个人不是第一次见面，也就省略了那些寒暄。

祝安安安静静地听他里里外外介绍，配合设计图，更有直观效果。

房间还处在排线阶段，没有空调，开着窗也十分闷热。

祝安见设计师已经满头大汗，连忙速战速决，飞快地说了几个自己需求的点。

设计师点点头，一一记下来。

她笑了，发出邀请：“麻烦您了，我请您吃个便饭吧？”

设计师抱歉地笑了笑：“今天不太方便，还得回去加班呢。”

祝安没有勉强。

两个人一同走出大楼。

这里是新开发区，周围都是新楼。

设计师看祝安一个人，便道：“安小姐，我载您一程吧？这里还没有开发完善，不好打车，离地铁也有点距离。”

祝安：“谢谢。”

设计师将她放到了市中心。

天色渐暗。

市中心商业区，来往人群都是一身正装，表情冷漠又行色匆匆。

祝安找了家咖啡馆，点了蛋糕和咖啡，坐在窗边，心不在焉地咬着吸管，视线落在人流虚无中。

最后一口三明治下肚，落地玻璃外，突然有人在她面前停下脚步。

段南嘉大马金刀地推开门，走到祝安旁边。

他努力压低声音，却依旧掩不住惊喜：“安安妹妹？！你怎么在这里？是来找阿远的吗？”

祝安张了张口，也很惊讶：“段哥？”

段南嘉并不在意她这么喊，笑眯眯地说道：“晚饭就吃这个？那就是阿远的错了，我打电话叫他下来。”

祝安连忙拦住他。

事实上，她压根儿不知道林陆远的公司在这片区域。

因为之前林陆远将公司视为自己的事业，很不喜欢祝安打扰他工作，所以从来没有跟她说过，甚至连在家都极少提起。

祝安知道他的雷区，虽然好奇，却并不刻意打探。

这下段南嘉也品出了不对劲来，诧异地问道：“你不是来找阿远的吗？”

祝安低低地“嗯”了一声。

段南嘉不好意思地挠了一下头：“是在等人？”

祝安：“不是的，别人带我过来的。现在准备打车回家了。”

段南嘉一拍手：“那不行，你就吃这种简餐怎么行？既然来都来了，段哥请你吃晚饭，再把你送回家好不好？”

祝安立刻就想拒绝，尚未来得及出声，又听他补充道：“要不然我就只能打电话让阿远来送你了，他下来只需要五分钟。”

段南嘉十分亲切：“走吧走吧，正好我能偷一会儿懒。”

祝安拗不过他，又不想见林陆远，只得跟着去了。

段南嘉仔细问过祝安的口味，带着她七弯八拐，进了一家私房湘菜馆。

祝安有些心不在焉，随便点了几个菜，就把点菜单还给他。

段南嘉接过，扫了一眼，轻笑：“你和阿远的口味真像。”

祝安愣了愣。

在漫长的时光中，两个人确实逐渐连口味都趋于相似，也能精准说出对方的喜好。从迁就到习惯，最终走向一致，这是时间留下的礼物。

她无可反驳。

段南嘉就是随口感叹一句，祝安不作答，他也毫不在意，又加了道菜，再点了饮料，爽快地下单。

服务员鞠躬，悄无声息地离开。

段南嘉拎起水壶，给祝安倒了杯大麦茶，闲聊一般说道：“那个比赛，我也看了。安安妹妹你真的很酷！”

祝安笑了笑：“如果这个时候你让我表演一个现场速算，我会在心里嘲笑你。”

段南嘉：“那倒也不至于，我很久之前已经试图让阿远表演过了……被他狠狠地嘲笑了一顿。”

祝安收了笑，沉默下来。

没几分钟，服务生将两个冷菜和一扎西瓜汁端上来。

段南嘉不再提起林陆远，而是让她尝尝这边的口味，又随口问了她成绩。

祝安对段南嘉没有什么看法，也没有恨屋及乌之类的念头，答得干脆。

段南嘉动作微顿：“你打算出国？不错不错，绩点怎么样？”问完，他又笑了一声，“感觉这个问题问得很没意义，就你这样，成绩还能不好？”

祝安又一次沉默了。

段南嘉发现端倪，清了清嗓子，终于决定切入正题：“安安，你和阿远还没和好吗？”

祝安低低地嗤笑了一声。

他们之间的关系，怎么存在和好呢？

如同莫如望一样，向她表白后，她就已经决定渐渐疏远他了。

恋爱不成，再做朋友，那对双方都是一种折磨，更别说对方是让她伤痕累累的林陆远了。

只是祝安和林陆远的关系和别人不同，他们同住一个屋檐下，抬头不见低头见。在她搬出去以前，没办法不相见。

所以退回到“同住人”关系，是最好的结局。

段南嘉觑她的脸色，踟蹰地开口道：“阿远这阵子越来越不对劲了，老是发呆，还焦躁……抱歉，我并非故意探听你们之间的隐私，只是作为好朋友，想关心一下罢了。”

祝安垂下眼，捏着手指，没有说话。

段南嘉给她夹了一筷子黄瓜丝，放在面前的骨碟里。

这凉拌黄瓜丝做得极好，口感清爽、酸酸辣辣，这种天气吃起来很舒服。

他笑道：“不说了不说了，咱们好好吃饭。”

祝安没什么食欲，拿起筷子，低声道了句谢。

其实段南嘉心中已经有了猜测。

祝安住院那天，他已经有了一个大胆的想法，接着仔细观察了林陆远这阵子的情况和反常言论，再结合祝安的态度和表情，基本已经可以验证这个猜想。

一开始，段南嘉不可谓不震惊。但祝安模样漂亮、性格乖巧，或许还是青梅竹马、朝夕相处……他又觉得，好像产生感情也是很正常的事。

只是他依旧不清楚，两个人之间到底是什么关系。这才好奇得心痒痒，忍不住跑来试探祝安。

段南嘉叹了口气，意识到自己过于冒失和唐突了，或许还伤害了祝安，讪笑一声，沉默下来。

两个人相对无言，自顾自地慢吞吞地开始吃饭。

祝安把每道菜都尝了味。

这家店口感确实非常不错，勾得人食指大动。她就着西瓜汁，断断续续吃了不少。

蓦地，段南嘉的手机响了起来。

祝安抬起头，看他一眼。

段南嘉抽纸擦了一下嘴唇，从桌上拿起手机，只瞄一眼，跟祝安解释道：“是阿远。”

祝安低低地“嗯”了一声。

段南嘉直接接了起来：“怎么？”

周围很安静，林陆远的声音从听筒里传出来，略有些模糊，祝安却也能听得分明。

“你在哪儿？买杯咖啡就消失了。”

段南嘉笑得神秘：“在和一个美女吃饭呢，你们先搞着，我吃完就回来。”

林陆远冷哼一声：“给你五分钟回来。”他说着便要挂断。

“别！”段南嘉连忙阻止他，“别这样嘛，通融一下……这个美女你也认识呢！给我点面子。”

祝安身子一僵，以为他要暴露自己，立刻抬起头，皱眉瞪他。

段南嘉给了她一个“放心”的眼神。

电话那端，林陆远沉默一瞬：“你去见姜婷了？！”

段南嘉张了张嘴，立刻福至心灵，顺势应声：“解决问题最快的方法，就是解决提出问题的人，不是吗？”

林陆远顿了顿，沉沉地道：“在哪里，我现在过去找你。”

段南嘉东拉西扯半天，没让他过来，总算挂断电话。

他笑了笑：“抱歉抱歉。”

祝安摇了摇头，温声道：“没事。”

段南嘉仿佛无意般抱怨道：“这个姜婷，追求阿远不成，给我们公司出了个好大的难题，这都折腾一个多月了，还没结束呢。”

祝安沉默了。

姜婷……应该就是那位姜小姐吧。

之前林陆远还把她带到了林老的生日宴上，不就是承认了她的身份吗？没想到这么快又把她给甩了。

看来是因为太容易到手了，反倒无法激发林陆远的占有欲。

她嗤笑一声。

段南嘉偷偷觑她的脸色，只觉得祝安脸上似乎带有一丝嘲意，反正是和吃醋完全无关。

他顿时明白了，原来是林陆远在一厢情愿。

怪不得阿远最近脾气变差了，大抵是情路不太顺利，心情郁闷到连高冷形象都无法维持下去。

段南嘉立刻笑了，语气里带着几分幸灾乐祸：“阿远这种一直单身的，也不知道到底喜欢什么样的，啧。”

祝安：“……”

一顿饭都在东拉西扯，总算收尾了。

段南嘉开车送祝安回家，然后又趁着夜色驱车回到公司，冲进林陆远的办公室：“老板！小弟求收养！”

林陆远皱起眉：“你消失这么久，又发什么疯？”

段南嘉紧紧拽着他的袖子：“哥，你告诉我，你和安安妹妹是不是亲戚？”

林陆远一下子冷了脸，当即反应过来。

他厉声道：“你刚刚干什么去了？！”

段南嘉吓了一跳。

林陆远马上站起身。他比段南嘉高半个头，位置变换，顿时就让人很有压力。

林陆远一字一字，压着脾气问段南嘉："你去见祝安了，是吗？"

段南嘉摆手："不是故意骗你的，正好在楼下碰到而已。"

林陆远："她人呢？"

"我送她回去了。"

林陆远顿悟，怪不得会有这么一问。

段南嘉并不清楚林陆远的家世，他学的是计算机专业，一心一意的码农，对科研、医药、天文这类圈子都不甚了解，也不会多做联想。多半是见到了林宅的庄园，以为祝安是富二代家庭，这才顺口过来问他。

林陆远坐回椅子上，捏了捏鼻梁，低声开口："我知道你在猜什么。她是我爸朋友的女儿，住我家，没血缘关系。"

段南嘉长舒一口气。

他拍了拍林陆远的肩膀，言简意赅："兄弟，任重道远啊。"

林陆远："……"

是夜，林陆远终于结束了工作。

他没有回自己家，而是开车径直去了林宅。

夜色浓郁，老宅一楼已经关了灯，只有二楼和三楼的窗口仍有微光。

林陆远推开门。

听到动静，管家从配楼走过来，轻轻鞠躬，毕恭毕敬地问道："三少，这么晚了，要吃点什么吗？"

林陆远摇了摇手，独自回到房间。

数墙之隔处，祝安正在那儿，或许在看书、闲聊，又或是已经入睡。

人类想象力能到达银河之外，也能穿透水泥墙。

林陆远猜测了一番，想到祝安的模样，低笑了一声。

洗漱完，他把自己摔进柔软的床垫中，陷入了沉思。

这天祝安怎么会到安远那边去呢？她不是去看新房子的装修了吗？

虽然根据段南嘉的描述，祝安仿佛并不知道安远就在那片金融区，完全是个意外。但他还是免不了多想。

安远科技。

他命名时绝无任何卑劣心思，只是随便取了个名。

大抵是潜意识作祟，就像不少创业者会用自己的名字给公司命名一样，林陆远也难以免俗。

至于这个“安”字……或许只是因为喜欢这个字？

毕竟，祝安的名字也是他取的。

林陆远这般说服着自己。

放在不久以前，祝安若是知道自己公司的注册名，多半会高兴得蹦起来，满心欢喜地将自己代入。

但是现在，她或许只会觉得是负担，更觉得可笑。

林陆远绝不能用这种潜意识的取名去向她卖惨、装可怜、打感情牌，对她说一些似是而非的谎言。

他一生心高气傲，就算面对感情不够拿手、失了些自信，也不能投机取巧。

祝安想要“尊重”，他就去尝试、去努力，以真心换真心。

伤害尚可以用时间弥补，说谎，却不符合林家家教。

林陆远伸手关了台灯。

黑暗中，他低低地叹了一口气。

只是，他要怎样将祝安追回来，要怎样才能让她回心转意，这却是比运营公司、写代码、谈生意、速算更难且更没有方法、策略可循的事了。

清晨。

祝安睁开眼，意识到暑假已经开始了。

不用上课，也不想再缠着林陆远，她一时之间竟有些茫然。

祝安闭了闭眼，爬起来，换了衣服。趁着早上天还不是太热，她准备去书店买点参考书。

她还没有考虑好出国读研的事，但是托福也该准备起来，系里不少人都已经去考了。也就是裴文晴无心深造，只想当个数学老师，没有这个计划罢了。

走廊里，她再次撞到林陆远。

祝安不由得皱起眉。

这天不是周末，按理来说，林陆远不会回来。他这般乍然出现，略显反常。

她联想到昨天段南嘉说的话，总觉得很古怪。

林陆远没有睡好，眼神不清明，自然失了往日的冷漠感，看起来平易近人许多。见到祝安，他也愣了一下。

他想了又想，刻意随口道：“早。”

祝安：“早。”

“起这么早？”

“嗯。”

接着便是无话。

林陆远自嘲地笑了笑。

以前嫌烦的事，现在却是求之不得。从小一起长大的人，竟然生疏至此。这一切，都是他的错。

两个人一前一后下楼。

林老还没下来，早餐也还未开始。

林陆远去倒了两杯温水，一杯放在祝安面前。

祝安微愣：“谢谢。”

林陆远也坐下来，漫不经心般问道：“那个综艺是不是快要开始拍了？”

祝安：“嗯，快了。”

林陆远点头：“玩的同时，学业也不能落下。我给你挑了几本书，一会儿拿给你。”

祝安条件反射就想拒绝，仰起头，对上林陆远的视线。他眼中满是试探和小心翼翼，还有点深藏不露的无奈。

祝安心跳失衡几秒，偃旗息鼓，讷讷道：“好，谢谢。”

林陆远“嗯”了一声：“去年没考托福吧？也可以开始准备了。斯坦福要求很高，早点开始刷成绩，不能太自满。”

这语气，简直和林老一模一样。要不是昨天那一大束蓝色妖姬，她都要信了他这个样子。

祝安：“知道。”

两个人之间又是无尽的缄默。

终于，楼梯那边传来了脚步声。

林老慢吞吞地走了下来。见到两个人，他笑了笑：“阿远昨天回来了？今天你们俩起得挺早的。”

林陆远抿着唇，轻声道：“以后我每天回家住。”

话音落下，林老和祝安都是一愣。

“嗯？为什么？发生什么事了吗？”林老笑了笑，“你不是嫌家里拘束、离公司远，连让你周末回来都老大不情愿的，怎么突然转性了？”

林陆远握着那杯温水，沉默良久，轻笑道：“因为我要追人啊。住家里，更方便。”

啪的一声，祝安手中的水杯掉到了地毯上。

地毯厚厚一层，玻璃杯落下，砸在绒毛织物上，并没有打碎。但整个房间都随着这个动静彻底安静下来。

林老收了笑，坐到餐桌主位上，眼神锐利，紧盯着林陆远：“你确定吗？”

林陆远面无表情地点头，答道：“当然确定。”

林老冷哼了一声：“你这孩子，这么多年过去，我看你这叛逆的毛病是治不好了。”

林陆远不说话。

林老接着道：“从小到大，别人越让你做什么，你越要反着来。我让你去学物理，你就要学计算机；我让你和安安好好相处，你就故意嫌弃她是拖油瓶。现在我说你们不合适，你就偏要追她。是这样吗？”

祝安想把脑袋埋进地里去。

花团锦簇的表面假象都装不下去了，谁能想到林陆远竟然干脆利落地挑明了。

甚至连林老都清楚，林陆远只是逆反心、占有欲作祟，将感情也变成了逆反生活的武器。

这让祝安近乎无地自容，只觉得一分一秒在林家都无法继续待下去。

她立马站起身。

林陆远厉喝：“坐下！”

祝安动作一顿，眼圈忽然红了。

一时之间，万种委屈涌上心头。

“祝安，你也在这儿听着。”林陆远嗤笑了一声：“爸，瞧您这话说的，显得我的真心一文不值。是，我以前是对祝安态度不好，你们说我叛逆、逆反，我都认了。现在我喜欢上她了，你们又说我叛逆、占有欲强，那我到底是应该讨厌她还是喜欢她呢？有人能告诉我答案吗？”

“我已经二十四岁了，无论是爱情是亲情，还是占有欲，我自己都搞得明白。祝安要去留学，没问题，我尊重她的一切想法。上学也好，怎么样也罢，都没问题，我等得起。十多年我都陪下来了，再陪四十年也无妨。但是你们非要给我套顶性格缺陷、薄情寡义的高帽子，恕我不能接受。”

林陆远一字一字，语气慢条斯理，最后总结发言：“我喜欢祝安，我要追她。就这样。”

好好的一顿家庭早餐，被林陆远这一番惊天言论炸得七零八落。

祝安再也没脸坐在桌上。她心神不宁，手足无措地坐了两分钟后，冲着林老勉强笑了笑算打招呼，当即站起身匆匆离开。

林陆远注视她的背影，眼神阴郁，神情却比刚刚轻松了许多。

并非预谋已久的挑明，只是他枉作困兽之斗太久，没有经验、没有比较、没有案例，也没有指导，寻寻觅觅，依旧找不到迷宫出口。

他只能炸墙而出，另辟蹊径，只为求得一线光明。

另一方面，林陆远也想安一安祝安的心，免得她觉得自己没有担当，只能卑劣地躲在后面撩拨她，却没法走到台前。

昨天，在对段南嘉说出真相后，他蓦地想清楚了。

和喜欢上任何一个女生一样，他只是定力不佳，爱上了和他一起长大的祝安而已。

林陆远放松地轻笑一声，扬起手，招人打扫了摔在地毯上的水杯，还让厨房下了碗面给祝安送上去。

林老眼神锐利，紧紧锁定他，试图在他脸上找到一丝端倪。

半晌，他终于还是叹了口气：“阿远，少年人有些孤勇，很好。但过不了多久，你就会不得不承认，你爸说得有理。”

林陆远挑眉，莫不吭声，模样却胸有成竹。

祝安快步回到房间，把头深深地埋进枕头里。

她心绪实在复杂，脑袋里乱成一锅粥。

没过多久，外头传来敲门声：“安小姐，您的早饭。”

祝安这才起身，趿着拖鞋去开门。

托盘里放了一碗毛豆咸菜面，面条上盖了块素鸡，还有些许辣椒调味，色泽鲜亮，看着极有食欲。

完全符合海市口味，也完全符合她的口味。

林老对家庭早餐这个规矩看得很严，若是没有参加，绝不会让人把早餐送进卧室。

这必然是林陆远的手笔。

祝安抿起唇，将托盘端进房间，放在小桌上，用筷子搅拌了一下。

她不愿承认，这样一碗面条，售价三十块都嫌贵，竟然比九十九支蓝色妖姬还要让人心生触动。

到上午十点多，林老和林陆远都出门上班了。

祝安换了衣服，一个人搭地铁去步行街。

夏日已至，又是工作日，哪怕是繁华的商业街，也没往日那般热闹。

她熟门熟路，径直走进书店，按照需求挑了七八本书结账。

午饭她在外头随便吃了些，直到日落西山，才磨磨蹭蹭踏上回程。

林宅依然如往日一样，灯火通明。但于她而言，总感觉有什么不一样了。

管家见到她，登时笑了："安小姐，您现在吃晚饭吗？"

祝安只觉得食欲全无，摇摇头。深吸一口气，她勉强做好心理建设，迈步走进大厅。

没人在家。

餐桌旁边也没有人。

祝安的满腔无措都化成空，一时间愣住了，扭头问管家："林老他们呢？"

管家："林老先生去外省开会了，要一周才能回来。"

林老不在，林大、林二也有各自的家庭和住处，自然是不会在林宅里。林陆远平时神出鬼没，也不定时。

祝安长长地松了口气。

她现在的心态就像鸵鸟一样，能拖多久，都是好事。

她抱着书，独自上楼。

次日，《超级脑王》节目组给祝安打来电话。

"祝安同学，综艺安排时间表已经发到您的邮箱了，请查收。"

祝安应声打开新邮件，看到了对方发来的详尽的时间表。

最早一个安排就在本周，要求全员前往南城，拍摄综艺定妆照。

《超级脑王》虽然挂着这个名字，本质上还是综艺，评委中邀请了一个当红明星作噱头。选手则大多籍籍无名，想也知道，肯定是背景板。

祝安看到南城，不知为何，竟然长松一口气。

至少，她有了正当理由，可以再避开几天了。

暮色四合时分。

林陆远难得早早回家。

"安安呢？"

管家："安小姐在收拾行李。"

林陆远手一顿，忽然冷了脸色："她要去哪里？"

那日早晨，管家也听到了林陆远说的话，自然对他这般态度毫不惊讶，恭敬地回答道："说是要去南城，参加活动。"

林陆远点了点头，快步上了楼。

祝安的房间门敞着，站在走廊里，就可见行李箱摊开在地毯上。

林陆远动作放得很轻，她没有听到。

静静凝视片刻，他倚着墙，抬手敲了敲门。

祝安抬起头，脸颊陡然变得通红，却说不清是羞还是恼。她倏地站起身，抬手就想摔上房门。

林陆远拿手掌抵了抵。

力量天差地别，祝安再怎么用力，被他用手臂顶着，都没法关上门了。

林陆远勾了勾嘴角，淡淡地开口："要去南城？"

祝安咬着嘴唇，沉默地怒视他。

林陆远："是那个节目吧？要开拍了？"

祝安一言不发。

林陆远也不生气，脸色平静："我开车送你去。"

祝安张嘴就想拒绝。

林陆远抢在她前面说："你不要？好，那你自己去。但这是你第一次独自出远门，上飞机前、下飞机、到酒店，都要发消息报平安。"

祝安愣了几秒，最终低低地应了声"好"。

林陆远居高临下凝视她良久，手轻轻落在祝安头上，轻抚了一下。

他说："安安，别躲着我。"

林老尚未回家，祝安已经登上飞机，前往南城。

南城和海城相距不远，飞机航行两个小时就能抵达。

一落地，热浪扑面而来。

比起临海城市，南城暑意更重。

纵然如此，祝安的心情还是非常不错。就像每个孩子摆脱家长，第一次出远门一样，总是很激动。

她拿了行李，打车直奔酒店。

制作组财大气粗，提前给所有人开了五星级酒店，每两人一间，到了直接拿身份证办理入住即可。

室友还没有到。

祝安放下东西，休息了一会儿。

手机迫不及待地振动起来。

林陆远："到酒店了吗？"

林陆远："距离落地已经过去一个小时了。"

林陆远："发生什么事了吗？"

祝安皱着眉，飞快地打字："到了。"

林陆远："行。"

林陆远："房间号发我。"

祝安："为什么？"

林陆远："万一再发生上次那种事怎么办？"

林陆远："我要知道你在哪里。"

他说的是阑尾炎那次。

思及往事，祝安心软了一下，很快又冷静下来。

手指在键盘上停留片刻，她一个字一个字地敲："林陆远，你不要这样，我总是要离开的。"

手机顿时安静下来。

又过了片刻，林陆远："不许离开。"

消息如石沉大海，再没回复。

林陆远抿唇，将手机丢到沙发上，整个人用力往后一靠，挺直背脊和皮椅贴得密不可分。

无人在场，他的表情不复往日平静冷漠，略显凌厉了些。

"咯咯。"段南嘉站在门外，为引起他的注意，重重地咳了两声。

林陆远挑眉："怎么？"

段南嘉："心飞哪儿去啦？合同敲定发你邮箱了，行的话我明天带律师去姜总那边最后确认。"

林陆远"嗯"了一声，坐直身体，鼠标划拉两下，点开邮箱，神情严肃地投入工作。

段南嘉没走，顺势坐到沙发上，感觉好像坐到了什么东西。

他往后摸了一把，把林陆远的手机摸了出来，冷哼一声，笑道："谁惹你了？安安妹妹？"

除了祝安，大概任谁也没法让林三摔手机。

林陆远才懒得理他。

段南嘉叹了口气，慢声细语：“我觉得，你还是得讲点策略。作为过来人，大哥给你个建议怎么样？”

林陆远虽然没说话，但眼神已经离开屏幕，落到了段南嘉脸上，眉头紧皱，似乎在等着他继续。

段南嘉嘿嘿笑了几声，语气有点诡异，缓缓开口道：“追女生嘛……有的时候用点计策也未尝不可……”

段南嘉已经全然忘记，自己这个“过来人”之前让林陆远去走“温情路线”，结果一败涂地、一无所得。

他似乎又想做一次赛过诸葛亮的“臭皮匠”了。

林陆远：“什么计策？”

对祝安，他无可奈何、黔驴技穷，又不敢依着自己霸道的脾气来，怕惹得她更伤心，完全无计可施。

病急乱投医之下，林陆远决定听听段南嘉这个不着调的还能有什么新提议。

南城园林，天下闻名。

但这太阳实在太晒太烈，祝安没勇气去露天园子里走一下午，只搜了一家网红餐厅，在空调房里休息。

午后，街上人流熙熙攘攘。

祝安手托下巴，望着窗外，发呆。

“祝安？”

她闻声抬头，愣了愣，瞪大眼睛，讶异地开口：“章老师？”

章七炜站在不远处，和她只隔了三四张桌子的距离。

旁边还跟了个小女生，细柳一般纤瘦的身材，眉眼干干净净，十分清秀。

祝安眼神一凝，超强记忆力之下，她自然立刻想起这是谁了。

这个女生，在上次那个挑战赛上公开质疑她作弊。这段插曲也被剪进了平台赛事录像中，引起了一番热烈讨论。

祝安在看视频时，记了一下女生的名字——宁为玉。

她怎么会和章七炜一块儿在这里？

章七炜带着宁为玉朝祝安这边走来。

祝安站起身。

章七炜在她面前站定，镜片下看不清神色，低声问她：“你是来参加那个《超级脑王》的吗？”

祝安点点头。

章七炜嗤笑：“林陆远舍得把你放出来了？连这种娱乐综艺都答应让你参加，真是变了。”

祝安不知道该说什么，只能尴尬地讪笑。

章七炜就调侃了这么一句，也不再多说，转了话头，给祝安介绍身边的女生：“这是宁为玉。”

再次见面，宁为玉还是一副不服气的模样，高高地仰着头。迫于章七炜在身侧，她才勉勉强强补充道：“‘宁为玉碎，不为瓦全’的那个宁为玉。”像是怕她不明白似的。

祝安点点头，轻笑：“我记得。你好，我是祝安。”

宁为玉偷偷地轻哼了一声。

祝安没打算哄小女生，只将眼神落到章七炜身上。顿时，她恍然大悟：“你们也是来参加这个的？”

这么一想她就明白了。

上次宁为玉因为她直接退了赛，如果两个人一起出场，这在综艺制片人看来，必然是个很好的噱头，说不定还会再次安排一场PK之类的。

综艺有台本，但签合同时祝安仔细研究过。合同上写得很明白，《超级脑王》里所有对战比赛结果全部由选手自由发挥，虽然有剪辑，但为了保证节目的真实性，不会将结果作假。

如果要祝安为了戏剧效果刻意输给宁为玉……那她觉得自己肯定接受不了。

章七炜还未作答，宁为玉抢在了他前面说：“是我参加，哥哥是陪我来的。”

祝安愣了愣：“哥哥？她是你妹妹吗？”

章七炜：“不是，宁为玉也是我的学生。”

宁为玉不服气：“也是我哥哥。”

倏地，祝安仿佛明白了什么。

不再多问，她冲着两个人示意了一下：“一起坐吧。”

三个人拉开椅子，面对面坐下。

不过祝安不善言辞，大多还是宁为玉缠着章七炜说话。

她点了个冰激凌，坐在对面，一边吃，一边安安静静聆听着。

她听到宁为玉说自己理科好，其他科目跟不上，特别是文科，学得非常吃力；又听宁为玉说以后要去学天文，也想进少年班，明年就要去参加选拔等。

林林总总说了一大堆。

祝安勾了勾嘴角。

曾几何时，她就是这么将自己的一切都剖开，毫无保留且完整地捧给林陆远，但结局不算太好。

面对林陆远的表白，祝安已经失去了勇气和动力去考虑。

因为害怕再次受伤，潜意识便只想逃开。迟了一步，就是海角天涯。

祝安叹了口气："我先回酒店了。"

章七炜也跟着站了起来："我们也回去吧。"

宁为玉嘟了嘟嘴，不敢反驳，站起身，顺口问了祝安的房间号，意外发现两个人竟然是室友。

祝安："……"

这下真是冤家路窄，这几天都要两看生厌了。

祝安很能理解宁为玉的心情，甚至觉得她和自己小时候非常相像。

两个人都是小小年纪天资聪颖，难免一身傲气，对自己的实力很自信，遇上别人比自己强，心里难免不服气。

唯一不同的就是，祝安一直有林陆远压着，不许她骄傲自满。

三个人打车，一同回到酒店。

章七炜并非主办方邀请过来的人，就自己花钱开了一间房。

制作组安排的房间楼层高，章七炜已经先一步下了电梯。

入夜。

祝安小憩了一会儿，迷迷糊糊地醒来，睁开眼，揉了揉眼睛，坐起身。

宁为玉不在房里。

五星级酒店，隔音效果极好，关上门窗独处时，客房里安静得近乎死寂。

激动消退，她一点点清醒过来。

倏忽间，祝安意识到，从林宅搬走，意味着在未来漫长的人生中，她都将是这般孤单一人。

一时之间，她竟然有些茫然。

她拿起手机，解锁屏幕，查看新消息。

章七炜："宁为玉说你还在睡觉，我们就先吃晚饭了。要是醒了，可以来楼下餐厅找我们。”

祝安笑了笑，手指轻触，点出虚拟键盘，准备回复。

叩叩。

有人敲门。

祝安有些纳闷，这个时间点，宁为玉有房卡，不会敲门，还能有谁上来？

她下床，走到门边问了一声：“谁啊。”

外头那个人不说话，这样越发引得人狐疑。

祝安打开猫眼。

入目处，一束巨大的满天星挡住了所有视线。

祝安愣了愣，心头有一丝奇妙的悸动。

门外那个人沉沉地开了口：“是我。林陆远。”

预感得到验证。

祝安抿着唇，将门拉开一条缝，从缝隙里望出去。

林陆远衣冠楚楚，眉目如画，怀中满天星将他点缀得平易近人。

祝安：“你怎么来了？”

林陆远将花束往她的方向举了举，沉默了。

祝安没接。

两个人僵持了几秒。

林陆远败下阵来，低声道：“怕你晚上一个人害怕……我一会儿就回去。”

祝安浑身轻颤，眼圈温热。

童年记忆一点点翻滚起来。

祝安刚到林家时还是个小孩子，林老再怎么关心，到底是大人，很难时时刻刻揣摩到小朋友的心思，自然没法无微不至。

每晚祝安一闭上眼，都是她被抛弃在路边无人理睬的画面，叫人难以入眠。

她只能偷偷从床上爬起来，去敲林陆远的房门。

林陆远还是个小少年，语气十分不耐烦，将她冷嘲热讽一顿。等祝安眼圈泛红后，他再默默停下。

他粗声粗气：“行了行了，我去检查一下你的算术作业，烦死了，拖油瓶。”

少年跟着小女生回到房间，坐到她的书桌前，随手翻开她的练习簿。

直到祝安抽抽噎噎地睡着，他才轻声离开。

祝安要用尽全力才能控制自己不落下泪来。

从林陆远脸上移开视线，她低下头，目光落到那束满天星上。

花束包装十分精美，里面还插了纸片。

上面写了八个字——

万物美好，你在中央。

终于，祝安打开了房门：“你先进来吧。”

林陆远低声应了，抱着一怀满天星，不紧不慢地踏进房间。

祝安早就将换下来的衣服塞回了箱子里，宁为玉则是还没有打开行李箱。房间里没什么东西不能见人的。

然而到玄关和走廊的相接处，林陆远停下脚步。

他抿着唇，低声开口：“我就不进去了。”

自从祝安长大后，林陆远也很少再进她的房间。从门口踏入两三步，就会自动止步。

再说了，这房间里还有陌生女人，和祝安同住，家教使然，他更不能进去了。

祝安“嗯”了一声。内心挣扎许久，她还是没法硬下心肠让这个讨厌鬼马上离开。

一边是潜意识里自保式地想要逃离、一边是万里跋涉后一束满天星的感动。

祝安在心底责怪自己不够坚定，叹了口气，小声道：“先去吃饭吧。”

林陆远露出一丝笑意，应了声“好”。

他弯下腰，将满天星平平稳稳地放在沙发上，决定回去就给段南嘉包个大红包。

夜色如霜。

祝安和林陆远一前一后，慢悠悠地走出酒店。

“吃什么？”

“都行。”

祝安拿出手机，准备再搜一家网红店。

林陆远当即伸手，抓住她的手腕：“那听我的吧。”

他不是第一次来南城，自然要比祝安熟悉许多。

酒店在电视台附近，离市中心还有一段距离。

林陆远打开地图，确定位置后，胸有成竹地带着祝安七弯八绕，走进一条小巷。

巷子墙面斑驳，看起来有些年头了，两旁都是小店。店门口支了木桌，旁边放着塑料椅，使得中间空地只能并排走两三个人，不太宽敞。

每家店里都有客人，热热闹闹，烟火气浓郁。

林陆远走在祝安身边，轻声解释：“这是本地人喜欢的美食街，不太卫生，但值得尝一尝。”

祝安愣怔了一下。

她从来都不知道林陆远还会吃这种路边摊，实在和他一贯的风格……不太相符。

或者说，她对他，其实并没有自己想象中那么了解。

林陆远没注意到祝安的内心活动，带着她走进一家小店中。

简陋的小店，没什么正经菜单，只随便在墙上贴了一张海报。顾客都是老顾客，张口就能点菜，看菜单也就是走个形式。

祝安在店里看了一圈。

六张圆桌，加上门口露天还放了四张木桌，可以坐十桌人，竟然几乎坐满。他们只能和别人拼桌了。

林陆远一脸冷淡，走到靠墙的那桌旁边，弯腰，低声问了几句。

得到肯定答复后，他朝着祝安招了招手。

祝安乖乖地走过去，靠着陌生人坐下，这种体验实在新奇。

接着，林陆远也拉开塑料凳，挨着她坐好。

空间狭小，两个人一下贴得极近，只要身体稍微动一动，大腿就会不可避免地相触。

天气炎热，祝安穿了短袖短裙，长度堪堪在膝盖上，人一坐下，短裙就会往上滑。

林陆远来得急，没换衣服，还是上班时那身衬衫加西装裤，严肃，还有点禁欲，也不嫌热。

赤裸的皮肤擦到西装裤布料。

小店里，空调冷气也不太足。

祝安脸颊泛红，有些说不出的羞怯，连忙倒了杯冰水，双手握住，试图给自己降温。

林陆远已经点好了菜，又拆了一次性餐具，放到祝安面前。

他抿了抿唇，低声问道："热？"

祝安垂眸，摇摇头："还行。"

林陆远："一会儿我就回去了，晚上自己小心一点，别熬夜。他们安排的室友怎么样？不行的话我去给你重新开一间。"

祝安的手指轻轻一动。

"挺好的，是认识的人，也是章七炜的学生。"

她也不是第一次外宿了，上了两年大学，周一到周四还不是住在寝室里，也没什么问题。这次只是出了海市而已，他也太大惊小怪了。

林陆远轻轻地"哦"了一声。

过去两个人相处时，林陆远脾气冷淡，大多是祝安主动找话题，啰啰唆唆、絮絮叨叨，大事小事都能拿出来讲，绝对不会冷场。要是林陆远稍微给点回应，她都能高兴许久。

现在，祝安不愿意找话题了，两个人便无话可说。

气氛沉默下来。

好在小店菜上得很快，没几分钟就风风火火地端上来了。

一张小圆桌，半边是对面两个女生的，另外半边就归他们。

林陆远给祝安夹了一块酱鸭，放到她碗里："尝尝。"

祝安点头，试了试。

确实很有味道，口感清清爽爽，也不油腻。鸭肉很嫩，一口咬下去，甜味和咸味一块儿往舌尖涌。

她笑了笑："好吃的。"

林陆远又给祝安拿了一碗南城特色面。面是小碗的，分量不多，两三筷就能解决，主要是尝个鲜。

有食物在前，沉默也就没有那么尴尬了。

林陆远自己没吃多少，大多时候都侧着脸，悄悄盯着祝安。

祝安被这一道道小菜勾起了食欲，低头，默默地、专心致志地小口咀嚼着。

不知不觉中，她的鼻尖冒了汗珠。

林陆远失笑，抽了张纸，伸手给她擦了一下脸颊和鼻尖。这个动作十分熟练，像是曾经做了无数次。

祝安难得没有反抗，乖乖配合他，抬了一下头。擦掉汗之后，她又低下头去，继续夹菜。

林陆远将那张纸巾捏在手中。

姿势稍微一动，两个人的手臂又碰到了一块儿。

这会儿，林陆远早就将衬衫袖子卷起来，挽到手肘上，露出一大截手臂。皮肤和皮肤相贴，触感细腻温热。

他眸色微深，眼里暗潮汹涌。

祝安眉目精致，唇色诱人……轻而易举就能撩动旁人。

林陆远顶着满心罪恶感，悄悄地往旁边挪了一点，控制全身，尽量不碰到她。

祝安自己却毫无察觉，眼皮也没抬一下。

他皱了皱眉，又觉得祝安一点自我保护意识都没有。

如果不是他，是别人带她来……她多半也是这般无知无觉。

想到那一大束玫瑰花，林陆远更加抑郁了。

一顿饭吃了四十多分钟。

祝安放下筷子，心满意足。

林陆远恢复了一贯的面无表情，起身去找老板埋单。

人一走，同桌那俩女人便开始窃窃私语——

“天哪，那个男人真的好帅。”

“是明星在做活动吗？”

“不能吧，他们俩肯定是男女朋友啊……也太体贴了，果然帅哥是好男人的概率更高。”

“帅哥那个眼神，啧，太深情了。要不是你拉着我，我就去要电话了。”

“人家女朋友还在旁边呢！”

“嘘！我也就是说说嘛，感叹一下！你小声点、小声点……”

祝安自小耳聪目明，虽然小店嘈杂，两个人还是凑到对方耳边窃窃私语，她依然听了个八九不离十。

她有点想笑。

也不知道这俩人是怎么旁观的。在祝安看来，林陆远这辈子都和体贴、好男人、深情这种词无缘了。

她领教过林陆远所有负面的模样，毒舌、刻薄和不耐烦。

温情难染。

林陆远埋完单，就将祝安送回酒店。

等电梯时，他摸了一张房卡出来。

祝安一惊，立刻摸了一下口袋，确定自己的房卡还在口袋里，心中忍不住猜疑：“你刚刚怎么上来的？”

林陆远：“在你们同层开了一间房。”

祝安无语半晌，讷讷道：“浪费。”

电梯到达底层，两个人一块儿走进去。

林陆远按了楼层，平静地回答：“不浪费。”

祝安沉默。

林陆远不善花言巧语，也不会哄女孩子，说什么都相当直接。特别是对祝安，他很少考虑她的心情，这才会让人伤透了心。

从海市出发前，段南嘉曾经对他耳提面命、谆谆教诲：“女人都是听觉动物，说点好听的，比做什么都管用。阿远，‘霸道总裁爱上我’这套，安安妹妹肯定不吃。”

“不过惊喜也是必要的，你现在去找她，肯定是浪漫的惊喜啦。但你要是老对人冷言冷语的，能把惊喜变成惊吓。”

林陆远踟蹰一瞬。

眼神落在虚空中，他轻声开口：“祝安，对你，我做什么都不嫌浪费。你知道的。”

回到酒店房间已经很晚了，祝安洗漱完走出来。

宁为玉睡在靠窗那张床上，背对着她，呼吸平稳，仿佛已经陷入沉睡。

祝安放轻了手脚，悄无声息地摸上床，伸手将房间内所有灯全部关掉。

酒店的窗帘遮光性很好，入目处一片漆黑。

祝安闭上眼没几分钟，宁为玉突然出声问道：“是那个人吗？”

一瞬间，寂静被打破。

祝安睁开眼：“嗯？”

宁为玉淡淡地笑了一声，小小年纪，语气故作老成：“你喜欢那个男的吧？刚刚送你回来的，我也看到了。”

祝安：“没有，不喜欢。”

宁为玉：“别骗人了，上次赛场上，他就坐在下面，我看到你看了他好几次。沙发上那束花也是他送的吧？”

她说得十分确定。

祝安叹气，又不想大晚上和小女生谈心，分享自己人生最大的坎坷。

她只得说："那是我一个哥哥。章七炜也认识的。"

宁为玉："……"

祝安："睡吧，晚安。"

话音未落，手机在床头柜上轻轻振动一下。

祝安抬起手，将手机拿过来，整个人闷进被子里，解开屏幕锁。

林陆远："晚安。"

想了想，祝安还是没回复，关了手机。

空气中，满天星的花香淡淡萦绕，勾魂夺魄。

祝安不愿承认这花香只是心理作用，咬着唇，紧紧地闭上眼。

第六章
再深陷

次日下午一点半。

《超级脑王》制作组派了三辆商务车到酒店，接所有人去拍摄定妆照。

祝安跟着宁为玉一块儿上车。

她了解过赛制还有节目的大致流程，除去评委和嘉宾，正经的“脑王”备选也就二十个人。

祝安看了一下自己这辆车，上面坐了三女四男。除了其中两个男生有点胖胖的，模样比较憨厚，另外几个形象都非常不错，很适合上镜。

车开了二十多分钟，到达电视台。

所有人都下了车，在助理的引导下走进电视台大楼。紧接着，便是紧锣密鼓的化妆、换衣服，再一个一个去拍摄。

等全部弄完，天都已经黑了下来。

那个制片人走过来，拍了拍手，说：“辛苦大家了，综艺从明天开始录制，每周六、周日两天，后期会有外景拍摄。所有安排都在计划表中，请大家悉知。”

祝安随手翻了一下这份新的时间表，发现第二天竟然就有她。

她张了张嘴，有些讶异。

再往后翻，连第一期的详细流程、题目，都写得很明白了。

《超级脑王》并不算是传统的竞技类脑力综艺，只是挂了个“天才”的噱头，拍摄形式甚至有点类似真人秀。像第一期，摄影棚会搭一间茶室，所有人，包括三位选手和几位评委嘉宾，都会坐在茶室里，一边喝茶聊天，一边进行脑力大战。

比如就有速记。

茶艺老师会给所有人讲解茶文化，包括发源、历史、种植、名人事迹等，然后让选手速记下来，再做提问。

类似这般，题型多样，由每场嘉宾来抽题。

祝安合上时间表，笑了笑。

这种流程作弊也太容易了。

不过她很有信心，就算如此，自己也是不会输的。

一行人回到酒店，商量着一起吃饭。

祝安有些想念昨天那道蛤蜊豆腐，拒绝了邀请。

宁为玉也不去，因为明天没有她的拍摄部分，章七炜要回海市，她急急忙忙收拾了行李，赶夜路，跟着一块儿离开了。

祝安磨磨蹭蹭，跟着手机导航，一个人找去了昨天那条小巷。

周五晚上，小巷更热闹了。

她进到店里，眼神搜寻半天都没有发现空位，只能坐到露天桌。她还是点了昨天那几个菜，下单。

祝安无所事事地拿起手机。

三分钟前，林陆远发来消息：“明天几点的机票？”

祝安打字很快：“我不回去了。”

消息发送成功，不过间隔一秒，手机就开始疯狂振动起来。

林陆远：“什么意思？”

林陆远：“祝安！”

林陆远：“什么叫不回去了？”

林陆远：“我马上过来，当面说。”

祝安手指一顿，往回拉了一下，才意识到自己说的话有歧义。

生怕林陆远真的飞来南市，她连忙发了条语音过去：“明天、后天就有拍摄，我不能回海市，周一早上回。”

林陆远：“……”

林陆远：“好，我知道了。”

这才算完。

祝安啼笑皆非。

就算当初自己一心一意爱慕林陆远时，也没这么黏人。

搞不懂。

周六一大早，祝安便来到电视台，化妆、换衣服。

后台人声鼎沸。

等待时，她顺便听了一耳朵。

“嘉宾是谢展云。”

“我的天，制作方这么有钱的吗？请谢展云来做这种综艺的嘉宾？”

“是只拍一期还是期期常驻？这得花大血本吧？”

“我是他粉丝！前几个月那部电影我去看了好几遍呢！没想到能在这里见到真人！”

…………

祝安拿出手机，偷偷搜了一下这个名字。

原来是个男演员，看百科履历，获得过不少大奖提名，还演了几部很有分量的作品。

祝安不太看这些。不过这几部电影中，有几个名字连她都听说过好几回，应该是相当有名气。

网页界面上，男人的照片醒目，眉目锋利，表情严肃，气场似乎能穿透屏幕。

祝安对明星兴趣不大，仅仅了解了一下，就随手关了百科。

很快，忙碌完毕，一行人齐齐转移阵地。

一晚上工夫，摄影棚里已经搭好了布景。

茶室，假窗，中国风。

中间摆了一张红棕色实木长桌，长桌两旁放了八张实木靠背椅，桌上放了果盘和瓜子，还有矿泉水，像是在拍古装电视剧。

祝安按照导演的要求，和另外三个选手一同站到布景里。

他们还有各自不同的剧本，比如从门口走进去时要说点什么台词，感叹一番。就连每个人互相打招呼的语气，也都是有台本的。

祝安是第一次看这种拍摄，感觉还挺有趣，十分新奇。

等摄像机镜头打开后，主持人坐到了长桌主位上，各自的戏份便正式开始。

祝安是最后一个进场的，带着“圈内知名小天才”的标签，另外三个选手都要对她致以或憧憬或不屑的眼神。

实在忍不住，她低低地笑了一声。

还好不是正经拍戏，可以有自由发挥的余地。

祝安摆了摆手，小声说：“不是什么天才，就是普通人而已。”

接着，她慢慢走过去，在长桌边安然落座。

选手部分结束，再开始是嘉宾和评委剧本。

这次，嘉宾和评委一共是四个人。两位是名校教授，其中有一位，祝安也听过他的名字，确实很厉害。另外一个则是主持人，还有一个就是那个大明星谢展云。

谢展云压轴出场，恰好就坐在祝安对面。

祝安偷偷瞄了他一眼。

本人比照片更帅气俊朗一些，气质也更锋利。

整个人就像一把沉默出鞘的剑。

所有人都坐定后，按照流程，主持人开始让评委抽选题目，然后分发给选手。

祝安眯着眼仔细看了看。

一共四道题，分别是速记、观察、分选、计算，都是计划表中给到的类型。

第一轮就是速记。

各种剧本表演完，茶艺老师走进来。

老师年纪五十多岁，戴黑框眼镜，穿着盘扣唐装，头发一齐向后梳去。全身结合起来，很有现代古典风。

他坐到长桌尾端，咬字清晰，模样十分专业。

“中华茶文化源远流长且博大精深……中国历史上，有个很有名的茶圣名叫陆羽。他所写的《茶经》，吹响了中华茶文化的号角……

“歌手周杰伦有一首歌，写的便是这个人。说什么呢？说‘唐朝陆羽写茶经三卷流传了千年’，哎，又说‘陆羽泡的茶像幅泼墨山水画’。

“他为什么这么写呢？因为陆羽的茶经，发扬了茶文化精神，辐射到了中国古代的方方面面，诗词绘画，样样皆有。”

…………

老师侃侃而谈，虽然说的内容杂，但引经据典、博古通今，十分有意思。

祝安听得相当认真。

渐渐地，时间越说越长，内容也越来越多，身边那三个选手都有些坐不住，不自觉地动了动，脸色看起来也有些不太好。

老师总算恋恋不舍地结束：“就到这里了。”

除祝安外，所有人都松了一口气。

嘉宾开始抽取题目。

第一题就是谢展云抽。

主持人将那卷竹简展开，提问道：“速记第一题，请复述《走笔谢孟谏议寄新茶》内容。”

祝安轻轻抬手，将面前的茶杯盖合上。

这就是代表抢答的意思。

节目组将方方面面都设计得古韵十足。

主持人看向她，笑着点点头：“祝安同学。”

祝安声音如流水般清醇动人：“一碗喉吻润，二碗破孤闷……习习清风生。”

“正确。”

她勾了勾嘴角。

速记一首诗不难，这道题难就难在这位老师将一整首诗全部拆开来讲，没有完整地念过一遍。第一句在开头，说第二句时就已经过去十分钟了。当中还有其他各种乱七八糟的诗句夹杂，要记清每句话，再组合在一起。

这综艺还挺有意思的，祝安心想。

上午只拍这些内容，导演宣布结束之后，所有人下场，工作人员给他们发盒饭。

镜头一关，谢展云立刻被许多人围了起来，经纪人、助理一大堆，排场很大，仿佛生怕他被谁冲撞了似的。

唯独祝安不以为意，安安静静地走到旁边，喝水、吃饭。

五分钟后，另外三个选手都围到了她旁边。

开场白毫不意外：“你好，你之前参加了那个速算比赛对吗？我看了录像，你好厉害啊。”

这句话已经听了无数遍。

祝安笑了一声：“你们好。”

三个选手，两男一女。他们仨昨天就一起吃了晚饭，应该是已经熟识。

唯独祝安不太合群，才刚说上话。但既然已经开了口，自然坐到了一起聊天。

“祝安，你是P大的吧？”

“我考P大差两分……太惨了。”

“我是竞赛特批的，没参加高考。可惜没坚持做研究了，年纪大了脑子不够用。”

…………

祝安话很少，只安安静静旁听。简单了解下来，四个人都是大学生，其中她年纪最小。

不知不觉，话题扯到她身上。

“祝安，你签经纪公司了吗？”

祝安一愣：“啊？”

那三个人见她一脸迷茫，顿时也迷茫了：“你没签公司是怎么进来的？”

话音未落，手机振动起来。

她没来得及说话，做了个抱歉的手势，放下盒饭，跑去旁边接电话。

林陆远的声音透过电波传来。

“吃饭了吗？”

一时之间，祝安有些不忍破坏这般平和的气氛，再恶语相向。

她抿了抿唇，低声回答：“在吃。”

林陆远低低笑出声，慢条斯理地开口：“晚上什么时候结束？我带你去吃好吃的。”

“你又到南市了？”她哑然。

林陆远：“还没有，早上有个合作要面谈，下午四点才能结束。结束之后再过去。”

祝安心绪复杂，半天不知道该说什么才好。

两个人之间宛如倒置了关系——从小尾巴变成了大尾巴。

停顿良久，她轻声说：“你别来了。”

林陆远轻轻叹气，喊她：“安安。”竟然无端品出了点无奈的宠溺。

这完全不像林陆远。

祝安受不了这个。她语速飞快，像是在给他解释一般：“我们要拍到很晚的，不用麻烦了。”

说完，她又急急忙忙挂断电话。

心脏怦怦跳快，拼命作祟。

脸上的温度难以消退。

祝安从旁边拿了瓶水，握在手里。

不知道是不是摄影棚人多又不透气的缘故，哪怕冷气打得极低，中央空调嗡嗡作响，也总略感燥热。

这天好像比前几天更热了。

是盛夏啊。

挂断电话，林陆远心下怔然。

明知道祝安必然不想见他，但林陆远还是硬生生从这般简短的交代中品出了一丝温情。

这通电话，霎时间带上了旖旎温柔的色彩。

林陆远放下手机。

安远和姜氏重拟合同这个小插曲，虽然以各退一步作为收场，可到底是对安远产生了一定影响。公司运作被打乱，许多事情本需处理，都被迫搁置了下来。

现在，正是要收拾烂摊子的时候。

林陆远和段南嘉昨天晚上通宵测试产品，早上七点刚交付完成，八点就要去和下一个甲方见面。

说是大老板，如果不动用背景、不动用家里关系，也和每个创业者一样辛酸。明明是天才世家出身，天赐好智商，和林老一样搞科研、受人崇拜不愿意，偏偏要去做市侩的商人。因为这事，林陆远在圈内承受了不少议论。

可是，哪怕再辛苦，他也没后悔过。

说点好听的话，叫科技可以改变世界；说得实际一点，多赚点钱，可以让安安做自己喜欢的事。

任何事，都可以。

这般想着，林陆远回到包间。

“林总终于回来了。”

林陆远：“抱歉，打了个电话。关于新产品框架，安远这边有几点基础构想……”

三两句话，他很快进入工作状态。

语气不卑不亢，眼神自信傲然。显然，林三少无论在什么领域，都和“卑躬屈膝”挨不上边。

三点不到，双方已经达成基础合作意向。

那位负责人离开前，笑呵呵地拍了拍林陆远的肩膀：“林总后生可畏，懂技术又懂商务的老板，现在已经不多见了哦。你知道的，行业现状大多是技术员创业或是商人涉足。来之前，我听说林总是名校高才生，还怕又遇上那种严谨却不懂人情世故的，不好沟通。听您说了几句话，就放心了，想必以后我们之间还能多多打交道呢。”

林陆远弯了弯唇，礼貌一笑：“谬赞。合作愉快。”

最终，林陆远还是没有飞去南市。

他想给祝安一点自由空间，重新来、慢慢来，循序渐进。即使她不再依赖人，他也必须细心呵护、妥善珍藏。

林老在外开会，祝安也不在家，林陆远便回了自己公寓。

不久前，祝安曾在这边客卧住过一夜。

家政阿姨每周都会来打扫收拾，客卧整整齐齐，早就没了一丝一毫有人借住过的痕迹。

林陆远无所事事，从开放式客厅慢吞吞踱步到客卧外，伸手推开门。黑暗中，仿佛还能闻到一丝轻微幽香。

祝安没什么特殊喜好，林宅里有什么就用什么，洗发水也是管家统一采购，和所有人用的都一样。

偏偏林陆远就是觉得她身上带着独特香味，隐隐约约飘散开来。

他重重地拉上门。

回到客厅，林陆远拿起手机，给祝安发了一个句号。

他的指腹轻敲着屏幕。

反反复复，打了又改，改了又删，最终还是只发了个句号。似乎只是手滑发错了消息，漫不经心的意味能穿透屏幕。

千万想念，都难以诉之于口。

而任凭谁也猜不到，他所有的漫不经心，皆是用情至深。

另一边，制作组开始拍摄场景中后三道题，也就是观察，分选，计算。

观察，顾名思义，观察茶叶与茶水，并在现场进行甄别。

那茶艺老师将装备放到木桌上，稳稳当当地开口：“中国茶叶种类有数千种，再按照制作工艺划分大类。”

他共带了二十种茶叶来，放在瓷质小茶罐中，给所有人一一展示。

“每种茶叶都有差别，有些差别显著，有些则细微。

“由于种类不同，冲泡手法也不同，自然，泡出来的茶水也会有颜色、气质上的分别。”

说到这儿，那老师笑眯眯地看了主持人一眼。

主持人立刻接过话头：“请大家仔细观察二十种茶叶之间的差别，包括茶叶本身、茶汤，观察时间共三十分钟。”

“计时开始。”

每人面前都上了一模一样二十个小茶罐还对应二十杯茶水，与茶叶名字一一对应。

祝安深吸一口气，面无表情沉着地抬手，用茶镊夹出了第一片茶叶，余光扫了一眼它的名字——白毫银针。

竟然十分好听。

她弯了弯唇。

三十分钟结束，嘉宾开始抽题。

谢展云还是一脸冷酷，随手拈了片茶叶出来。

主持人拿到手中，开口：“请大家写出茶叶名字，并选出对应茶汤编号。”

答题板分发到每个人手中。

事实上，这并不是祝安的长项。

她记忆力超群，但这么多种模样、颜色全部类似的茶叶和茶水，需要极强的观察力，以及对颜色和形状的感知度，就算她能把每种都记住，还是需要花时间来回忆和比对。

加之另外三个人也不是一无所长，其中有一个就是美术生，这算是考到他的专业了。

那人第一个写完，放下笔。

祝安还握着记号笔，皱眉，在脑中一个名字一个名字过。

蒙顶？姑菁？还是松萝？

五分钟答题时间过去，所有人放下笔。

评委将答题板收起来，检查答案后宣布：“共三个人回答正确。”

另外一个男生写对了名字，但是茶汤编号错了。导演给了特别采访，他说自己有轻微蓝绿色盲，黄绿色茶水不太能分清。

这又是一个可以挖掘剧情的戏份，话题围绕这件事展开了一些。

祝安安安静静地收拾面前的桌面，松了口气。

第三题也是和观察相关的，几种形状、颜色相近的茶叶混在同一个茶罐里，由每个人分选开来。

祝安错了一种，也算平稳过关。

这日拍摄已经接近尾声，每个人脸上都露出了一丝疲色。

导演见上镜效果不好，喊了暂停，笑道："谢老师，辛苦您给几位同学签个名吧，鼓励鼓励大家。"

谢展云面无表情地"嗯"了一声。

那三个选手可激动坏了，问制作组借了纸和笔，递给谢展云，缠着他合影。

唯独祝安一人，平静地坐在位子上，拿着茶盏，垂下眸子，默不作声地饮茶。

端坐着看了半天茶叶，她眼睛泛酸，精神也有点不济了，正好能借此工夫恢复一下。

谢展云给所有人签了名，顿了顿，记号笔还拿在手中，没有合上盖。

他锐利的眼神落到祝安身上："你要签名吗？"

祝安愣了一下，才意识到他是在对自己说话，连忙摇摇头，礼貌地笑了笑："不用了，谢谢。"

谢展云有些诧异。

几分钟后，导演拍手示意继续拍摄。

祝安转了转脖子，聚精会神。

第四题是她最拿手的计算，要求实际上比初级加减速算还要容易。

那老师会讲述一个制茶故事，比如茶树的生长气温、生长时间、采摘时间、每个制茶步骤所需时间等，详尽到制茶工艺的每一步。

故事里出现了无数个数据，单位也不尽相同，有日月年、时分秒，克千克、斤两等。

题目都很简单，可以说就是个位数十位数加减法，但是要先将故事中的数字信息提取，再做运算。和第一题模式有点异曲同工之妙，都是考快速记忆和信息提取。

确实，在综艺里看，别的才艺都显得不那么令人震撼，只有非同一般的超强记忆力会让观众发出惊叹。

题目一出，祝安闭上眼，静静回忆几秒，将十八个数据提取，再做加减。这次，她只花了二十秒，就放下了答题板。

那位中西合璧的茶艺老师扭头惊讶地看了她一眼。

祝安抿着唇，只觉得除此之外，还有另一股视线压在她头顶。

她抬头，和谢展云对上眼神。

谢展云很快收了探寻的视线，别开脸。

第一天拍摄，祝安大杀四方。

另外三个选手总算意识到，她好像不是上节目来刷脸准备出道，是制作组找来的真的天才。

“祝安，我还以为之前那个比赛节目也是安排的剧情呢。没想到，你居然真的……哇，牛啊。”

“你真的没拿综艺剧本吗？”

“能不能，拜托你，我想现场感受一下速算，求表演一道题……”

祝安好脾气地应了声。

那个人果真随口出了一道题。

眨眼间，她已经报出了答案。

三个人妆都不卸了，各自摸出手机，在计算器里疯狂输入数字。

下一秒，他们面面相觑。

祝安只觉得很有意思，扑哧一笑，一点也没生气。

走出名为“林陆远”的牢笼后，她认识了越来越多性格脾气各异的同龄人，见识了很多从前没见识过的事，就连这种场合、这种剧情，都觉得有趣。

场务走进后台，宣布这日收工。

“本来是要拍两天的，但是因为谢老师档期有限，今天一天拍得比较赶，明天没什么特别内容，大家过来补几个镜头就好。辛苦几位同学了！”说完又打过招呼，关门离开。

此时，夜幕低垂，已经过了饭点。

另外三个同学邀请祝安一起吃晚饭。

她精神不佳，想回去睡一会儿，便客客气气地婉拒了他们，独自离开了后台，往电梯方向慢步走去。

电梯门打开。

祝安脚步一顿，和谢展云团队撞了个面对面。

谢展云已经戴上了墨镜、口罩，周围还跟了不少人。但他个子很高，站在数人中间，颇有些鹤立鸡群。

祝安礼貌地冲一行人点点头，算打招呼。

要是表现得太热络，指不定人家以为她有什么非分之想；要是假装不认识，又太没礼貌，不符合林家家教。

这样应该刚刚好。她心想。

谢展云也几不可见地点了下头。

祝安站到角落里。

很快，电梯到达了底楼，只有她一个人走出去。

谢展云他们应该是要到 B1 层，都没有下电梯。

祝安没放在心上，摸出手机，先打了车，再浏览起了酒店附近的外卖，低着头，很快走出电视台大门。

“祝安同学！”

陡然听到名字，她停下脚步。

喊她的是一个陌生男人，脸有一点点熟悉，三十多岁模样，穿着休闲短袖，戴了顶鸭舌帽，和电视台这边的氛围不太相符。

祝安回忆了一瞬，想到来人身份——是谢展云的助理。

他叫自己能有什么事？

助理小哥几个跨步，很快走到祝安身边，一言不发，先塞了张名片给她。

祝安疑惑不解。

助理小哥压低了声音：“谢老师希望您有时间可以联系他，名片上是他的私人号码。”说完，小哥又迈着大步，转身离开了。

祝安捏着名片，瞪大了眼睛，半天没回过神来。

回到酒店，祝安小睡了半个小时，然后出去拿了外卖。

她夹了一筷子凉粉放进嘴里，小口咀嚼着，眼神不自觉地游移，落到床头柜那张名片上。

这是什么意思？

因为是第一次接触这种事，祝安有些不太明白。

想了想，她放下筷子，给裴文晴发消息。忽略了主角名字，只将这件事大致复述了一下。

祝安："就是这样。"

祝安："所以是要我联系他做什么呢？"

裴文晴在家躺了好几天，一直无所事事。听到这么一个重磅消息，一蹦三尺高，直接回拨了一个语音电话给祝安。

祝安接起来，打开扬声器，笑着和她打招呼："文晴，晚上好。"

裴文晴的声音几乎要穿透电波，再将酒店天花板掀起来。

"妹妹！他想追你！告诉我是谁那么不要脸！啊啊啊——"

祝安："……"

裴文晴："你一个人在南城吗？！快给林哥哥打电话！"

祝安简直哭笑不得。

没有被裴文晴这激动的情绪影响，她淡淡地开口："应该是你想多了。"

那可是谢展云。

祝安对谢展云了解不多，但按照网上资料所言，应该是演员圈的巅峰人物，社会影响力很大。就算是为了风评，也不可能这么随便。

她据理力争。

纵然祝安没反驳她，但语气显然不太相信。

等语音挂断后，裴文晴握着手机，彻底没了睡意。

她越想越觉得，祝安一个女生独自一人待在酒店里，真是危险极了。

虽然祝安没细说，但根据仅有信息分析，肯定是综艺制作组里的人，就是不知道是工作人员还是参演人员。

但是，无论是谁，都让人担忧。

她的小宝贝这么乖这么天真，万一被人欺负了呢？

一阵翻来覆去，裴文晴深吸一口气，点开了林陆远的微信对话框。

这是之前祝安阑尾炎住院时加上的，两个人一句话没有说过。但自从裴文晴知道了两个人的纠葛，就对林陆远同仇敌忾起来，一度想要拉黑他。

还好没拉黑。

裴文晴飞快地编辑了一条消息，点击发送出去。

这会儿，林陆远本身心情还不错。

看到新消息，他点开屏幕，却发现不是祝安的消息。

裴文晴："林哥哥！祝安被不怀好意的男人塞名片了！"

林陆远："……"

林陆远："什么意思？"

裴文晴简单复述了一下。

当即，林陆远收了淡然，心头怒火猛地被点燃。

他并不是大惊小怪的性格，也觉得裴文晴有些小题大做。只是一想到有万分之一的可能性，祝安正在被别人悄悄觊觎着，就有些难以平静。

他抿了抿唇，冷静片刻才给裴文晴回复："知道了，谢谢。"

裴文晴见他语气平静，总觉得这两个人是一脉相承的不以为意，好像只有她一个人在旁边干着急。

顿时，她躺倒在床上，仰天长叹，彻底放弃纠结。

实际上，林陆远丢开手机，已经忍不住在大开放式客厅里来回踱步。

他心里弥漫起一丝后悔的情绪。

不该给祝安什么自由空间的。他就该工作结束，马上买机票飞去南城，拉着祝安逛夜市、胡吃海喝，像普通情侣一样，而不是在这里一个人生闷气。

林陆远是行动派，想做就做，立刻点开手机，查了最近时间的机票。

祝安的手机一直放在旁边充电，吹完头发坐到床边，才看到林陆远发来的消息。

祝安盯着屏幕上的句号，皱眉，表情看起来有些摸不着头脑。

这又是什么意思？

这天怎么有这么多诡异的事呢？这一个个的。

祝安捻了捻指腹，在"回复"和"不理人"中踟蹰了片刻，指尖缓缓落到手机屏幕上。

祝安发了一个问号。

五六分钟后，林陆远才给了反应："在做什么呢？"

一切言语都隔着网络。

他冷静下来，关了订机票的软件。

他不想因为这件事巴巴地追去，解释不了，还会给祝安心理压力，将她越推越远。到时候，祝安又要指着鼻子骂他"占有欲太强"了。

祝安没从这句话里品出什么异常，回复道："准备睡了。有什么事吗？”

林陆远：“去检查一下门锁好了吗？保险链也要记得挂上。”

闻言，祝安真下了床，跑去摸门锁。

锁扣扣得很紧，没有问题。

她嗤笑了一声，总觉得自己和林陆远一起降了智。

须臾，她一个字一个字回复：“知道了。”

第二天是星期天。

南城骄阳似火，流金铄石。

祝安踩着烈日走进电视台。

由于只是补拍镜头，评委和嘉宾都没有再出现。制作组找了四个身形、发型都差不多的人，穿上同款衣服，摆在布景里当背景，取个背影即可。主要还是补拍四个选手的画面。

比预想中更快地结束了拍摄，才下午三点不到，祝安已经回到酒店。

时间尚早，没必要再留一晚，她收拾了行李，买机票回海市。

晚上八点，祝安落地海市。

她没让林家司机来接，而是自己打车回了林宅。

管家拉开门，表情有点惊讶：“安小姐？不是说明天才回吗？”

祝安笑了笑，温声解释：“结束得早就先回来了。”

管家点头：“您吃晚饭了吗？”

“不用麻烦了叔，我吃过飞机餐了，还不饿。”

林老还在外面开研讨会，没有回来。她不需要打招呼，一个人上楼，走进房间。

整个二楼都安安静静的，仿佛没有人在。

祝安脚步微顿，眼神游移了一下。

这天，林陆远也没有回来吗？不是说以后要一直住家里了吗？

此时，林陆远还不知道祝安已经回了家。

因为新产品意向达成，趁着周日休息，段南嘉非要抓着他去泡温泉。

林陆远毫不犹豫、面无表情地拒绝了，两个大男人去泡温泉，像什么样子？

段南嘉只一句话就成功说服了他：“兄弟，你还追不追安安妹妹啊？咱们正好能讨论讨论下一步计划。”

林陆远："……"

海市没有天然温泉眼，只能开车去邻省，找一家私家温泉酒店。

两个人前后下了温泉池子。

段南嘉这阵子也忙得脚不着地，浑身疲惫。一入水，他舒服地喟叹一声。

他闭上眼，随口问道："安安妹妹回来了吗？"

林陆远皱了皱眉："明天。"

段南嘉："你去接她吗？"

"不去。她不喜欢！"

段南嘉冲他比了个大拇指："有进有退，松紧适宜，厉害厉害。"

"我觉得吧，虽然安安妹妹嘴上说想和你划清界限，但心里肯定还是有点喜欢你的。"

林陆远当即来了精神，目光炯炯，望向这个"臭皮匠"。

段南嘉十分自信："就是一种感觉。"

林陆远："……"

沉默良久，他垂下眼睑。

说来说去，还是他做得不够好，让祝安一次又一次伤心。她总是因为林陆远，而要被迫承受各种压力。

想到这儿，心脏密密实实地痛。

连宠在手心都嫌不够的祝安，却被他伤成现在这样，变得敏感又小心翼翼。

段南嘉很少见林陆远这般落寞，霎时失语。

顿了顿，林陆远开口："一点点残存的喜欢还不够。"

他会对她无比的好。

好到让祝安重新爱上他。

这个情感话题过于沉重。

段南嘉知道很多内幕，林陆远难以诉之于口，也不想再去揭他伤疤，便顺口转了话题："周五我听姜总说，他要投资一个艺人工作室。"

林陆远对姜婷和姜婷她那没底线的爹厌烦透顶，懒得听他们的任何事。

段南嘉却十分有八卦精神，兴致勃勃地接了下一句。

"听说是因为姜婷看上了一个明星，要给他成立单独的工作室，让那明星自己给自己当老板呢。"

“无聊。”

段南嘉大笑出声：“不无聊啊，这个贵婿差一点就是你了好吗！你错过了这个机会……哦对，您老不缺这点彩礼钱。天哪，你说姜婷怎么就没看上我呢！”

林陆远冷笑了一声，起身跨出温泉池子，只轻飘飘留了句话：“你可以去毛遂自荐，主动一点。”

周一下午，祝安接到了一个意料之外的电话。

“您好，哪位？”

电话那头，男人声音低沉磁性，带着一丝凉意。

他说：“我是谢展云。”

祝安的脚步在客厅门口停顿了一下，有些难以置信。

她深吸一口气，平静地问道：“您好，有什么事吗？”

谢展云：“等了你几天电话都没有等到，只能我打给你了。你什么时候有时间？可以见面聊一下。”

祝安张了张嘴。

裴文晴那天说的话，忽然从她脑海深处冒出来。

“啊这……”

知道祝安要回家，林陆远一下班就迫不及待地回了林宅。走进大厅，见祝安正蹙着眉在打电话，神态有点诡异。

他慢条斯理地走到祝安身边，随口问道：“谁的电话？”

祝安被他吓了一跳，浑身一颤。

咚的一声，手机从手中滑落，摔到地上。

林陆远皱起眉头：“……”

祝安这般举动，实在很容易让人联想到“做贼心虚”四个字。

林陆远瞟了一眼地毯上的手机，薄唇轻启：“嗯？”

祝安只觉得被吓到，瞪了他一眼，默默弯下腰，将手机捡起来。

通话还未挂断。

祝安看了一眼屏幕，将听筒放到耳边。

“谢老师，不好意思。”她一边说，一边不忘往旁边会客厅方向挪几步，合上门，避开林陆远的视线。

她声音平淡轻柔，不用刻意压低，林宅隔音效果很好，再听不见她说什么了。

林陆远紧紧皱着眉。

谢老师？哪个谢老师打来电话能让祝安这么紧张，听到他的声音就吓得手抖了？

祝安有了秘密。

这个认知让林陆远有些阴郁。

他在门外静待几分钟，最终还是没有强行推门进去，独自上了楼。

祝安到底还是受了裴文晴那番可怕言论的影响，婉拒了谢展云邀约。

谢展云沉默一瞬。

蓦地，他阴沉地笑了一声，仿佛失了刚才那股和善。

“为什么拒绝？难道你知道我要和你说什么？”

祝安好脾气地答道：“因为我们并不熟啊。无论您有什么事，感觉我都帮不到。”

谢展云：“你帮得到。”

祝安手指微顿。

“祝安同学，这件事其实并不方便在电话里沟通，希望你知道之后也能保密。我马上会和现在的经纪公司解约，成立个人工作室。我想签你作为工作室第一个艺人来培养，想了解你跟你现在的公司是个什么情况。如果有合约问题，我会帮你解决，这个当面聊可能更方便些。”

千思万想，祝安也没想到会是这么个事儿。

她着实愣住了，好半天才客气答道：“谢谢您的看好。不过抱歉啊，我没想过当什么艺人、明星的，也没有公司。”

谢展云停滞半秒：“那这个综艺？”

祝安叹气。

“就是制片人找的我，说让我参演，有参演费，我就来了。没想过出道。”

这两天，她发现拍这种节目确实挺有意思，有点新奇感。但绝对没有一丝一毫念头要和那几个同学一样，弃学出道。

相比之下，祝安更喜欢一个人坐在桌前，拿纸笔做演算。

谢展云：“……”

一片沉默。

听筒里只有微弱的呼吸声，在不紧不慢地相互交叉。

祝安没等到谢展云给出回答，犹豫了一下，打算率先开口道别。

如同心灵感应般，谢展云抢先一步，声音沉沉地对她说："这是我的私人号码，你可以再考虑考虑，或者和家里人商量一下。改变主意的话就打给我。"

祝安张了张嘴："好的，谢谢您。再见。"

电话挂断。祝安收起手机，转过身，拉开会客厅的门。

门口空无一人。

这有些出乎她的意料，让她愣怔了半秒。

她还以为林陆远必然得等着她，盘问一番，或者说些什么呢。

脚步踟蹰片刻，祝安轻笑了一下，慢吞吞地回房间去了。

日落西山。

到晚饭时间，林陆远从楼梯往下望了一眼，没见着祝安，干脆换了方向，慢步走过去，敲了敲她的房门。

祝安在做题，没理。

最后一个笔画落下，她松了口气，这才起身去开门。

果然是林陆远。

祝安："什么事？"

这段时间里，林陆远降低了进攻性，两个人的关系虽然依然有些尴尬疏离，但好歹不再尖锐相对了，有所缓和。

林陆远凝视她，低声道："爸说他明天中午回来。"

祝安一愣，很快联想到了一周前的那件事。她当了几天鸵鸟，终于没法继续把头埋在沙子里了。

这都怪林陆远！

祝安眼神里染上怒气。

林陆远摸了摸鼻子，看不出一丝一毫心虚，依然面无表情，淡淡地问："你想去玩吗？我带你去旅行好不好？"

祝安咬牙切齿："不想。"

林陆远："短途玩个几天放松一下……韩国？新马泰？"

要是换成从前，她得乐得一蹦三尺高。

林陆远自主创业期间，初期完全没有工作日和休息日之分，人忙得神出鬼没、脚不沾地。那时林三少高贵冷艳，脾气不怎么样，连祝安都懒得搭理，更别说带她出去玩了。而且能有相处时间，这对于她来说，也是一件值得高兴的事，简直是天赐礼物。

但现在不一样了。

祝安毫不犹豫地拒绝："不去，我要在家看书，准备考试。"

林陆远低笑一声，点点头："那你在我爸面前可别不好意思。"

林陆远气质矜贵优雅，话却带着一丝无赖之感："反正是我在追你，你只是被动接受，不用觉得不好意思。"

祝安的脸一下烧了起来。

这人现在竟然已经坦然到能将这种话说出来了！

祝安憋着气，抬手就要关门。

林陆远笑了一声，拦住她："好了，下楼吃饭。"

自始至终，他都没有问起那个电话和"谢老师"到底是谁。

时逢暑假，《超级脑王》本就对标青少年观众，本质内涵又十分正能量，在一定程度上弘扬了传统文化精神，所以播出没有任何拖拉，第一期剪辑完，第二周就登录电视台，正式开始面向社会播出。

祝安的下一次拍摄安排在下下周。当中有两周空闲时间。

周四晚八点不到，管家准时上楼敲门。

祝安在做托福模拟题，听力听得她有些犯困。拉开门时，她还有些回不过神："叔？怎么啦？"

管家笑吟吟答道："安小姐，老先生让您下去呢。"

祝安皱起眉头，心下起了怯意："林老找我？什么事呀？"

管家："说要一起看您参加的节目呢。老先生和三少都已经在楼下等着了。"

祝安张了张嘴，应了声"好"。

收拾完书桌，她又喝了杯橙汁醒神，这才迈步下楼。

果真，大客厅里灯火通明。

电视机早就打开了，正在播放叽叽喳喳的广告，这般接地气的背景音，将大宅子撑得有了一丝烟火气。

林老和林陆远分坐在两边沙发上，正有一搭没一搭地淡然闲聊着。

见到祝安靠近，两个人一起停下话头。

林老没有一点异样，笑眯眯地朝她招手："安安，来。"

祝安乖乖巧巧地坐到单人沙发上，和林老的位子离得很近。

她轻声开口打招呼。

林老："我还是听阿远说才知道今天要播的。之前太忙了，都没来得及问你。怎么样？录节目好玩吗？”

祝安点头：“还可以，感觉挺新鲜的。”

“有认识什么不错的朋友吗？”

祝安说得很含蓄：“和我一期的三个同学，都是名校学生。其中有一个还是物理竞赛保送的，挺厉害的。和我同一个房间的女生也是练速算的。”

林老满意地点点头。

和其他人一样，老爷子也担心祝安交友不慎。

这种节目圈子人群复杂。祝安单纯青涩，又是好苗子，林老怕将人带歪了。

从某种角度来说，林老确实是很宠爱祝安。

两个人聊了几句，广告时间结束，《超级脑王》马上开始。

祝安也是第一次看。想到自己的脸即将出现在电视里，她难免有些紧张，手指不由自主蜷起来。

制作组经费充足，给《超级脑王》做了个大气又别致的片头。

片头过完，就切入了一段旁白简介，引出这期主题，也就是中国茶文化。

林老笑了笑，看向祝安：“这主题不错，切入点挺好的。”

祝安点头，深以为然。

然后就是一段视频，每个评委介绍、嘉宾介绍，还有几个选手介绍。

从这段视频可见，那三个选手果然没有他们表现出来的那么普通，各自都是履历华丽。

祝安到最后一个才出现。

几米之外，林陆远蓦地坐直了身体，轻咳了一声，抿着唇。

祝安觑了他一眼。

视频里跳出了小女孩儿的脸。

不是这时，而是九岁的小祝安。那个速算比赛里，小女孩儿发挥出色、临危不惧，碾压所有年长选手，一举成名。

节目组不知道从哪里将录像找了出来，剪进了视频。

画面一切，又到了上次挑战赛。

长大了的祝安，容貌惊人、气质出众，表情比小时候更加稳重淡然。而且剪的是她接受宁为玉挑战的那一段，很有看点。

最后才放了旁白，如数学系天才之类的介绍。

一段视频不到一分钟，剧情已经显得十分跌宕起伏了。

祝安自己看着，有点想笑。一抬头，不经意间撞上了林陆远的眼神。

他眼睛里也含着笑意，对她做了个口型，说："不错。"

祝安缓缓移开了视线。

接着，综艺进入正片。

因为是按照真人秀方式剪辑，看着还是比较轻松的。

祝安有些担心林老会觉得前面那些刻意拍的剧情没营养，便扭过头，小声问道："林老，会不会有点没意思？"

林老笑呵呵："不会啊，你演得挺好。"

祝安讪笑。

确实，那些捧哏台词其实都是台本设定的，她本不是那种性格。

这段的基本看点，都是围绕谢展云展开。

林陆远听到主持人喊了他一句"谢老师"，倏地皱起了眉。

谢展云？是这个谢老师吗？

他手指轻轻动了动。

祝安没注意到林陆远那微妙的眼神，注意力全在电视屏幕上。

从比赛题目正式开始后，剪辑就十分紧凑，看点密集。

祝安五官立体精致，上镜也十分好看。只是她话不多，在茶室氛围里显得有些安静。

《超级脑王》第一期时长两个小时，没有把他们那天拍的所有内容全部剪进去，而是分成了上下期。

第一期结束在第二题公布答案之前，给观众留了悬念。

祝安全程表现本身可圈可点，节目组为了达到综艺效果，也刻意用剪辑手法将她衬托得更加厉害。

林老很满意，拉着她夸了几句。

另一边沙发上，林陆远却有些走神。

从那句"谢老师"一出现，他就有些集中不了注意力了，余光频频望向祝安。

林陆远想到，拍摄那天晚上，祝安的朋友给他发消息，说祝安被人塞了名片。

是这个谢展云吗？

在现场，一起拍了综艺，还面对面坐的。

越想越觉得有可能。

在林陆远看来，祝安漂亮极了。

这并非“情人眼里出西施”之类俗套形容，在他还厌烦这个小尾巴、黏人精时，就已经承认祝安的模样实在生得太好了。

这其实并不一定是件好事。

果然如他所料，不仅是同学对她虎视眈眈，难得让她出去放松一下，也引来了饿狼凝视。

林陆远越想越多，脸色不由得沉了下来。

节目结束后，林老叮嘱了祝安几句，便回楼上休息去了。

大客厅里只剩下他们俩。

祝安摸了摸手臂，总觉得林陆远周身泛着一丝凉意。

顿了顿，她没有细想，平静地开口：“我先上楼了，晚安。”

林陆远皱着眉：“等等。”

祝安起身的动作停顿一瞬，眼神疑惑，落到他那边。

林陆远两三步跨到她面前，上上下下打量了她许久。

祝安不明白他在干什么。

“过来。”

他抓住祝安的手腕，拉着她，跌跌撞撞地往外走去。

大宅主楼后院里有个游泳池。

此刻已经是晚上十点多。

花园里漆黑一片，空无一人，但游泳池旁边会二十四小时开应急灯，防止有人意外落水。只是这应急灯瓦数不够，几盏照下来，周围依旧昏暗无比。

天热，还有花草郁郁葱葱。

祝安不想喂蚊子，挣扎着，一连喊了林陆远好几遍。

林陆远恍若未闻，把她牵到了泳池后头才松开手。

他满身戾气都藏在了暗淡光线里，不可见人。

他深吸一口气，四平八稳地开口：“安安……要是有人欺负你，一定要告诉我。”

祝安愣了半晌，语调上扬，颇有些难以置信：“把我拉来这儿，就想说这个？”

神经病，她忍不住翻了个白眼。

林陆远沉默了。

事实上，这一路走过来，他确实是为了拖时间，将怒气和醋意一同发散一下，免得再次吓到她。

才这般年纪，就生得这么好，让他只想将她偷偷藏起来，不给任何人看见，也不给任何人觊觎。

林陆远知道自己的想法很危险，也很清楚这完全不能怪祝安。

他抿了抿唇："抱歉。"

祝安只觉得林陆远这晚奇怪极了，先是不由分说地把她拖到这儿来喂蚊子、晒月亮，说了几句无关痛痒的话，再突如其来道了个歉，让人摸不着头脑。

"林陆远，你到底想说什么？"

林陆远懊恼地捏了一下鼻梁，叹气道："我不高兴。"

不高兴她这么漂亮、这么出众，不高兴那么多人明目张胆或躲躲藏藏地喜欢她。

"什么？"

林陆远："算了，回去吧。"

祝安半天没说出话来。

林陆远将她送回二楼卧室，整个人倚着门框，并没有马上离开。

祝安想关门，却被他挡着。无可奈何，她只得轻声开口："林陆远，你今天好奇怪。"

林陆远弯了弯嘴角，笑意未达眼底。

祝安皱眉，还想再说什么。

倏忽间，他低下头，按住她的肩膀，嘴唇碰了一下她的唇，一眨眼马上离开。

祝安愣住了。

唇上的触感温热柔软，并非幻觉。

一瞬间，她心跳快得宛如跑了八百米，似乎下一秒就要蹦出胸腔。

按理说感受到了林陆远的温柔亲昵，她本应生气，毕竟这违背了她和林陆远划清界限的初衷，但好像她又没办法生起气来。

为什么？这种感觉好奇怪。

祝安有些不解，睁着眼睛，抬起头，望向他。

林陆远对上这双眸子，低低地笑了一声，眼中暗潮汹涌，难以平静。

他的声音不自觉低哑下来："又想亲你了。"

祝安吓了一跳。

"但是你不愿意就算了。"

林陆远握了下拳，克制住冲动，手掌落到她头顶，轻抚了一下她的发丝。

"明天，我带你去找你那个朋友玩好不好？"

祝安轻轻地"啊"了一声。

林陆远笑了笑："你好好考虑。晚安，祝安。"

深夜。

祝安关了灯，躺在床上，却辗转反侧，难以入眠。

这天的一切，都发生得太奇怪了，让她陷入一片混乱之中。

已经有好一阵，林陆远没有露出攻击性来，祝安几乎将他之前说的那些……那些话给忘了。

在刚刚那个吻落下时，一切记忆翻滚而来。

当时祝安只觉得受到了侮辱，觉得自己不被尊重，才会被他用那种语句调戏。

她是真的委屈得要命。

但这天，她好像又有一点点感觉到了他的真心。

心跳越来越快。

祝安一把抓过被子，盖到头顶，将整个人都蒙了起来。

不要再想了。

凭什么自己喜欢他时，他不屑一顾？他对自己有意时，又百般撩拨？

这世上的事总不能样样都随着林陆远的意愿走。

不许想。

她在心里警告自己。

周五早上，祝安迟迟没有起床。

事实上，她早就醒了，还听到了林陆远敲门。

"安安，安安，起床了。去找你同学玩吗？

"再不醒就去不了了。

"真的不想去吗？"

…………

敲了十多分钟，他总算放弃了。

祝安起身，将窗户拉开一条缝，偷偷听着楼下院子里的动静。

良久，林陆远终于开车去上班了。

祝安松了口气，在床上又躺了一会儿，却再也睡不着了。

她坐起来，捞过手机。

昨天凌晨时分，裴文晴又给她发了好多条微信。

裴文晴："宝贝儿，微博上又在讨论你！"

裴文晴："我的天哪，你也太好看了吧！电视里看都那么好看！！"

裴文晴："现在微博上都叫你'数学女神'你知道吗！"

裴文晴："啊啊啊！"

裴文晴："你居然还和谢展云一起拍节目了！我好嫉妒！"

剩下的大部分消息都是尖叫。

祝安手指滑了几下，轻笑一声，仿佛被她欢快的语气感染了。

想了想，她灵机一动。

祝安："今天你方便吗？我准备到你家去玩几天。"

裴文晴这个夜猫子，难得早上还能秒回。

她说："方便！"

祝安一骨碌爬起来，急急忙忙和管家交代了一声，便开始收拾行李。

中午十一点，她踏上了前往邻市的高铁。

没办法，祝安实在没法面对林陆远。特别是在自己再次不坚定、乱了心绪之后，她只想逃避。

好在现在是暑假，不用上课，只要带上证件，去哪儿都方便。

高铁渐渐驶离海市。

祝安望着窗外的农家风景，陷入沉思。

一个小时后，高铁在安市停下。

祝安跟着人流，拉着行李箱，下车。

裴文晴早就等在高铁站外。见她出来，老远就蹦了起来，拼命挥手："宝贝儿！我在这儿！"

祝安笑了笑，快步走过去。

裴文晴拉住她的手，给了她一个大大的拥抱："可想死我了。"

祝安："会不会太突然了，麻烦你啊？"

裴文晴摇头："一点都不突然！我跟你说！我快闲得发霉了！就等

你来呢！”

祝安扑哧笑出声。

裴文晴帮她拉着行李箱，一边带着她往停车场走，一边絮絮叨叨：“我爸妈昨天也看了那个综艺，今天早上听说你要来，激动坏了。我妈已经去市场买菜，准备给你做个满汉全席了。”

祝安轻轻地“啊”了一声。

裴文晴：“真的，我本来准备打车来的，我爸非要早点见你，特地开车送我来接你呢！”

在和裴文晴的闲聊中，祝安将所有困扰都抛到了脑后。

安远办公室。

林陆远拿起手机，又放下，再拿起。

将这个动作重复了好几次，他终于编辑好了消息。

林陆远：“晚上想不想去打壁球？”

祝安看到发件人名字，耳尖一热，再慢吞吞地点开了消息内容。

指尖微顿，她想了想，还是没有回复。

同时，裴文晴正扬着声，一副兴高采烈的模样，给她爸爸孜孜不倦地介绍祝安。

“爸你看祝安是不是跟我说的一样，本人也特别漂亮！她真的非常聪明！天才的那种！《超级脑王》都没把她的厉害之处展现出来，搞得太娱乐了！你都不知道，她能五秒钟算出八位数乘八位数的题目！比计算器都快……”

祝安被裴文晴说得脸更红了，拉了一下她的袖子，小声道：“没有很厉害，快别说了。”

裴爸爸五十来岁的模样，穿着休闲，戴眼镜，五官和裴文晴非常相似，说话时一点家长架子都没有。他人在前面开着车，听到祝安说话，笑得一派乐呵。

“不用谦虚的啦，我们都听晴晴说了几年了，说她的室友又漂亮又聪明。这下总算见到真人了。”

祝安笑了笑：“谢谢裴叔叔。”

安市算是半岛城市，虽然离得近，但和海市这种沿海城市感觉完全不同。

太阳落到海平面那端后，凉意就会伴随着海风的咸腥气，一点点弥漫，吹散暑气。温度不低，但体感要舒服一些。

平日里，祝安十分怕热。

第一股海风轻抚过脸颊，她瞬间就爱上了这个地方。

很快到达目的地，裴文晴挽着祝安，推开车门，蹦跶着下车。

她家在中心住宅区，建成没几年，外观看起来还崭新，里面就是普通的三房两厅。和林宅那种大宅子肯定比不了，但装潢风格十分温馨惬意。

裴妈妈果然如裴文晴所说，整了一桌满汉全席。

安市盛产海鲜。

餐桌中间就放了一大锅海鲜百烩汤，加了辣和牛奶，红白色汤底，煮得“咕嘟咕嘟”冒泡，香气四溢。锅子旁边装了七八个小菜，整整齐齐码在水晶盘中，十分刺激食欲。

裴妈妈笑着拉过祝安的手。

“乖宝，晴晴说你爱吃甜辣口，尝尝阿姨的手艺，看看喜不喜欢？”

裴爸裴妈这般热情，祝安都有些不好意思了。众目睽睽之下，她赶紧尝了一口。

“太好吃了！”她是真心诚意地夸奖。

厨艺被认可，裴妈妈相当高兴，立刻又给她夹菜：“好吃就多吃点！要不就在我家住到开学吧？阿姨天天给你做好吃的。”

裴文晴笑出声，忍不住跟她咬耳朵：“是不是跟我说的一模一样？我妈简直像丈母娘看女婿。”

祝安弯了弯眼睛：“你爸爸妈妈人都很好。”

跟裴文晴一样，热情又大方。

裴文晴：“那你还不快点给我爸妈介绍一下谢展云？他们俩都是谢展云的影迷呢。快说说他在拍摄现场是什么样的？私下脾气怎么样？真人帅吗？”

祝安愣了一下，轻轻地“啊”了一声。

这要她怎么说呢？

事实上，祝安并不是很喜欢谢展云，哪怕他向自己发来了邀约。

谢展云真人看起来实在是有些阴郁，和林陆远那种漠然不同，谢展云气势显然没有林三少那么强，周身却透着一股不怀好意感，让人不想靠近。

沉默间，桌上三个人的目光都投向了祝安，似乎在期待她说出什么惊天爆料来。

祝安叹了口气，小声道："那个……其实私下根本没有说上话。谢老师很忙，第一天录完就走了。"

裴文晴有点失望。

毕竟这是第一次离谢展云这么近。

好朋友和谢展云一起做节目，四舍五入就是自己和谢展云认识了。

不过她也没再追问，岔开话题，兴致勃勃地给祝安介绍起了明日行程："明天早上咱们坐船去旁边的小岛玩几天吧，这个时间，还有荧光海呢。"

祝安笑了笑，低低应声。

傍晚，林陆远下班，回到林宅。

他状似无意地楼上楼下转了几圈，没见到人，倒是和林老打了照面。

林老才从书房出门，鼻梁上架着眼镜，表情十分严肃。

见到林陆远，他笑了起来："没头苍蝇似的。"

林老："找人呢？安安找同学去玩了，说要住上几天才回来呢。"

林陆远脸色微变。

林老十分清楚自己小儿子的脾气，说教说得够多了，也累了。

见林陆远吃瘪，林老叹气道："行了，别摆这种表情，跟个小孩似的，一点不乐意就摆脸色。"

林陆远垂眼："没有的事。"

林老坐到沙发上，摘了眼镜，拿起报纸，不和他说话了。

林陆远也不到处转悠了，回到房间，打开电脑。

他沉下心来，开始处理工作。

夜幕低垂。

林陆远没有下楼吃饭。

十几分钟前，管家送了几道清淡小菜上楼，托盘平平正正地放在了他房间的茶几上。

林陆远合上电脑，捏了一下鼻梁，整个人半躺着窝进沙发里，沉思。

昨天晚上，他估计祝安会不好意思，这才灵机一动，想带着她出去运动一下，散散心。

也就是最近刚解决了几个大项目，安远那儿不忙，他才能有空陪她。哪想到一眨眼，人自己先不声不响地跑远了。

这种时候他就会觉得，逼一逼还是有用的。至少可以确定，祝安对他这种突然的举动还会有一丝羞怯。

只要不是全然无感或是厌恶万分就好。

林陆远捻了捻手指，站到阳台边，拉开玻璃门。他沉吟片刻，面对着夜空，摸出手机。

祝安还没有回复他白天的消息。

林陆远并没有生气，靠着落地玻璃门框，切出去随便刷了刷。

十秒钟前，裴文晴发了新朋友圈，文案是：明天和安安小女神荧光海二人约会！你们可别羡慕我！

林陆远挑挑眉，手指无意识地摸了一下嘴唇。

真巧。

他切去网页，查了查荧光海，然后打电话给行政秘书："帮我订张船票，明天下午的。明天如果有人打电话到公司找我，就转给你们段总。"

在裴家吃过早饭，祝安和裴文晴便去买了船票，登岛。

落地。

耳边传来海鸥的叫声，伴着"哗哗"的海浪声，演奏出海岛风情。极目远眺，海平面似乎就在不远处，触手可及。

祝安站在海滩边，长长地做了个深呼吸。

裴文晴笑起来："宝贝儿，你一个海市人，没来过海岛吗？"

祝安摇了摇头，轻声道："我很少出来玩。"

一是有自知之明，不好意思调皮吵闹，让人带出门。

二是她只想和林陆远待在一块儿。

林陆远脾气不好又忙碌，也没什么时间和耐心，偶尔被祝安缠得不耐烦了，会开车带她去周边城市玩一玩，都是短途自驾可达的地方。安市这边，倒是真的没来过。

裴文晴瞪大眼睛，似乎觉得很惊诧，却很体贴地没有追问。

民宿就在海边，走一小段台阶就能到。五层楼高，外面是白墙灰瓦，围了院子种绿植。小楼朝海的这面都是玻璃，按临海观景房价格出租。

天黑后点起灯光，从外头看，整栋楼都亮堂堂的。

两个人将行李搬到民宿里，换上人字拖，拿着伞，回到海滩边。

裴文晴不知道从哪儿摸了部单反出来，非要给祝安拍照。

"我这个设备虽然是入门级，但技术绝对是资深级别。本人，国家一级修图技术员……”

祝安：“……”

阳光如火，照在人身上，就是最好的打光。

裴文晴第一次碰到祝安这种不需要挑角度也不需要摆动作，每张都是大片的模特，彻底上了瘾，一连拍了半个多小时。

祝安热得直冒汗，赶紧叫停。

两个人收拾了东西，就去找地方吃饭。

海岛只有海鲜，蔬菜和肉全靠船从别处运上来，成本太高，价格比黄金还贵。

裴文晴是本地人，这儿也不是第一次来，熟门熟路地找了家店，点了菜，再把单反里的照片传到手机里。

她低垂着头，迫不及待开始调色。

祝安则是单手撑着下巴，安安静静地看她。

第一道菜是盐焗海虾，端上来时，还在嗞嗞冒油，香味十分浓郁。

裴文晴已经调好光线，再稍微剪了剪大小，把手机拿给祝安，献宝一般：“怎么样？好看吗？”

祝安看了一眼照片里自己的脸，轻笑道：“好看的。”

裴文晴：“那我能发朋友圈吗？”

祝安点头：“可以。”

她比了个剪刀手，手指噼里啪啦飞舞，麻利地上传。

才几分钟，便成功收获了一大堆赞。

气氛惬意，加上正午阳光太晒，她们一顿饭吃了两个小时，竟然到了下午两点多。

埋过单，两个人就离开小饭店。

由祝安撑伞，两个人沿着台阶，慢吞吞地往下走，有一搭没一搭地开始闲聊。

裴文晴：“昨天忘了问你了，那个名片哥后来怎么样了？”

祝安脚步一顿，尴尬地讪笑：“没怎么样啊。”

裴文晴：“没再找你吧？”

“嗯……没吧……”

裴文晴没听出她话中的犹豫，愤愤地说道：“肯定就是那个意思。”

祝安：“……”

裴文晴："林哥哥后来没说什么吗？"

祝安浑身一抖，收了笑："说什么？"

裴文晴有点不好意思，小声说："我那天晚上怕你不以为意，又一个人住酒店会出什么事，就把这件事跟林哥哥说了……对不起啊祝安，我那个时候太着急了……"

祝安啼笑皆非，叹了口气："你告诉林陆远了啊？"

"呃，嗯，啊。"

祝安摇头，答道："他没说什么。"

但这么一想，她又有些惊讶。

按照林陆远这被激发出来的跋扈占有欲，不该马上打电话给她发飙吗？或者，干脆就冲到南城去了。

但是那天晚上，什么都没有发生。

祝安回忆了一下，确定他只是发了一个句号给自己，又关照了几句，就没了下文。

她心中泛起了一丝微妙的滋味，说不清是高兴还是庆幸。

林陆远在改变。

但越改变，就越让她动摇。

祝安一边痛恨自己的不坚定，一边又觉得，若是这样的林陆远，换成任何一个女生都会动摇。

送她花的林陆远、带她吃小吃的林陆远、给她送礼物的林陆远、陪她胡闹的林陆远……

这样有温度的林陆远，和那个陪伴了她十多年的林陆远，交织在一起，组成了一个沉默柔软又桀骜不驯的男人，令人心动万分。

海岛面积不大，岛上没有交通工具，旅游开发结束后，到处是台阶。普通女生步行绕岛一周，也就五个小时左右。

这个点，游客要么在休息、避太阳，要么就已经出海去玩了，整座小岛静谧又温柔。

再下了几级台阶，裴文晴猛地停下脚步。

祝安走在她后面，跟着一顿，狐疑地喊她："文晴？"

裴文晴没说话，扭头，冲着她挑了挑眉，顺势让开了一个人身位。

祝安有些不明白她的意思，目光往下望去。

台阶尽头，站了一个熟悉的身影。

那人极高，人瘦腿长，穿着短袖和长裤，怀里抱了一束三色堇。但天气炙热，花瓣缺水，看起来已经有些蔫了。

男人的眼神平静淡漠，一如往常，似乎并不觉得自己做了什么惊世骇俗的事。

他朝着祝安招了招手："安安。"

祝安目瞪口呆，甚至开始头昏脑涨，说话也不利索了："林陆远？你……你怎么在这儿啊……"

林陆远仰着头看她，语气轻柔："你希望我说什么？"

三色堇的花语是思念。

他大老远从海市带来这束花，妄图将满心真情，连同花束一起奉给她。

"因为有点想你，所以来了。"

第七章
入迟疑

林陆远的到来，打乱了祝安和裴文晴的计划。

恰好不远处就有一家甜品店，三个人一块儿走进去，挑了靠边的位子坐下。

祝安怀里还抱着那束三色堇，脸颊泛着红，像是被晒伤了一样。

甜品店简陋，由于材料不足，价格贵，能点的种类也少。林陆远起身去给两个女生点了冰镇奶茶，自己则点了一杯冰咖啡。

奶茶和咖啡都是粉冲调出来的，口感不好，不过大家也没有挑剔。

裴文晴一贯吵闹，这时候竟然安静下来，只有眼睛滴溜溜地在两个人之间转，一脸看好戏的模样。

祝安清了下嗓子，轻声问："林陆远，你今天不上班吗？"

林陆远沉沉地"嗯"了一声。

"那你……"也没必要到这儿来呀。

明知道她想避开他。

祝安抿起嘴唇。

林陆远屈起手指，在桌上轻轻叩了两下，恍若漫不经心般开口："祝安。"

林陆远笑了一声："问这么多遍，你是想再听一次表白吗？"

祝安不说话了。

裴文晴忍不住冲林陆远比了个大拇指，在心里叫好。

太会说了！

林陆远注意到她的小动作，朝她点点头，眼神很快转回去，胶着在祝安脸上。

“再晚些，我带你们出海去看落日和海豚好不好？”

海边停了一排小船。

这些船都是私人揽客的，游客和船主谈好价，就能包船出海。航线也可以谈，想出海钓鱼、看日落日出，或是去周围别的岛玩一圈，都可以。

林陆远领着两个女生走到附近，让她们等在原地，自己先过去。

他挑了一艘船，低声和老板聊了几句。两个人沟通了有十来分钟，还没结束。

裴文晴都有些怀疑了。

林哥哥开豪车、住庄园，总不能是在讨价还价吧。还好，她心里才嘟囔了几句，林陆远就转身冲两个人招手。

小船很小，最多只能载七八个人，上船时容易摇摇晃晃，有些站不稳。

林陆远先上船，和船主一块儿站在边上接她们。

裴文晴轻车熟路地跳上去。

只剩下祝安。

她咬唇，表情有些害怕。

林陆远笑了笑，没等她再做什么心理准备，直接拉着她的手腕，将她整个人往自己这边一拉，掐着腰抱起来，转身放到船上。

祝安低低地“啊”了一声。

林陆远顺手摸了一下她的脑袋：“别怕。”

等两个女生在小船上坐定后，那船主拍了一下林陆远的肩膀，径直下了船。

裴文晴有些摸不着头脑，问道：“他去哪儿？”

林陆远：“回家吃晚饭。”

裴文晴瞪大了眼睛：“那我们呢？”

“出海。”

“谁开船啊？总不能游过去吧。”

林陆远进了驾驶室，声音云淡风轻：“我开。”

祝安第一次知道，林陆远竟然还有船艇行驶证，这种民用小船随便就能开。

她自以为很了解林陆远，实际上，又好像并没有那么了解。

这种认知让人心情复杂。

驾驶室是半露天的，林陆远背对着她们操控着方向盘，却仿佛背后长了眼睛一样，读出了祝安的心思。

他说："之前你高考那阵，去考着玩的。"

祝安"哦"了一声，就不说话了。

气氛凝固了。

裴文晴总觉得哪里怪怪的，目光游移。

半晌，还是她开口，主动调节这古怪的氛围："要去那边看日落比较好，能看到太阳掉进海里哟！别的地方都没能这么近观赏的。"

林陆远点头："好。"

裴文晴又对祝安说："晚上咱们回来之后，就去吃海鲜烧烤，听着海浪声，喝点啤酒，拍照贼好看。别嫌弃这是路边摊啊，都是现捞的海鲜，很新鲜的。"

祝安也点了下头："都听你的。"

裴文晴失语。

这两个人，说仇人不是仇人，说情人也不是情人。

要说是旧情复燃，好像不对；要说是漫漫追妻，好像也不是完全单箭头。

偏偏这么尴尴尬尬。

裴文晴叹了口气，还是选择了站在祝安这边，声音又低又轻，几乎淹没在海浪声中："怎么了？我看你喝奶茶的时候还好好的，为什么突然就生气了？"

祝安摇摇头。

只几分钟，她便调整好了古怪的情绪，打起精神来。

小船已经开出去很远了，将周边小岛都甩在了背后。

她朝前面望去。

茫茫大海，仿佛只有一叶孤舟，苍凉又震撼。

林陆远安静许久，忽然轻启薄唇，说："有海豚。"

两个女生都抻长了脖子去看。

果真，不远处，海豚跃出水面，拉出一道漂亮的拱形弧线。距离很近，好像一伸手就能摸到。

女生难免对这些美丽的动物没有抵抗力。

裴文晴“哇”了一声。

祝安虽然没说话，眼睛里却含着惊叹。

林陆远扭头看了看她，弯起唇，将小船熄火。马达声停止，小船变成了真的随波逐流、飘飘荡荡。

他就地坐下，安安静静地凝视祝安。

傍晚六点。

太阳变成了橙色，缓缓下落。

因为在海上，视角开阔，几乎能直接看到落日轨迹。太阳从半空掉进海里，将海面染得波光粼粼。

林陆远也顺着两个姑娘的视线，一同看向海平面。

若是在这种美景中，永远有他的女孩儿相伴，也算良辰不负。

渐渐地，天彻底黑了。

林陆远开船，踏着月光，回到小岛岸边，将船还给船主。

三个人一前一后，一同去旁边吃海鲜烧烤。

海鲜是客人自己去挑，都是活蹦乱跳的，装在泡沫纸箱里，要什么直接点就好。

祝安本身不是很喜欢鱼虾类海鲜，口味又比较偏甜辣口，挑了好几种贝壳类。

林陆远又特地关照老板，让他稍微加点辣。

裴文晴在旁边看着两个人这默契，啧啧感叹：“青梅竹马真好啊，知根知底的，还贴心。”

祝安被她说得耳尖泛红，轻轻地拍了她一下。

林陆远却相当平静，拉开椅子，坐到祝安对面：“祝安可不这么想。”

裴文晴：“为什么？”

林陆远答：“因为我以前脾气很不好，一直嫌弃她，所以现在她要嫌弃回来。这样的青梅竹马，追起来更难。”

裴文晴瞪大了眼睛。

祝安头都要埋进桌子里去了，朝他低吼：“林陆远！你干吗啊！”

林陆远脸色沉了沉，一字一字地开口：“被我追很丢人吗？”

话音落下，气氛随之凝固。

满地月色。

不近不远处，流浪歌手站在岸边，低吟浅唱。

“我多么够运，无人如你逗留我思潮上，从没再疑问，这个世界好得很……”

老旧音响带着电流杂音，晃晃悠悠，将海风与低沉声线一起缓缓送到。和着无尽烟火气，组成一幅浪漫夜景。

林陆远问完，没再说话，默默地抿了口啤酒。

冰冰凉凉，一直从喉咙凉到心底。

早已没了白日酷热，祝安却觉得脸上燥热不减。她深吸了一口气，缓缓开口：“林陆远。”

林陆远手里还握着酒杯，闻言，微微一顿，抬头看向她。

祝安轻声道：“其实，我给你送过很多花，你还记得吗？”

“新鲜的、不新鲜的，包装精美的、花园里摘的。还有很小的时候，我自己种的。”

林陆远皱着眉，忍不住打断她：“安安……”

翻起旧账时，二人心中皆是说不尽的刺痛。

祝安叹气，仍旧继续：“你好好收下过、说过谢谢，也有毫不在意地随手扔掉过。那时候我真的很难过。”

甚至连现在说起来，都能回忆起当时的心痛。

老板上了爆炒花蛤和蒜香蛏子，蒜香味扑鼻而来。

祝安捏着手指，垂着眼，语气平静：“所以，在想要得到什么的道路上，受到一点挫折就抱怨，那最终什么都得不到，这还是你告诉我的。”

正值暑假假期，小岛虽小，游客却不少。

林陆远来得突然，没有提前订房间，而祝安她们住的那家民宿已经没有空房间了。迫不得已，将两个女生送回房间后，他只得再走一段，去更远一些的民宿。

回到房间，裴文晴先拿衣服去洗澡。

祝安顿了顿，悄悄走到阳台边，把玻璃门拉开一条小缝，挤出去，关上门，趴在阳台护栏上。

护栏是铁质的，日晒风吹，隐隐约约有股铁锈味。

祝安恍若未觉，视线直直向下。

夜深了，外面路上已经没什么游客了。路灯将影子拉长，斜斜地打在台阶上，起起伏伏，不甚平整。

她的目光落到男人身上。

男人体态极漂亮，端正笔挺，一步一步，毫不拖泥带水。从上到下，都像是受过良好的家教培养。

他的容貌在路灯光线下并不明朗，但无可否认，这个人从头到脚都散发着致命吸引力。

祝安咬着唇，眼神如玉，表情和每一次她趴在房间窗台上向下默默望着林陆远时一模一样。唯独遗憾的是林陆远从没有抬起过头。

祝安回想到这晚自己说的那些话，悄无声息地叹了口气，默默站起身，准备回房间去。

猝然，她无意识地扭头，又往下看了一眼。

如同心灵感应一般。

男人明明已经走出很远，都快要看不见了，却忽然停住脚步，转过身，望向了祝安所在的方向。

距离远得几乎需要望远镜，却仿佛目光真的在半空交触。

祝安的心重重一跳，用力甩上玻璃门，慌不择路地迈步回到房间内。

裴文晴已经洗好了，头上戴着干发帽，正坐在沙发上玩手机。

祝安顿了一下。

裴文晴抬起头，笑着打趣她：“哟，还依依惜别呢！”

裴文晴见她整个人僵硬得要命，赶紧闭嘴，挥手催促她：“快先洗澡，再晚头发该吹不干了。”

夜深人静，海浪声阵阵，像是一支交响乐队在耳边演奏巴赫狂想曲。

祝安翻来覆去睡不着。

另一张床上，裴文晴突然开口问道：“睡不着？”

“嗯，有点认床。”

“那来聊天呀。”

祝安睁开眼，语调柔软：“聊什么？”

裴文晴一贯大大咧咧，心里话憋了一晚上，总算有机会开口了。她半坐起身，黑暗中，瞳孔映着光：“宝贝儿，你今天吃饭的时候说的那些话，唉，我觉得还挺不合时宜的。”

祝安咬着唇沉默。

裴文晴：“我知道你以前被林哥哥伤害过，当然是无条件站在你这边了。但是我觉得吧，人家大老远跑过来给你个惊喜，又是埋单又是开船出海的，至少今天的表现无可指摘，就……唉，其实我也觉得我有点圣母，反正，你听听就完了，别放在心上。”

祝安昏昏沉沉地“嗯”了一声，表示自己在听。

事实上，裴文晴还是一个柔软善良的姑娘。要不然，也不能和原先脾气有些冷淡不理人的祝安玩到一块儿。

祝安并不会对她这番话有什么怨怼。

本质上来说，她并不是一个刻薄的人。因为常年寄人篱下，也不像有些女生那样，性格有点作。

她有点傲气，却也稍识时务。

她单纯只是不甘心。

凭什么！凭什么她受了这么多委屈，就能这样被轻易略过？

从少女情窦初开起，她的眼里、世界里就只有那么一个林陆远。午夜梦回，想起来，只觉得甜蜜又心酸。

就是在这般纠结痛苦之下，祝安下定决心，要彻底摆脱人生噩梦。

结果这“噩梦”自己缠了上来，百般纠缠，怎么都甩不脱。这本身就不公平。

祝安低低地叹了口气。

这晚，她本没想说这种话的，显得她十分睚眦必报，作天作地。只是她满腹委屈找不到发泄口，一股脑全涌了出来。

像是在脑海深处的记忆中，曾经那个可怜兮兮的祝安，在为她此刻的动摇，冷着脸抗议。

三天，两个女生玩了两个岛。虽然因为天气原因没能看到荧光海，却也心满意足了。

周日晚上，祝安跟着裴文晴准备回她家去。

林陆远不能一起，他准备回海市了。

车就停在码头，开回海市十分方便。

下船后，裴文晴她爸会来接他们，只能在码头分别。

祝安挥了挥手，垂着眼，同他道别。

林陆远看了裴文晴一眼。

裴文晴相当识时务：“我给我爸打个电话。”

人让到了远处去，把时间留给两个人。

林陆远双手插在口袋里，模样看起来有些桀骜不驯，再次和曾经那个叛逆大男孩重合了。

他慢条斯理地沉声问道："什么时候回家？"

祝安手指交缠，停顿片刻："周三或者周四吧。"这样麻烦打扰人家也不好。

林陆远："行，我到时候开车来接你。"

祝安摇了摇头："不用麻烦的，我坐高铁回来。"

"不麻烦。"

月色如画。

他轻笑一声，用手掌拍了拍她的脑袋。

"好了，你追着我跑了那么久，这次，换我追着你跑。"

周四一早，林陆远开车去安城，接祝安回家。

裴文晴跟着一块儿上了车。

坐定后，她爽朗地笑出声，和林陆远打招呼："林哥哥，别介意我这个电灯泡啊。祝安宝贝儿邀请我去看她拍《极限脑王》，所以我就厚着脸皮跟着一块儿来了。"

因为明天祝安又要飞去南城，准备周末的拍摄了。

林陆远表情平淡，略略点头，模样十分矜贵，淡声道："不介意，欢迎你来我们家玩。"

全程祝安都默不作声，挽着裴文晴的手臂。直到此时，她才眨了眨眼睛。

长长的睫毛像两把小扇子，挡住了她所有心思。

自然还是由林陆远开车，送两个女生去机场。

祝安本以为他会跟着一块儿去南城，没想到他只拿了两个人的登机牌就折返回来，并没有要一起去的意思。

他平稳地走到祝安面前，驻足，皱着眉，手指捏了一下鼻梁。

就算只去两三天，林陆远也觉得千般万般不放心，免不了细细交代一番。

"房间已经给你们俩开好了，单独开了一间。互相照顾好，别出什么意外。拍摄不要太辛苦，要是有什么不能接受的事就拒绝，别怕，我会处理好。主要是要开心……"顿了顿，他盯着祝安，"安安，乖一点。"

祝安没说话，轻轻地眨了眨眼。

机场灯光明亮如白昼，将祝安的脸颊打出无瑕瓷白色。

她的表情乖乖巧巧，勾人得要命。

林陆远想亲亲她的眼睛，又想把她搂到怀中抱一抱捏一捏，手指动了动，到底还是忍住了。

两个人沉默良久。

祝安贝齿轻启，低低应声：“好。”

祝安和裴文晴一同抵达电视台。

因为制作组是允许所有人带助理的，祝安早早地帮裴文晴要了张临时出入证，让她能顺利地跟进去。

这期台本也已经提前发到所有人的邮箱，主题是丝绸。

制作组神通广大，竟然将古时那种巨型织布机搬进了摄影棚。大长桌也换了风格，成了武侠片里那种木条长桌，瞧着比茶那期清贫了许多。

祝安在后台等着化妆。

裴文晴便偷偷去棚子里转了一圈。

回来后，她不好意思冲着祝安尖叫，只得借助微信拼命发消息。

裴文晴：“好酷啊！”

裴文晴：“这还是我第一次进摄影棚！”

裴文晴：“搭出来的场景也好厉害啊！布景看着就特别贵！”

裴文晴：“谢展云今天会来吗？！”

祝安扑哧一笑，拿起手机给她回消息。

祝安：“会来的。”

裴文晴：“你怎么知道？”

祝安：“我刚刚听到后台有个工作人员在和化妆师聊天，说谢展云签了六期。今天才第四期。”

这句话再次点燃了裴文晴。

仿佛椅子上有把火，烧得她再也坐不住。

二十分钟后，谢展云果然如祝安所说那样，到了电视台。

祝安随着众人一起走进布景内。

这期对手换了三个，其中还有一个年纪颇大的男人，不像学生，看起来有三十多岁了。

祝安只扫了一眼，表情依旧淡漠。

这次入场台本并不是个人介绍了，她得以第二个坐下。

好巧不巧，最后嘉宾入场时，谢展云没有坐在最后，依然坐在了她对面。

祝安的眼神和他对上了一秒，赶紧移开。

谢展云皱了皱眉。

有了第一次的拍摄经验，祝安更加淡然。她并不在乎有没有剧本，只要发挥到最好就行。

就算是这种综艺，祝安也不想输。

丝绸的内容比茶文化只多不少，一直到中午才拍完第一题。

祝安离开布景，走到裴文晴身边。

裴文晴脸上泛着红晕，低声说："妈呀，谢展云本人太帅了吧！比屏幕上还有魅力的感觉，特别成熟内敛。"

祝安笑了笑："我没有看过他的作品。"

裴文晴并没觉得不可思议。在她心中，祝安一直就是这种人设。

"没事，就算没看过，只看脸也能觉得帅吧？"

祝安不敢苟同。

谢展云的气质实在过于阴郁，让她心生不喜，总觉得有些毛骨悚然。

何况，哪怕只是说脸，那谢展云的五官精致程度也远远比不上林陆远。

林陆远的皮相极具欺诈性，气质还足够矜贵迷人，又是从小看到大的，将祝安心中"帅"的程度硬生生拔高了一大截。

裴文晴很快读懂了她的表情，叹气道："唉，也是，林哥哥也帅呢！"

祝安："……"

两个人没再继续这个话题，领了盒饭，在角落里找了个位子坐下。

十来分钟后，一个女人从摄影棚门口走进来。她眼神四下一转，直奔谢展云的方向而去。

女人穿着高定套装，拎着名贵的包，脚踩一双铆钉高跟鞋，一身装扮都写满了珠光宝气。

祝安的余光扫到，表情一凝。

这女人她认识，是姜婷。就是林老生日宴时，林陆远的女伴，那个姜小姐。

她怎么会在这里？

祝安停下筷子，微微一顿。

姜婷并没有注意到其他人，直接旁若无人地走到谢展云旁边。她又凑到他耳边，娇笑了一声，和他低低耳语，姿势看起来十分亲昵。

谢展云表情不善。

距离虽然不近，祝安还是读出了他的口型，谢展云是在问姜婷：“你怎么来了？”

不知道姜婷说了句什么，没等谢展云回答，她整个人便倚到了他手臂上。

从某个时刻起，摄影棚已经安静下来。

所有人默不作声地吃着饭，眼神却若有似无地飘向了那个方向，表情求知若渴，仿佛挖掘到了天大的八卦。

谢展云的眉头越皱越紧，强忍着没有将姜婷甩开，目光却往祝安这边瞟了一眼。

祝安心一紧。

果然，姜婷也注意到了这眼神，顺着他视线的方向望过来。

看到祝安，她瞪大了眼，踩着高跟鞋，快步往她这边走来：“哇，祝安？”

祝安平静地点了下头：“好久不见，姜小姐。”

“你怎么会在这里？难不成……你要准备进军演艺圈了？”

祝安不想理她，却又不能失了礼貌，只能言简意赅答道：“不是的。”

姜婷旁一撩头发，旁若无人地笑起来：“林陆远竟然会放你出来？”

“还是说，你们已经有过非常亲密的接触了？”

祝安愣了愣，表情一下子变了，站起身，和她面对面。

“姜小姐，请你慎言。”

裴文晴也站起来，瞪着她：“你是谁啊？在胡说八道什么？一点教养都没有，厚颜无耻！”

姜婷丝毫不为所动，似乎一直在上下打量着祝安。

“你们怎么可能没什么呢？他可是为了你拒绝了我，那小破公司还承担了几百万的损失呢！”

祝安哑然。

姜婷蓦地凑近她，压低声音：“虽然这样，但我还是对阿远兴趣不减哟！祝小姐，你要是对他不感兴趣，就去跟他说，我的要求还是有效的。”

这个小插曲，彻底破坏了祝安的心情。

虽然解题还是能全神贯注，但没法时时刻刻注意镜头下的表情了，时不时会发呆，引得对面的谢展云频频看向她。

晚上七点，周六的拍摄结束，后半段要明天接着拍。

导演将祝安叫到一旁，低声问："祝安同学，今天状态不太好？"

祝安抿唇："很抱歉。"

导演："好在表现还是可圈可点的，就是有几个镜头明显在出神。你今天稍微留一下，有几个单人镜头，现在给你补了。"

祝安十分不好意思，连忙道谢："谢谢您。对不起，真的麻烦大家了。"

祝安和裴文晴走出电视台时，两个人都已经饥肠辘辘。

裴文晴觑了觑祝安的脸色，小心翼翼地问道："你还好吗？咱们晚上去吃点什么吧？"

祝安笑了笑："没事。"

确实没事。

她只是在思索姜婷的那番话。

事实上，段南嘉也曾跟她说过这个话题，但没这么直接，只说姜婷给他们公司找了个大麻烦，并没有涉及具体金额以及这些话。

段南嘉说的，加上姜婷这天说的，祝安勉强拼凑出了全貌。

她心情有点复杂。

在裴文晴关心的眼神下，祝安压抑住了百般思虑，轻声问道："去小吃街吃吗？"

"好呀。"

祝安带着裴文晴去了那条小巷。

果不其然，裴文晴也爱上了这街边味道。

"我的妈呀，也太好吃了吧！宝贝儿，你从哪儿找到的这条街啊？果然还是要在当地人吃的地方吃，口味才正宗……"

祝安垂着眼，调羹在空中停滞半秒。

"是上次林陆远带我来的。"

裴文晴一边往嘴里塞东西，一边比了个大拇指。

只可惜提到这个名字，祝安彻底没了食欲。说不清为什么，她心中涌起一股气。

她从包里摸出手机，找到林陆远的号码，拨通。

响了两声，那头接了起来。

林陆远声音里含着笑，似乎很是意外："安安？怎么会突然打来？"

一时间，祝安却又不知道该说些什么。

沉默半晌，她开口："我今天遇见姜婷了。"

林陆远一愣。

祝安："什么叫损失了几百万？她怎么你们公司了吗？"

电话那头，林陆远靠坐在沙发椅中，紧紧皱起了眉头，语气有些狠厉："祝安，姜婷跟你胡说八道什么了？"

祝安沉默了一下，平静地回答："说你不想跟她进一步接触，所以给她家的公司赔了几百万。"

咚的一声，重重一拳砸在桌上，动静大到连电话那端都能听见。

林陆远只觉得自己高大的形象被姜婷毁了个彻底。甚至，曾经让他觉得姜婷"还不错"的直爽性格，通通报应了回来。

一时之间，林陆远脑中闪过了一万种手段，想要找姜氏报复回来。

只是林老虽然对他实行放养制度，但最忌讳家里人用聪明智商做些坏事，在这方面教育上，从小就极为严格。

天才和罪犯不过一线之隔，谁也不能跨过那条线，破坏社会既定的规则。

林陆远深吸一口气，压抑着怒火，勉强冷静下来。

"没有这回事。"

祝安轻轻"啊"了一声。

林陆远："我和姜婷一点儿关系都没有。我不知道她是怎么跟你说的，本来只是朋友，没想到她是抱了这种心思。至于亏损，是合理商务亏损……"

祝安："知道了。再见！"

她顺手挂断电话。

霎时，听筒里传来嘟嘟声。

林陆远握着手机，一直保持原本的姿势，过了好久才放下。

也不知道她是不是想歪了，又是不是生气了。

林陆远低低地叹了口气。

祝安将手机放在桌上，重新拿起调羹，闷头吃饭。

裴文晴抬起头，嘴里嚼着丸子，含含糊糊地问她："林哥哥说什么了？"

祝安垂眸："说有这回事。"

裴文晴瞪大了眼睛："现在有钱人都玩这么大的吗？几百万？我算长见识了，比霸总小说还带劲。当然，按照林陆远这姿色、这气质，花几百万博君一笑也不算太贵。"

祝安愣了愣，脸一下红了。

几个月前，林陆远按着她的肩膀，说了一句话。

当时，她生气得要命。

因为裴文晴的这句话，她陡然回想起了当时的场景。

祝安从没觉得自己是个具有低级趣味的人，直到这一刻，神经被回忆撩动，她竟然迟缓地、不受控制地脸红心跳起来。

天气炎热，刚刚裴文晴点了瓶冰可乐，配着饮料下饭。

祝安赶紧给自己倒了杯冰可乐，咕嘟咕嘟一口喝了下去。

她喝完才小声开口："你别胡说。"

裴文晴疑惑，她胡说什么了？

明明小说就是这么写的。

次日，晨曦将出时分。

《超级脑王》继续拍摄这期的下半段。

祝安和裴文晴在后台角落坐着闲聊，突然接到了陌生号码来电。

祝安做了个稍等的手势，随手接起来："你好，哪位？"

"我是谢展云。"

她当即蹙起眉，没说话，看了一下屏幕，确定了是曾经打来过的那个号码："您好，有什么事吗？"

谢展云声音沉沉，像是压着惊涛骇浪般，让人心生戒备。

"我在隔壁休息室，方便见面聊几句吗？很快，五分钟左右就好。"

祝安踟蹰了一下。

若是昨天之前，她一定会毫不犹豫地拒绝，因为她对谢展云发出的出道邀请完全没兴趣。

只是姜婷突然出现在他旁边，这件事引起了祝安一点点好奇心。

姜婷不是喜欢林陆远吗？

她和谢展云又是什么关系呢？

祝安咬了咬唇。

裴文晴见她表情犹豫，无声给她做口型："谁啊？"

祝安摇了摇头，下定决心：“好，麻烦稍等。”

即使没有姜婷这件事，出于礼貌，她也该当面拒绝谢展云。毕竟之后还要一起拍这个节目，总不好搞得面子上太尴尬。

挂断电话后，祝安对裴文晴抱歉地笑了笑，低声道：“我有点事，马上回来。”

裴文晴没有多问。

后台杂乱，祝安出去时，没有引起任何人的注意。

谢展云的独立休息室在走廊尽头。

祝安站到门口，谨慎地左右看了看，确定走廊没人，才抬手敲了敲门。

谢展云的声音从里面传出来：“门没锁。”

祝安深吸一口气，按住门把手，推开门。

休息室不大，放了个大化妆台，旁边还有沙发和圆桌。

此时，里面只有谢展云一个人，他坐在沙发上，手里拿着一沓厚厚的剧本。

见到祝安走进来，他将剧本合上，放到旁边：“请坐。”

祝安挑了个离他最远的位子坐下。

谢展云笑了笑，柔和了一下面部表情，声音却还是冰冰凉凉的：“祝安同学，关于我说的那件事，你考虑得怎么样了？”

祝安的神色平静又礼貌，认真答道：“抱歉，谢老师，我确实没有出道的想法，只能辜负您的好意了。”

谢展云捏了捏鼻梁，似乎对她的执迷不悟感到困扰。

想了想，他说：“就算是P大的学生，出来以后就业也不见得就能如想象中得意。你外貌资质很好，加上这部综艺露了脸，只要筹划得当，之后的路会走得很顺利。”

祝安很坚持：“不好意思。”

“祝安同学，当艺人和做学术一样，都是需要一点天资的。听制片人说，你是因为缺钱才来参演，既然有更好的机会赚钱，为什么不试试呢？”

祝安愣了愣。

虽然她确实有想要离开林家独立的念头，却也并非爱慕虚荣拜金之流。她赚钱只是想继续学业，若是为了赚钱放弃学业，实在是本末倒置了。

她无声地叹了口气：“谢谢您的建议，但是我确实没有这方面的想法。家里人也不会答应，抱歉了。”余光扫了眼手机屏幕，她又道，“我朋友要等急了。谢老师，那我就先走了。”

祝安站起来，径直走到门边。

手掌落到门把手的那一瞬间，谢展云忽然出声：“你认识姜婷？”

祝安的动作顿了一下，不卑不亢地答道：“有过一面之缘。”

谢展云和她对视几秒，见她神色没有异常，似乎是松了一口气。

“那好，没事了。”

周日拍摄结束得早，祝安和裴文晴回到酒店，商量了一番，准备趁着暑假在南城玩两天再回去。

两个人风风火火地确定了行程。

裴文晴急忙打开手机，开始做明日旅行攻略，又随口问了一句：“宝贝儿，你不跟林哥哥报备一下吗？”

祝安在洗脸，闻言，顺着水流声，含含糊糊地应道：“报备什么？”

“在南城多留几天的事啊？要不然他以为你失踪了，又要跑来找你啦！”

黏人精身份互换后，果然让她有些不适应。

只是，她昨天那样挂了林陆远的电话，显得自己像是在闹什么别扭一样。

裴文晴见她不说话，抬起头，冲着她一挑眉，笑吟吟地开口：“别咱们的双人游又变成三人行了啊，我当了好几天电灯泡，感觉自己瓦数太高了，有点吃不消。”

祝安：“做你自己的事吧。”

回到床上，她握着手机，犹豫许久，到底还是点开了林陆远的对话框。

祝安：“我和文晴在南城玩几天再回去。”

祝安：“林老那边已经说过了。”

祝安等了一会儿，没等到他回复，抿着唇开始出神。

林陆远在做什么呢？

之前都回得比什么还快，周末的晚上，跑去哪儿了才会没看到呢？

还是说，他突然醒悟过来，意识到他并不是真的很喜欢自己？所以故态复萌，又变成了爱搭不理的模样？

祝安是理科生，理性思维占据主导，想象力并不是很丰富。唯独在面对林陆远的问题上，总是会想很多，做各种猜测。

因为太珍惜、太喜欢，就会变得小心翼翼、故步自封。

从过去到现在，好像一直没变过。

她自嘲地笑了笑，退出对话框，将手机丢到床头柜上，不再惦念。

九点，林陆远和段南嘉向队友告别，结束久违的篮球赛，坐到场边。

段南嘉身体素质远不如林陆远，喘得要命，喝了大半瓶水才勉强恢复了一点。

他诧异地问："你说，姜婷碰到祝安了？"

林陆远捏着矿泉水瓶，脸色阴沉："嗯。"

段南嘉："她不是又找了个新目标吗？怎么还没放过你……那个演员，叫什么来着？谢展云？"

林陆远一愣，手臂动作停滞一瞬。

"你说叫什么？"

"谢展云？"

这下林陆远立刻就猜到姜婷为什么会和祝安碰见了。

她多半是去现场找谢展云了。

想到祝安那天那声"谢老师"，林陆远心思微动，伸出手，去旁边的包里翻了翻，摸出手机来。

第一眼就看到祝安发的消息。

但时间已经是半小时之前。

他立刻发了条语音回去："抱歉，我才看到。要玩几天？什么时候回来？钱够花吗？"

说完，他顺手又给她转了钱。

段南嘉在旁边看得啧啧称奇："阿远，这哪像追求者的提问啊。"

林陆远懒得理他。

只可惜段南嘉一个人也能发挥。

"玩几天？什么时候回？难道不应该是'想我了吗？''要我陪吗？''我舍不得你'……这样？"

祝安迟迟没有回复。

林陆远心情不佳，瞪了段南嘉一眼，冷笑："所以你才是单身。"

段南嘉不服，怼回去："要不是我出谋划策，你早就被安安妹妹拉黑了！你这个人真是忘恩负义。"

林陆远："红包没收到？"

段南嘉："你别妄想用钱收买我。"

“那还给我。”

两个人闹了几句，手机终于响了。

祝安：“周二回。”

林陆远：“我知道了。”

踟蹰片刻，他到底又加上了一句：“想你了。”

这次，对方没再回复。

有裴文晴在，祝安总算是顶着酷暑，进了南城著名园林风景区，成功当了一回打卡游客。

好在天气虽热，时间尚早，阳光还不烈，加上有人陪着，也不算难熬。

走马观花溜达完，两个人心满意足，打道回府。

祝安回到林宅。

恰好林陆远也下班回家。

两个人在门口撞了个正着。

林陆远按着祝安的肩膀，对视一眼，面无表情地愣了几秒，脸上慢慢露出一丝笑意，眼神旖旎缱绻。

他言简意赅：“晒黑了。”

祝安垂下眼睫，轻轻地“嗯”了一声。

林陆远顺手接过她的行李箱，拉到自己这边：“走吧。”

说着，他率先迈开步子，往主楼大门方向走去。

祝安在原地呆立片刻，目光幽幽地落在前方。

林陆远背影高瘦挺拔，身材极好。

曾经那个瘦高少年还宛若昨日，转眼已经变成了这般男人模样。

祝安不可抑制地想到从前。

小时候，林陆远也是经常给她留个背影，将她远远甩在身后，形单影只。

但细细想来，也不是没有温柔。

至少祝安抓到林陆远，有机会和他待在一起时，自己手上一定不会有任何重物。

年少的他表情、声音、眼神、动作，处处皆是不耐烦，却还是会主动接过她手上的东西，再拎着她的衣领，把她拎到自己身后。像雏鹰一样，还未长大，已经足以遮风挡雨，为小祝安撑开一片小天地。

如果只是以“为什么我爱你你不爱我”来定义两个人的关系，确实是过于浅薄。

他们就像是漫长时光中相依着的两棵树。

无论风雨，相偎相依。

因为《超级脑王》开播，祝安在网上引起高度关注。

在这个大数据时代，没有秘密。很快，P 大论坛里那几张偷拍照，就被人传到了微博去。

网友们总算从“P 大天才少女”无可挑剔的形象中找到了瑕疵，开始阴阳怪气，狂轰滥炸。

祝安本就很少看微博，林家更是无人在意这种事，还是莫如望和裴文晴先看到了一些恶评。

两个人偷偷讨论了一下，却不知道要不要告诉祝安。

然而林陆远却先一步知道了这件事。

安远最近按部就班地发展，没有突发事件，大家都不算很忙。

十点多，段南嘉在开发部检查完工作，拿着手机，风风火火冲到楼上林陆远的办公室：“林陆远！安安妹妹被人骂了！”

林陆远皱了皱眉，将钢笔盖上笔帽，抬起头，眼神锐利如刀：“嗯？”

刚刚在茶水间，段南嘉只上网刷了几分钟，就看到有相关微博转到首页来。

他指着手机屏幕，给林陆远解释了一番：“差不多就是这样。”

林陆远沉了脸色。

段南嘉觑他一眼，笑道：“要不让咱们助理去处理了？”

安远科技是技术型公司，但在海市，同类型公司遍地跑，技术过硬也需要对外宣传，自然养了团队。

只是这种商务团队都是专门谈单子的，弄去处理这种事，明显鸡同鸭讲，完全不是一个路数了。

倒是之前闲聊时，段南嘉听行政部女员工说过，现在网络上的是是非非，有办法能搞定。

林陆远没说话，手指搭在鼠标上，已经打开了微博，开始搜索超级脑王相关。

底下各种议论非常多。

其中，祝安话题度遥遥领先，褒贬不一不说，当中有些话还非常难听。

林陆远眉头越皱越紧，又往下拉了几页，一怒之下，直接摔了鼠标。

他捧在手心的小女孩，连最烦、最嫌弃时，都没对她用过这般字眼。这些莫名其妙的陌生人，凭什么这么说她？

林陆远沉着脸。

他正想打内线电话出去，手指碰到电话那一瞬间，又改变了想法。

他站起身，拿起车钥匙："我出去一趟。"

段南嘉摸不着头脑："啊？干什么去？"

"吃午饭。"

"安安妹妹就不管了？"

话音甫一落下，林陆远早已在走廊里转了个弯，没影了。

夏日正午时分，路上畅通无阻。

林陆远开车回到林宅，一个漂亮的甩尾，将车稳稳停在院门口。

管家走出来，表情有些惊讶："三少？您这个时候回来，是有什么事吗？"

林陆远没下车，只降下车窗，淡定沉稳地开口问道："祝安呢？"

"安小姐在房间里。"

林陆远点头："她吃午饭了吗？"

管家应声："没有，厨房还在准备中。"

林陆远"嗯"了一声："让她出来吧，我带她去外面吃。"

管家应了"是"，转身回去找祝安。

林陆远坐在驾驶座上，手指有一下没一下地轻敲着方向盘。

五分钟后，不出他所料，祝安来电。

林陆远弯了弯唇，接通电话。

祝安独有的清朗嗓音在车厢里飘荡开来。

祝安普通话标准，但咬字很有吴侬软语那种韵味，特别是叫林陆远的名字时："林陆远，你有什么事吗？"

林陆远沉沉地"嗯"了一声。

祝安："非得现在出去说？家里已经做好午饭了。"

林陆远能想象到她说话时的表情，一定是淡着神色，垂着眼，咬一下唇，小动作很多。

林陆远捏了捏鼻梁，驱除脑内各种胡思乱想，低声道："嗯，对的。

出来吧。”

祝安沉默良久，到底还是松了口：“等一下。”

林陆远又等了十分钟。

终于，祝安的身影出现在大门边。

她穿了一身黄色格子无袖连衣裙，裙子长度到膝盖上五六厘米，露出细白的大腿和胳膊。在南城晒黑的那点，在家待了几天，已经差不多养回来了。

裙子款型收腰，衬得她腰线仿佛不足一握。脖子和脚踝也纤细，浑身上下都像是个乖乖巧巧的女生，就这么婷婷袅袅，向着林陆远的方向走来。

每一步，都像是踏在他心尖上。

林陆远不由自主地收了淡漠表情，露出一丝轻笑。

外面，祝安已经走到这边，抬手敲了一下车窗，皱着眉问：“要说什么？”

林陆远：“上车。”

祝安没动。

两个人对视几秒，她败下阵来，默默地上了副驾驶座。

林陆远低笑一声，发动汽车，绝尘而去。

林陆远带祝安去了一家热气羊肉。

祝安虽然是南方人，却酷爱这一口，又是肉、又是咸甜酸辣重油重麻，竟然也不发胖不长痘。

这个点，店里客人不多，两个人坐了靠窗的沙发位。

林陆远点了锅子、肉菜，还有冰饮，全是祝安喜欢的口味。

等锅端上来这会儿工夫，祝安垂着眼，问了第三次：“到底是什么事？你今天不用上班吗？”

因为她早上看到林陆远去上班了，见他这个点回来找自己，还以为是有什么大事，这才会妥协了跟他出来吃饭。

林陆远抿了口茶水，慢条斯理地开口：“最近在做什么？”

完全是不着边际的问题，祝安却条件反射般沉起脸色，认真回答：“做托福真题，还有一些思维运算训练。”

这是从小养成的习惯。

祝安说完，自己先愣了一下。

习惯真是可怕。

她忍不住在心里嗤笑一声。

林陆远点了点头，又问："综艺拍得怎么样了？"

这会儿工夫，铜锅已经端上桌。

汤底要沸不沸的，咕嘟咕嘟冒着小气泡。

祝安的眼神落在锅上，仿佛放空一般虚无缥缈，没个定点。

"按照合同，还有三期。"

林陆远好整以暇地看着她，整个人都温柔下来。

他一字一字地开口："安安，你要学会为自己的选择负责。之前你想参加时，希望我尊重你的意见。现在，你的决定可能会伤害到自己，你还想去拍后面几期吗？给你一个机会后悔，我帮你处理好后续事情。"

祝安倏地抬起头："什么意思？"

林陆远将手机拿出来，发了几张截图给她，尽量都挑的质疑但没有脏话的言论。

太难听的，他舍不得让她看到。

事实上，林陆远本可以悄悄地将事情处理掉，但想到祝安那么迫切地想要独立、想要得到认可，他又放弃了悄悄处理这个念头。

他将事情摊开来讲，帮助她并尊重她自己的决定。

祝安收到了图片，点开看了看，嘴唇轻抿，看起来不太高兴。

林陆远拿起筷子给她涮了羊肉，放到她碗里，又再去烫第二片、第三片，十分有耐心。

片刻后，祝安抬起头，轻声道："没什么，别人议论就议论吧。"

反正都不是实话。

她本就不是什么明星，也不需要这么多人来关注和认可。

林陆远表情未变："污言秽语也不在意吗？"

在意肯定是在意的。

祝安同林陆远一样，也是天之骄子般长大，除了情路不顺，从小到大，样样都完美，从没受到过这种非议和揣测，平时也自有些读书人的清高。

再成熟，她也不过是大学生，哪就能完全淡然处之、刀枪不入呢？

知道时难免会不高兴，只不过她也没有那么在意别人的眼光，过几天忘了就好了。

林陆远："安安，你决定有始有终，这很好，想继续就继续吧。但有一点，不许受伤。这些事我会处理好。以后做决定之前一定要考虑清楚，把自己放到公众的眼皮子底下被人说三道四，这真的是你想要的结果吗？还是单纯为了和我闹别扭呢？”

祝安没说话，食指和大拇指轻轻摩挲了一下。

见她这副模样，林陆远笑了笑，气氛霎时间一轻。

他慢吞吞地开口：“当然，你也可以随心所欲。”

祝安诧异地看了他一眼，总觉得这句话听起来，和他这天这顿饭的目的不太相符。

林陆远：“我就一辈子保护你好了，小朋友。”

“小朋友”三个字，带着无尽的亲昵。

林陆远从来没有这样喊过祝安。

印象中，他最爱对她用“小尾巴”这种形容词，听着虽然亲切，实际还是贬义。且字里行间都是不耐烦，时时刻刻提醒着她，两个人之间的身份天差地别。

但是这个“小朋友”，称呼意味就很是不同了。从林陆远口中冒出来，甚至还带上了一丝说不清的旖旎味道。

祝安一愣，狐疑地盯着林陆远看了几眼，没琢磨出什么异常：“我不是小朋友了。”

林陆远勾了勾嘴角。

“你可以一直做小朋友，”静了静，他接着道，“也可以做大人。安安，以后不能再意气用事。当然，这次也是我没给你做好表率。”

林陆远自然很清楚，祝安答应去参加这节目，从本质上来讲，是为了反抗当时他一意孤行的“暴政”。

搬出去是因为不想看到他，独立也是为了和他划清关系。所以，这天祝安受到这些攻击，有很大一部分主观原因都在他身上。

想到这，他先生起闷气来。气自己成为这“主观”原因之一，也气自己没保护好她。

林陆远的声音变得有些沉闷：“你乖一点。”

他再没说什么，默默地在热气锅子里涮菜，一点点将祝安面前的小碗堆满。

祝安顿时啼笑皆非：“够了。”

林陆远手臂微顿，筷子上还夹了一片羊肉，要落不落地停滞在半空。

祝安低着头，语气很是平静：“我知道了，没事的，随便他们去说好了。

下次我会考虑好再做决定。”

林陆远淡淡地“嗯”了一声。

祝安：“你也吃。”立刻就能感受到她的态度软化下来。

林陆远有些讶异。

见他没动，她抬起头来，轻飘飘地看了他一眼。

祝安的眼睛极漂亮，瞳孔并非纯黑色，而是带着琥珀般淡淡的棕色，眨眼时，睫毛会像小扇子一样轻扇。眼睛里水汽氤氲弥漫，像是雾气在眼中缭绕，缠缠绵绵，皆是勾人意蕴。

倏地，林陆远心里的话不走脑子般地问出口：“上次送你那只玉镯呢？”

祝安愣了愣，不明所以：“在家里。”

林陆远放下手，喝了口冰饮，压住脑内四散乱飞的画面，慢吞吞地问：“怎么不戴呢？”

见到那帝王绿翡翠的第一眼，他就想到了祝安。

事实上，林陆远本来是想去寻一块琥珀给她的，颜色更衬她。

但是祝安胆子小，从小就害怕虫子。

林陆远以前拿过一块琥珀回家，成色并不是顶级，也就是玩个新鲜。祝安听说琥珀里包了昆虫动物尸体，连脸色都变了，惨白惨白的，直愣愣地往管家背后躲，看都不敢看一眼。

这种小细节，明明不该记挂在心上，偏偏一到需要的时候，立刻翻江倒海地从记忆里一涌而出。

林陆远这才挑了那只翡翠玉镯。

只是这心路历程显得过于卑微，他一辈子都不会告诉祝安。

祝安没想到他会突然问起这件事，犹豫一瞬，还是按照本意给了回答：“林陆远，那个太贵重了，我不能收。”

林陆远沉下脸色：“你我之间，还有什么礼物是贵重到不能收的？”

“乖乖戴着。”

没想到祝安笑了一声，竟然没有生气。

“你刚刚还说会尊重我的决定。结果两三句话说完，还是露出了强权主义的真面目。”

林陆远放下筷子，抱着手臂，嗤笑：“怎么就强权主义了？安安，以前给我暗示要礼物的时候，怎么不说强权主义呢？哦，敢情我送你喜欢的才收下，你不喜欢的就不能收是吗？就算我喜欢你，你也得给我这个送礼的人一点面子吧。”

祝安瞪圆了眼睛。

说话的工夫，锅底都快要烧干了，林陆远让服务生过来加了水，又开始自己的涮肉大业。

“我只是觉得那个很漂亮，像你一样漂亮。”

他的声音飘散在层层蒸汽中。

微博乌烟瘴气的评论，到底还是被林陆远解决了。

一夜之间，所有带有关键词的评论转发，包括一些论坛相关帖，无论正面负面，全部没有了，再不见蛛丝马迹。那两张偷拍照，连带P大论坛的那个帖子，也一齐彻底消失。

没想到越是这样，越是引起大众的好奇心。

只是林陆远早就决定，不能让祝安再看到这些乱七八糟的内容影响心情。最后，他干脆将关键词给锁了。

这么一阵下来，确实没人再记得这事了。

临近开学前夕，《超级脑王》制作组通知祝安，要出一期外景拍摄。

节目组和一所百年老校进行了合作，会出一期相关内容，也算是给节目增加点文化浓度和格调。

拍摄地点就在海市，避免了奔波。

拍摄当天还是周末，林陆远不上班，亲自开车送祝安去拍摄现场。

车子稳稳地停在老校门口。

时间刚刚好，和剧组几乎同时抵达。

祝安推了一下车门，没推开，狐疑地看着他。

林陆远没开锁，掌心抵着方向盘，语气不紧不慢，慢条斯理地道：“今天谢展云也在？”

祝安正想问他为什么关注谢展云。

蓦地想到当中还有个姜婷，顿时失了一切好奇心。

她低声答道：“不在，他的合同没签外景拍摄。”

林陆远“哦”了一声，开了锁。

祝安动作飞快地开门下车。

林陆远还没走，远远地又喊她：“安安！”

祝安扭头，表情有些不耐，似乎想问他“又有什么事”。

林陆远指了指副驾驶座位，提醒她：“帽子没拿。”

祝安：“不用了。”

反正到学校里还得重新化妆，要换指定衣物，帽子也戴不了。

林陆远皱起眉：“太阳这么大，还要走一段路，是又想晒黑了？快来拿。”

祝安迫不得已，折返几步。

回到车边，她手一伸，将帽子捞起来，盖在头上。

这么一耽搁，制作组里有工作人员恰好路过门口。

祝安录了几期，聪明，长得漂亮，脾气好，又有礼貌，组里不少人都认识她，见了面也会打招呼。

看到她，那个人停下脚步：“祝安同学？怎么还不进去……”

话音未落，紧接着便看到了林陆远和他的跑车。

那工作人员表情变了变，似乎在一瞬间展开了丰富联想。

祝安连忙和人打了招呼，转过身，跟着她一起往校门口走去，将林陆远远远地抛到了身后。

林陆远盯着她的背影。

良久，他低低笑出声，重新发动跑车，往边郊驶去。

祝安心心念念要独居的房子已经装修得差不多了，他要去帮着提前查验一下才能安心。

这一期节目，祝安是和宁为玉一起拍。

似乎是要将这一期内容安排成“宿怨对决”，台本内容都有意往那个方向引导。

宁为玉年纪小，心气高，本来就还有不服，无须表演，情绪自然流露出来，就很完美。

相比之下，祝安显得过于从容淡定了，神态轻飘飘的，似乎对宁为玉的挑衅完全不以为意。不过她之前也是冷静的形象，倒是也符合原来的感觉。

导演看了看，没有多说什么。

章七炜也在现场，面无表情地跟着几个暑假留校学生站在旁边围观。

第一轮题目，祝安还是一骑绝尘。

宁为玉到底是年纪小，虽然天赋极高，但和祝安比起来，心性就差了些。越追不上她就越着急，答题也越来越混乱。

第一部分结束。

她眼睛红红的，死死地盯着祝安，似是要哭了。

祝安讶异，总觉得她不像是这种输几局娱乐赛就会哭哭啼啼的女生。

宁为玉性格里有很多地方和祝安小时候非常相似，连际遇也有一部分相像。

小祝安也许是寄人篱下，产生了自卑感，骨子里就是有一股不服输的韧劲。除了林陆远，她绝对不会在任何人面前露出软弱的一面。

挑战赛时，宁为玉质疑她作弊，纵然心智不成熟，但追根溯源，未尝不是这种不服输在作祟。

那时候她输给祝安都愿赌服输，没掉一滴眼泪，怎么可能因为这种娱乐综艺哭哭啼啼呢？

祝安踟蹰片刻，总感觉哪里不对劲，想着要不要上去试探一下。

只是她才刚迈出步子，便见宁为玉余光一直在往章七炜身上瞟，突然醒悟过来。

大概她是觉得在章七炜面前丢了丑，可章七炜还无动于衷，这才委屈上了。

祝安笑了笑，脚步方向一转，去了另一边。

第一天拍摄结束。

章七炜走到祝安旁边，皱着眉问她：“怎么回去？”

祝安先喊了声“章老师”，才答道：“应该……有人来接吧。”

林陆远虽然没说，但多半是会来。

章七炜点点头，下一句话还没出口，祝安的手机便响了起来。

如有预兆般，她的心重重一跳，没和章七炜示意，立刻接起了电话。

“喂？”

林陆远：“来医院，爸出事了。”

祝安性格里天生带着沉稳。听到这个消息，并没有露出慌乱的神色。

她静默了一瞬：“我马上过来。”

林陆远那边似乎很忙，一直有人跟他说话，也没能多说什么，只低声嘱咐了一句“路上小心”。

电话挂断，祝安将手机塞到包里，脸色还算平静，唯独嘴唇有点发抖。

章七炜一直站在旁边，目光闪了闪，开口：“着急的话，我送你。”

这里不是P大，祝安是第一次来，人生地不熟，打车也不知道要等多久。

她没再拒绝，深吸了一口气，稳住心神："谢谢，麻烦了。"

章七炜转过身，迈开步子，带着她向停车位走去。

车子停在学校外面，五六分钟距离。

祝安随着章七炜一同上车。

此时，宁为玉已经坐在后座，低着头，应该是在写作业。见到祝安，她嘟了嘟嘴，到底还是没在章七炜面前说什么。

祝安不以为意，先将医院地址报给他，接着再没说话，闭上眼，手紧紧地握成了拳头。

不多时，汽车便在医院门口稳稳停下。

祝安低声道了谢，下车，穿过重重人流，往门诊中心快步走去。

单薄的背影渐渐消失。

章七炜默不作声，目送她走进去后，才重新发动车子，送宁为玉回家。

没过多久，祝安便站到护士台旁边，给林陆远打电话。

林陆远接得很快，声音听起来有些疲倦沙哑："在住院楼。"他又将具体房间号报给她。

住院楼楼层极高，但只有两部电梯，病患和家属在电梯口排起了长队。

祝安站在电梯口，等待时，眼神落在楼层指示牌上，上下扫视几眼，心一紧。

林老住在血液内科。

她张了张嘴，脸色渐渐开始发白。

仿佛过去一个世纪那么久，祝安终于到达病房门前。

林老住的是VVIP病房，整层楼都是特需，没什么病人。一路过来，气氛安静，让人心里发慌。

祝安深吸了一口气。

她手指还未落到门把上，门忽然从里面被打开。

林陆远冷着脸，和祝安对上视线。

她动了动唇，尚未来得及开口，先被轻轻推了一下，推到走廊上。

林陆远反手合上门，将她拉到旁边。

见到他后，祝安失了一切强装的冷静，整个人都有些呆愣，嘴唇不自觉地发抖。

林陆远平静地摸了一下她的脸颊：“安安，别怕，乖。”

这场景犹如曾经的每个日夜重现。

少年扛起整个世界，将她的夜空点亮。

于祝安而言，再没有一个人会和林陆远一样，意义非凡了。

哪怕是求而不得的陪伴，也是共同走过的漫长人生。只需要一句“乖”，就能让她平静下来。

祝安脸色还有些僵硬，声音已经冷静下来：“怎么回事？”

林陆远沉默半秒，开口道：“明天做个穿刺检查。”

祝安瞪大眼睛，喃喃道：“穿刺？”

“嗯，初步推测是慢性粒细胞白血病，要做骨髓穿刺才能确定。进去之后先不要告诉爸，只说还要再做检查。”

祝安无意识地揪住了他的衣服，仰着头，难以置信地看向他。

“怎么可能呢？林老平时那么健朗……”

话没说完，她自己先停下了。

林老从很多年前就开始投身研究事业。他本就是当代知名科学研究人员，祝安虽然不清楚他的具体方向，却也大概知道，化学辐射、物理辐射都是白血病、癌症等大病的诱因。

这位老人，是将一辈子都献给了科学事业。

渐渐地，她眼圈泛红。

林陆远抿着唇，手掌上移，牢牢握住她的手腕，将她拉到自己怀中，轻轻地拍了拍她纤瘦的背脊。

“别怕，不是什么大问题。白血病并非不可治疗，如果确诊了，叔伯这边会马上安排，在骨髓库寻找匹配的骨髓做移植。”

祝安六神无主，只能在他怀中用力点头。

林陆远笑了笑。

这个笑没走心，仅仅流于表情上，却充满了安抚的意味。

一个吻随即轻飘飘地落下，落在了祝安眼睫上。

像只蝴蝶，悄无声息地从春天经过。

林陆远抱着她，轻声开口：“别哭，不好看，而且爸看到会不高兴。”

祝安点头，拼命抹了把脸，又做了几个深呼吸。再抬起头时，神色已经看不出异常。

林陆远留恋地凝视她。

他的姑娘，那么懂事、那么乖巧，简直要一路踩进他心坎里。

良久，林陆远沉沉开口："走吧，一起进去。"

"好。"

林老是例行体检时查出的问题。

因为还没有做骨髓穿刺，无法确诊，只有相熟的专家凭借经验做了推测。

病房里，林大和林二都不在。

林老正坐在病床上，拿着平板看报告。

管家在旁边切水果。

祝安脚步一顿，转念一想，立刻反应过来。

林大和林二都有各自的家庭，平日就不怎么住在大宅里。林陆远是怕将他们全部喊来阵仗太大，显得过于严肃了。

只是祝安觉得，这点小把戏大概瞒不了林老。

这位一生睿智的老人或许早就猜到了什么，只是为了让子女安心，才假装浑然不觉。不然，他也不会那么淡然地朝她招手了。

"安安来了啊，到这里来。"

祝安鼻子一酸，差点又落下泪来，十分辛苦才忍住。

她三两步走到林老身边，挑了条板凳坐下，手肘撑在病床上，眼睛亮亮的，将难过藏到内心深处。

"林老，别担心，肯定没什么的。"

林老笑呵呵地开口道："是啊，安安别害怕，我会一直陪着你的。"

祝安浑身一抖。

林老："我知道你记性好，三岁就能将自家地址一字不错地说出来，小时候的事肯定也没忘。你亲爹妈那都是不靠谱的，怎么舍得把你这么乖一个小孩给丢下呢。既然你到我们家来了，那就肯定是不会再让你孤单一个人啦，乖乖。"

祝安将号啕大哭的欲望死死憋住，憋得整个人都在颤抖。

林陆远走上前来，一只手扶住她的肩膀，另一只手按在她头顶，将她低头时的表情通通挡在阴影中。

"爸，你别说这种话，只是做个追加检查而已，吓安安做什么。"

林老"嗯"了一声，转移话题问道："安安今天节目拍得怎么样？"

祝安整个人都在微微颤抖，被林陆远压着，才提起一点劲儿来。

她点点头，低声说了一句“很顺利”。

林老：“记得劳逸结合，成绩不能落下，留学的事也别放松了。”

“好。”

第八章
逢岔路

林老的检查就安排在第二天一大早。

晨光初现时分，祝安在床上惊醒。

睁开眼，她蓦地意识到，按照原计划，这天还要去拍摄外景。

只是她此时实在没有什么心情再去拍摄综艺。

林老在住院，管家在医院陪床。

祝安起身，套上外套，去敲林陆远的房门。

只敲了两三下，里头很快打开门。

林陆远已经洗漱完，换好出行着装，表情平静地问她："怎么还不去换衣服？我先送你去现场，再去医院。"

祝安咬着唇，摇头："我不去拍了。我要去医院。"

林陆远目光沉沉地望着她。

"安安，做事要有责任心。"

"可是现在情况不一样！"祝安难以置信，提高音量。

林陆远轻轻地叹了口气，按住她的肩膀，一字一句地开口："你现在去没什么意义。你不是医生，进不了手术室，也看不懂报告，反而会让爸因为觉得你太任性而不高兴，明白吗？今天只是穿刺，并不是手术。我已经和叔伯打好招呼了，今天晚上会出加急报告。到时候我大哥和二姐都会到场商议，你那个时候再来就好。"

"当然，我从来不觉得拍这种综艺是什么要紧的事，不想去自然能推了。但是你要想清楚，会不会因为自己的行为影响到别人的工作。你们今天是接着昨天继续拍外景吧？你如果不去，是不是对整个组来说都是一种拖累？”

“安安，你要考虑清楚，无论发生什么事，都应该保持冷静。现在告诉我，你想不想去？如果不想去，我现在就找人帮你处理。”林陆远勾了勾嘴角，“对我，你永远可以任性。”

祝安沉默半晌。

终于，她闷声开口：“好，我先去拍完，下午应该就能到医院。”

林陆远低头，嘴唇轻轻地碰了碰她的鼻尖，语气里带着宠溺：“乖。”

祝安发现，近些日子，林陆远极爱用这种词汇。

他攻势明显，但策略变幻莫测，搅得她心神不宁。只是林老出了这种大事，作为小辈，也没有谈情说爱的心思了。

祝安垂着眼，沉默地上了车。

林陆远的车后座放了不少东西，都是带去医院给林老用的。还有家里厨师准备的小菜汤品，都是林老惯常的口味，装在保温盒里，去那边一热就能吃。

难得，车里气氛低沉。

祝安低着头发呆，林陆远也没有主动说话。

二十分钟后，车子抵达外景学校门口。

昨天分别时，玩闹还历历在目，只不过二十四小时过去，两个人都没了那心情。

祝安抿唇：“我走了。”

林陆远见她情绪低落，有些担心：“结束之后给我打电话，我让司机来接你。”

“好。”

这场外景后半段，是祝安参加《超级大脑》以来表现最差的。

虽然制作组将剧本安排成“宿命对决”，但其中一方不在状态，这戏就唱不下去。

第一段结束，导演喊了休息，将祝安叫到一旁。

“祝安同学，昨天没休息好吗？今天状态看起来不太好。”

祝安咬着舌尖，稳住心神，没有找借口，立刻真心实意地低声道歉：“抱歉，导演。”

导演知道她是制片人找来的真学霸，和那些本意出道的选手不一样，不会考虑综艺感、上镜效果之类。甚至连台本也只是因为和她冷淡的性格还算相符，才勉强能配合上。

对于这种素人，没有底子，也没有想法在这个圈子继续发展，不能过多苛责，要不然后面她磕磕绊绊，只会更加难拍。

导演拍了拍祝安的肩膀说："我们这个综艺，追求的就是一个竞技真实感，台本之类的都只是辅助而已。祝安同学，之后继续拍摄的时候，你就把做题当成具有紧迫感的考试，你看这样可以吗？"

祝安点头，表示了解。

后来果然顺利了不少。

外景拍摄十分麻烦，不如棚拍来得容易。结束之后又补拍了很多镜头，比昨天收工更晚。

祝安提前给林陆远发了消息。

等到这边一结束，她连妆都没卸，立刻小跑着离开了。

林家司机等在学校门口，见到她，立刻站直了身体："安小姐。"

祝安大步上车。

时间有些晚，路况也不如昨天，稍微有点堵。

月色初现时分，祝安终于赶到医院，熟门熟路地奔向住院楼。

病房里只有林老、管家和家中用人在。

林老的麻药效果还没过去，仍闭着眼睛在沉睡。

祝安放下包，在病床边静坐了一会儿。

这样看来，林老是真的有些老了。

平日里他精神很好，容光焕发，在哪里都极具威慑力，看着祝安时，表情里总是带着笑意。甚至她还能清楚地记得，林老朝她伸出手，牵着她将她带回家时的场景。

真是儒雅又有气势的一个男人。

林陆远继承了林老很多长相上的优点，只是年纪尚小，到底少了些被时光磨砺出来的气场和底蕴。

在祝安心中，林老是神圣的存在。只是这样睡在病床上，才显出七八分疲态和沧桑。

她不忍再看，起身离开病房。

林家三个小辈都在院长办公室，祝安一点一点摸过去，敲了下门。

此刻，办公室里坐了许多人，几个医生穿着白大褂，头发花白，符合国内医护专家基本形象。还有几个外国人，年纪也不小，西装领带，表情严肃。他们手里各自拿了厚厚的病历，似乎是在开会。

林家三兄妹坐在沙发上。

祝安一个动作吸引了所有人的目光，顿时有些手足无措：“抱歉，打扰你们了……”

林陆远单手松了松领带，朝着她招手：“安安，到这里来。”

祝安乖乖地点头，快步靠近，坐到他身边。

林陆远安抚性地捏了捏她的手指，用英语说了句“继续”。

果然是在开会，还是全英文那种。

那几个外国人也是专家，语速很快，专业词汇一连串地往外冒。

祝安虽然听力也极好，但到底对这种词语不熟悉，听得磕磕绊绊，只能勉强理解个大概。

她余光瞟了林陆远一眼。

林陆远一直低着头，眉头皱得很紧，不知道究竟有没有听懂。

一场会开了一个多小时，最后几位专家竟然还争论起来。

终于，林大出声打断了这场争执：“抱歉。”

办公室里安静了一瞬。

林大眉目严肃，比林陆远更缺平易近人，抬头时斩钉截铁。

他说：“先找适配的骨髓，我爸不会愿意保守治疗的。”

林老上了年纪，医生怕老人身体撑不住，下不了手术台，都会做风险建议。但保守治疗约等于慢性等死，他一生智慧要强，绝不会愿意将剩余的生命交到老天手里。

相比之下，骨髓移植才是完全治愈手段。

林陆远一直抓着祝安，闻言，手指紧了紧。

祝安不知道该做什么，头脑发热，整个人偎依过去，竟然抱住了他的手臂。

林陆远浑身一僵，却也任由她像树袋熊一样挂在自己手臂上。

林大：“现在，我们全家都会去做适配，麻烦安排一下。”

他站起身，扭头，看了看旁边的林二和林陆远。

“先从直系开始，可以吧？”

趁着林老还没醒，林家三个子女都去做了配型。

但结果出乎意料，都无法适配。

林老也有兄弟姐妹，不过其中两位已经去世，还剩一个亲妹妹，人不在海市。

林大早就联系了对方，林老妹妹爽快地应下了，说明天就会就近去做配型，尽快拿到结果。

时间已经不早，管家早就让人送了饭菜过来。直到这会儿，所有人才有时间吃晚饭。

会一散，祝安就松开了林陆远的手臂，默默无言地跟在身后。

她虽然住在林家，但无论从血缘上来说，还是从名义上来说，都非林老亲属，只不过是老友女儿的身份罢了。

在这等大事下，她还是无权置喙。

林老这间特需病房，比祝安之前住院时更加宽敞，像是酒店套间。除了里间病房，外面有小厅，配了两个房间给陪床人员。还有浴室，可以简单烹饪的小厨房。

管家让用人阿姨将饭菜简单热了热，摆在小厅的大桌上。

一行人围着大桌一同坐下。

所有人的脸色都不太好，气氛也很僵硬。

林陆远先给祝安拆了筷子，夹了大桌最远处的几道菜，放在她碗里，低声嘱咐："别想太多，先吃饭。"

祝安"嗯"了一声，低下头，安安静静地咀嚼。

炸猪排回过锅，早已没了香味，咬上去还有些油腻。炒虾仁失了水分，口感也不再鲜嫩。只是此时，没人会在意这些。

这会儿工夫，管家从内间走出来，低声道："老先生醒了。"

顷刻间，在场所有人都放下了筷子，起身往里走去。

祝安也已经走到门边，蓦地脚步一顿。她这时候该以什么身份进去呢？

本来不该矫情，只是心里过于焦急，加上这一连串事情，让人手足无措。

祝安到底还年轻，越是情况紧急，越是容易多想。

这时，林陆远仿佛能读懂她的心思一般，明明走在前面，却停下脚步。

他扭头，朝着祝安勾了勾手。

祝安愣了愣，不明所以地走上前，被林陆远一把抓住手腕。

他一用力，她整个人直愣愣地往他身上倒去。

林陆远撑住她的肩膀，一言不发地揽着她，缓缓地往房里走去。

林大是长子，一贯沉稳可靠，简单地将情况告诉了林老。

林老面不改色，似乎一切都在意料之中，点头："我知道了。"

林大："已经在中华骨髓库寻找合适的骨髓了，也联系了姑姑，明天她会去医院做适配。"

"辛苦你们。"

林大沉默了一下，叹气："爸，这次手术过后，您也该退了。"

这个年纪，本就该安享晚年了。

林老挥了挥手。

"好了，我会考虑。这么晚了，你们就先回去吧。明天要上班，不能耽误工作，也别影响我休息了。"

深夜十二点，月朗星稀。

林陆远和祝安一前一后上了车，各自系上安全带。

她等了等，却没见林陆远发动车子。

祝安不明所以地望向他。

林陆远双手抵着方向盘，声音淡淡地问她："想吃点什么？"

刚刚大家都还没吃几口，林老就醒了，后来也没再继续。

祝安从中午茶饭不思地吃了点盒饭后，一直到现在，几乎没吃什么，被他一问，顿觉饥饿万分。

"都可以吧。"

林陆远微微地笑了笑，说："虽然爸病了，咱们健康的人还是得健康下去，总不能因噎废食。"

祝安没说话。

林陆远也不问她，开着车，自己做主，去了一家仍旧在营业的粤菜馆。

虾饺、肠粉、金钱肚、艇仔粥……林林总总点了一大堆，都是祝安喜欢的口味。

等菜上齐后，香味四散，勾得人越发饿。

两个人一齐拿起筷子，沉默着快速进餐，直到将桌上的食物吃得差不多才停下。

因为刚刚那个猪排，祝安若隐若现有点胃疼，暖和的食物下肚，才舒服了许多。

她垂眸，倒了杯茶，抿了一口，低声开口问道："如果林姨也配不上，怎么办？"

林姨就是林老的亲妹妹。

一般来说，双胞胎是一定能配型成功的。但如果不是同卵双胞胎，哪怕是亲兄妹，也会有概率配不上八个点。

林陆远沉默半晌，十分冷静地作答："如果配不上八个点，就去骨髓库找。我爸不是稀有熊猫血，配型概率很高。要是实在配不到八个点，即使六个点也要做移植。"

因为是亲兄妹，六个点是一定能配上的，只是风险比八个点高了许多。

祝安的眼圈泛红。

林陆远摸了摸她的头，就像小时候安慰她一样。

他说："我爸一生都在做科研造福人类，上帝不会太快将他带走的。安安，你别太担心了。"

祝安用力点了点头，似乎是在用力赞同他，以求说服自己。

林陆远："走吧，我们回家了。"

他起身，牵住了祝安的手，将她拉了起来，不紧不慢地往停车场走去。

第二天，林陆远上班前，将祝安送去医院陪林老。

治疗方案还没完全定下，林老气色尚好，正戴着眼镜看平板。

祝安一进去，林老当即便笑了起来，随口道："安安来这么早啊？"

见他这般自然，状若无事，祝安鼻子有些泛酸。她不敢开口，只能支支吾吾地应了一声。

林老笑了笑："哭什么？"

"没呢。"

林老"嗯"了一声，低下头继续工作，还不忘嘱咐她："没什么事就不用每天过来了，反正下周就出院了。"

如果没有找到适配骨髓，确实不用每天住院，只需要吃药，配合定期化疗。

事实上，若不是体检时查出异常，林老看起来确实没有任何问题。工作日的这个点，他应该都已经进研究室了。

祝安应了声，抿唇，小声道："我只是想陪陪你。"

林老工作很忙，平日里不见人，周末祝安又经常不在家，确实有许久没有这般相处了。

或者说，自追逐林陆远的脚步起，不可避免地疏忽了生活中的其他人。

听她这样说，林老笑了起来：“好，好，好，那安安就乖乖待着陪我，等我这边工作忙完了，咱们俩好好聊聊天。”

祝安用力点头。

中午十一点，院长走进病房。

林老抬头，轻松地和他聊了几句。大多是关于医院和研究所阶段成果，病情一句没说起。

院长是林家人，虽是旁支，但关系一直亲厚，也十分了解林老的脾气。

他笑了笑，到底还是劝了一句：“林老，你就别操心这么多了，先养身体重要。”

林老摆摆手：“这毛病也不是我操心就能有结果的，当然不需要多想。”

“那别人看了也担心是吧？你看安安，这么早就来陪着了。眼睛还有点肿，昨天哭过了？乖孩子，真孝顺。”

祝安愣了愣，讪笑一声，赶紧低下头。

林老最爱听别人夸祝安，音量也提高了些许：“那是，安安可乖了。”

“是啊。说起来，安安也上大学了吧？有男朋友了没有？要不要给介绍几个？我手下带了几个研究生，都是一表人才的精英。”

没想到林院长竟然能扯到这么远，给她做起媒来了。

祝安脸颊泛红，正打算开口说话。

倏地，门口传来一道声音：“她有。”

所有人齐齐扭头，循声望去。

不知何时起，林陆远倚在门边，双手插在口袋里，一副似笑非笑的模样。

祝安心里咯噔一下，生怕林老误会，连忙摆手：“没有这回事……”

然而林陆远已经不紧不慢地走到旁边，靠着她坐下。

为了不打扰林老，加上祝安自己也要看书，她一直坐在病床对面的沙发上。沙发不大，林陆远坐过来，就更加拥挤了。

借着身体遮挡视线，他重重地掐了一下祝安的手臂。

“嘶——”祝安停了声音，转过头，怒视林陆远。

林院长：“啊？”

林陆远面不改色，开口解释道：“她有，但是不好意思说。”

林院长恍然大悟，点点头。

“对，对，对，女孩子脸皮薄。那阿远呢？你比安安大，也该提上日程了。怎么样？上次那位姜小姐，算是定下了？”

一提到姜婷，林陆远的表情就冷淡下来，像是牙疼不止。

“没这回事，压根儿就不是女朋友，只是一个合作伙伴。”似乎是不想再被逼问这些，林陆远站起身，拉着祝安的手腕：“爸，我先带安安去吃饭，一会儿再把她送过来。”

林老心里明镜似的，知道自己这小儿子是不乐意了，摆了摆手：“去吧，一会儿把安安送回家去，下午就别过来了。管家在这儿呢，我也睡一会儿。”

各自道别后，林陆远牵着祝安，把她拉走。

一个个高腿长，一个娇小纤瘦，都是挺拔俊朗的样子，背影看起来十分和谐。

林院长顺势盯着，看了一会儿。

霎时间，他突然想起来，昨天开会时，这两个人也是半抱在一起。

林院长总算是品出点味来，表情讶异：“老爷子，这……”

林老笑了笑，语气随意：“孩子长大了，管不动啦。”

祝安被林陆远拉出医院。

他力气大，个高腿长，步子也快，祝安挣脱不了。为了跟上脚步，她走得磕磕绊绊。

到底是忍不住了，祝安用力甩手，提高音量：“林陆远！”

林陆远停下脚步，扭头看她：“怎么了？”

“很痛，快松手！你又在发什么神经？”

没想到林陆远果真立刻松开了手。

祝安不自觉地皱了下眉。

八月，海市气温依旧燥热难耐。才在户外停留一会儿，她就脸颊泛红，额头冒出汗来。

见她表情不虞，林陆远立刻就有些心疼，低声开口：“很热，别站在这里说话了，我们去店里。”

医院附近都是快餐店。

但两个人也没挑剔，随便进了一家汉堡店。

二楼还有空座。祝安先去坐位子，林陆远独自下楼点餐。

十来分钟后，他端着餐盘坐到祝安对面。

平日里看起来冷漠、高不可攀的矜贵男人，这一刻显得格外平易近人。

祝安恍然觉得，他们俩就像一对普通大学生情侣一样，男生去点餐，女生等待，将快餐吃出满心的爱意。然后，或许要再手挽着手，欢欢喜喜去下一个约会地点。

想象实在太美好了，祝安忍不住低笑出声。

林陆远抬起头，看她一眼，问："在笑什么？"

她立刻收了笑。

林陆远叹气："刚刚对不起，我是有点生气。手腕让我看看，弄伤没有？"

祝安没动："生气什么？"

林陆远皱着眉，抿了抿唇。

只是见他叔伯随口想给祝安介绍男朋友，他就觉得不乐意，像是自己珍藏的宝贝被人觊觎了一般。

无论是这种把她偷偷介绍给别人的做法，或是祝安那些对她虎视眈眈的朋友，都让林陆远生气。

可是这种念头完全说不出口。要是说出来，祝安又该说他把她视为私有物品，占有欲作祟了。

沉默半晌，林陆远率先转移话题："先吃饭。"

快餐店里充斥着独特的香味，难得吃一次，祝安看起来食欲不错。

吃饱喝足后，她抬起头，问道："你过来做什么？"

这天明明是工作日。

林陆远言简意赅解释道："公司离这里很近。"

事实上，他是怕祝安跟着林老一起，吃不惯家里厨师准备的那些清淡口味的饭菜，祝安又不好意思开口，这才特地开车带她出来吃饭。

林陆远擦了擦手，又赶紧说起别的。

"十月的托福考试我帮你报名了，先去试试水，刷一下分。"

祝安低低地应了一声。

顿了顿，她低声开口："《超级脑王》那个，我不想去了。"

离合约还有最后两期，但现在林老生病了，她实在没心思出演这些娱乐节目。

这次林陆远没有反对。

"好。回去把合同拿给我，我找人帮你处理。"

店里的客人逐渐多了起来。

两个人站起身离开。

林陆远还是按照祝安自己的意思，把她送回医院去，又和林老说几句话，这才折回去上班。

祝安总觉得难以面对林老笑眯眯的表情，仿佛被他完全看穿，整个人尴尬极了，只得拿起书假装专注。

林老心如明镜，朝她招招手："安安，过来，和我说几句。"

祝安如有所感，耳尖红得快要滴血。

她磨磨蹭蹭坐到林老旁边。

林老："安安和阿远关系好像变好了一点，是吧？"

之前一段时间，两个人之间气氛诡异，家里人都看得出来。

祝安张了张嘴，说不出话。

见状，林老"呵呵"直笑。

"别害怕，没怪你的意思，阿远什么脾气我很清楚。安安，我只希望你答应我一件事。"

他顿了顿，肃起脸色："在完成学业以前，不能有什么实质性的发展。他这孩子胡来惯了，你还有很长远的未来，不能被这些事拖累了，放弃自己的梦想。明白吗？"

祝安低声应了。

林老拍了拍她的肩膀："虽然我不看好，却也不会做那种古板的家长，刻意拆散你们。只是你们绝对不能恋爱上头，就忘了别的。要不然，以后你们都会后悔的。"

祝安："我知道的。"

林老满意地点点头："去吧，我要睡了。"

祝安轻手轻脚地关上里面的门，自己坐去了小厅里。

傍晚，暮色四合时分。

手机轻轻一振。

祝安正拿着平板在看视频，听到动静，立刻拿起来握在手心里。

她先觑了觑病房的方向，没听到里面传来什么动静。

林老应该还在睡。

她松了口气，点开屏幕。

林陆远：“结果出来了，姑姑没配上。”

林陆远：“先别告诉我爸。”

祝安愣住，盯着屏幕，半天没回过神。

没过多久，林陆远又发来新消息：“一会儿我去和大哥聊一下，晚些来接你回家。”

祝安抿唇，垂眼，打字回复他：“好。”

夜深了。

林陆远终于赶到医院。

林老打了点滴，早已经睡下了。

林陆远轻手轻脚地推开门，静待了一会儿，转身，合上内间房门。

他朝祝安招招手：“走，回家了。”声音四平八稳，仿佛内心毫无波澜一般。

祝安收拾好东西，轻声和管家道别，跟着林陆远离开医院。

到车上，她才急急忙忙问道：“现在怎么说？”

林陆远轻轻“嗯”了一声，道：“专家那边讨论过了，先找配型，做保守治疗。要实在没有合适的，就用姑姑那六个点适配做移植。”

祝安不由自主地握紧手指。

林陆远没再多说什么。

九月初。

时值大学开学前夕，正是一年里最易焦躁的时间段。

林家凄风苦雨。

林大和林二举家搬回了林宅。人虽然多了，但往日大宅子一贯是热热闹闹的，此时却没什么生气。

祝安每天都去医院陪林老，直到第一个疗程结束，可以出院了。

好消息来得太突然。

晚饭时分，林大去接了个电话。

回来后，他开口道：“有基础适配的捐赠者了。”

陌生人要达到满足移植要求很麻烦，先要做基础适配，配上了再做检测，看能适配到几个点。基础适配的人选很多，但能达到移植要求的却几乎没有。

一次又一次的希望，大多是竹篮打水一场空。

只不过对于病人和家属来说，哪怕是这么一点点可能性，也会成为暗夜前进的动力。

林家人脉广，效率很高，两周之内，竟然就在骨髓库找到了五六个捐赠者进行适配。

开学报到那日，林陆远开车送祝安去学校，又非要跟着她一起去吃一顿学校食堂。

只是两个人才坐上桌，林陆远的手机就响了起来。

他顺手接起。

听了一会儿，他表情变了变："我知道了，我晚点过来。"

挂断后，祝安问道："怎么了？"

林陆远皱起眉："有人配上八个点了，但是他反悔了，不愿意捐赠。"

事实上，骨髓移植就是造血干细胞移植，对于捐赠者并没有很大的身体影响。可就算是献血，也会有人因为觉得伤身体而不愿意。

这是人之常情，没法强迫。

祝安的脸色也白了起来："那怎么办？"

"跟他谈，想要什么都可以给。人总有欲望需求。"

林陆远早已经算是个商人了。

这两年，他弯过腰也低过头，在这方面没什么心气。

当然，这话是绝不能让林老还有上头的大哥和二姐听到的，不然做不成不说，估计还得被驱逐出家门。

林陆远哂笑。

既然他心里有数，祝安自然是对他百分百信任："那你快去吧。"

林陆远："不急，找上门去以前先摸摸底，做点准备。"

祝安沉默一瞬。

不可否认，这样的林陆远也很迷人。

没过多久，林陆远便成功将适配者的消息打听出来。

正巧，祝安拉开房门，听到他在楼梯上打电话。

"你说是谁？"

"谢展云？这么巧？"

祝安脚步一顿。

林陆远声音冷漠，几乎是毫无感情地问："他说了吗？他想要什么？"

这个名字已经有段时间没听到了。

祝安皱起眉，整个人倚靠在墙边，明目张胆地偷听起来。

可惜林陆远也没再多说什么，只“嗯”了几声，留下一句“当面谈”，就挂断电话。

他转身上楼，在走廊转角成功和祝安打了照面。

林陆远表情微变，挑眉道：“祝安，你都学会偷听了？”

祝安嗤笑：“就在这个位置，你都偷听多少次了，还好意思说我？”

“到底是怎么回事？我听到谢展云的名字了。那个配型成功的人就是他吗？”

林陆远本来不想让祝安知道这件事的。

一提到谢展云，他就会想到那句“谢老师”，还有那扇在他面前合上的房门。就像是把他彻底关在了她的世界之外，让人想起就生气。

林陆远：“没什么，我会处理好的。”

说完，他打算直接走过她身边，回自己房间去。

祝安急了，一把拽住林陆远的衣服下摆，止住他的去势：“林陆远！”

林陆远没刹住车。

惯性使然，祝安被反作用力拉扯，没站稳，脚步一踉跄，扑到了林陆远身上。

祝安突如其来地投怀送抱，让林陆远弯了弯眼睛。他伸手牢牢地接住了她，又动了小心思，把人牢牢地按在自己怀中。

祝安整个人被他手掌卡得死死的，完全动弹不得。

林陆远神色淡淡，一点都没有使坏心眼的心虚感，十分光风霁月。

“安安，问问题就好好问，怎么还使美人计呢？”

祝安懒得理他。她用力一推，没推开，反倒是被搂得更紧。

林陆远用手臂紧紧搂着她的纤腰。

仍是九月，虽然农历上已经入秋，外头的气温却尚未降下来，依然闷热。林宅二十四小时开中央空调，一直保持适宜的温度。

祝安穿着夏日宽松的短袖家居服，外套一件薄款外套。

从上到下，晃晃荡荡，像个直筒。但林陆远这么用力一搂，自然搂出了她姣好的身姿。

林陆远的眼神暗了暗：“别动。”

祝安没品出他声音里那丝喑哑，没好气地低吼：“林陆远！你快松手！”

林陆远还是没动，顿了顿，稍稍换了个姿势，空出一只手，捏了捏她的后脖颈。

他不紧不慢地开口道："你不是想听吗？"

祝安果然仰起头，眼神极亮，目光炯炯地望着他。

林陆远平复了一会儿乱掉的呼吸，搂着祝安，慢条斯理地给她解释了一番。

说来也巧，谢展云曾经在做一个公益活动时，去登记过骨髓捐献。

当时，无论是出自真心，还是为了其他需要，因为这个活动，他的血型样本确实是进了骨髓库。

然而谢展云本人却没有捐赠意愿。

似乎是还没有走到本人那关，当林家试图联系他时，就被他的经纪人挡了下来。

对方给出的理由也很充分："谢老师身体不是很好，免疫功能比较差，不太方便捐赠。"

听林陆远这么说，祝安忍不住轻轻地撇了撇嘴。

谢展云看起来和"身体虚弱"这四个字可扯不上什么关系。

这就是借口，还漏洞百出的那种。多半是他压根儿就没有这方面的想法。

林陆远一直低着头，看着她说话，自然马上注意到了这个小动作。

祝安皮肤白，显得嘴唇殷红，樱桃似的，让人很想咬一口。

林陆远停下关于谢展云的话题，声音沉沉地说道："安安。"

祝安诧异地"啊"了一声。

林陆远捏了捏鼻梁，很是郁闷的模样："想亲你。"

祝安愣了愣。

紧接着砰的一声，她脑海里像是炸开了烟花，高温烧得她从脸颊一路红到了脖子根。

林陆远笑了一声，低头咬住她的下唇。

他肖想已久，尝一口后，果然甜丝丝，带着她独有的清甜味道。

怕祝安恼羞成怒，林陆远非常有分寸，没有流连，只浅尝辄止。他松开了手。

祝安啪地弹出老远，怒视他："你神经病啊！"

林陆远弯了弯嘴角。

好歹没有一巴掌甩上来了，有进步。

这骂人也是翻来覆去只有这一句，一点杀伤力都没有。

祝安见他一脸享受、油盐不进的模样，只能狠狠地瞪了他一眼，转过身落荒而逃。

新学年，专业课表自然有变动。

祝安他们已经大三了，公共课基本全部结束，课少了不少。

周五的傍晚，第一周所有课程结束，祝安和裴文晴一同走出教学楼。

手机里又有陌生来电。

祝安回忆了一下，确定不是谢展云的号码后才接起来："喂？你好？"

电话那头传来一声娇笑，紧接着，一个女人的声音响起："你好，祝安妹妹，我是姜婷。"

这个电话实在是在意料之外。

祝安停下脚步，在原地愣了半晌，这才应声："姜小姐，你好。"

姜婷还是那般语气，竟然能将爽快和矫揉造作奇妙地融为一体。

"有时间见个面吗？"

祝安："抱歉，我……"

姜婷很快打断她："关于林老先生的适配骨髓……啊对了，你应该还不知道吧？我现在是谢展云的老板。"

祝安心跳加快，脑子里转过不少想法和猜测。但性格使然，她的语气还是能保持平静，听起来依旧不为所动。

"这件事情，您应该更想和林陆远聊吧？我们之间有什么可以说的呢？"

姜婷大笑起来："当然有了，我不会和林陆远谈的，这件事我只想和你谈。如果你愿意跟我做个交易的话，明天谢展云就会去医院报到。"

好好一个周五的晚上，彻底被打乱了。

恰好林陆远有工作要加班，不能来接她。

祝安一个人坐上地铁，打电话回家，说和同学聚餐，要晚些才能回去。

晚上七点不到，祝安找到姜婷指定的餐厅。

这时，姜婷人已经到了，正坐在靠窗位，低着头玩手机。

她一字领上衣、浓妆、大波浪卷发，远远望去，着实是风情无双。

祝安抿了抿唇，走到她旁边，喊她："姜小姐。"

姜婷抬起头："小妹妹，你来啦，快坐。"

祝安坐到她对面。

姜婷："我给你点了精选套餐，不知道你喜不喜欢……前菜是法式焗蜗牛配时蔬沙拉，汤是……"

祝安蹙起眉，打断她："抱歉，您可以直接说正题的。"毕竟她也不是来吃饭的。

姜婷只觉扫兴，摊了摊手，无奈地道："行吧，你们林家人，都好没意思。"

祝安眉头皱得更紧了。

这个姜婷，实在让人摸不清路数。

沉默几分钟后，姜婷欣赏完自己的指甲，总算说到了正事。

"林老先生生病，需要同血型骨髓移植，这事儿圈子里都传遍了。妹妹，你知道的吧？好巧不巧，就是一个咱们都熟的老熟人配上了。目前，谢展云的个人工作室已经定下，哦，是我们家出钱帮他解决的合同。你知道吗？"

祝安眼神冷漠，直直地看着她，没说话。

姜婷也不在乎，笑了一声，接着道："我可以帮他做主去给老先生移植，只需要妹妹你帮我一个小小的忙。"

"什么？"

"你去和林陆远说，让他做我男朋友。不用很久，三个月就行。"姜婷眨了眨眼。

祝安不由自主地捏住手指，声音沉下来："你可以自己去跟他谈交易啊。"

姜婷戏谑地笑了："那他就不会答应了。阿远这个人啊，有个毛病，就是特别固执。只有你开口，他才会满足你的要求呢，宝贝儿。林老爷子对你这么好，难道你不想他快点好起来吗？"

是夜。

祝安回到林宅。

林陆远还没回家，二楼走廊里安安静静的，竟然空旷得有些令人害怕。

祝安把行李箱丢在地毯上，没心情整理，整个人先躺进了柔软的沙发里。

姜婷这段话实在太玄幻了，直到过去这么久，还在她脑子里打转。

这种剧情，真是闻所未闻。祝安甚至想当场对她咆哮一句：你找错人了吧！

但偏偏就是这么发生了，简直离奇又让人无语。

祝安将头闷进枕头里，干脆彻底放空脑袋。

到晚上十一点多，林陆远还没有回来。

祝安坐起身，摸过手机看了一眼。

十分钟前，有一条新短信。这个号码就很眼熟了，来自谢展云。

她顺手点开。

谢展云："明天有时间吗？有件事想和你聊一下。"

祝安愣怔地盯着屏幕。

这一整天，竟然发现了两件玄幻的事。

她有些不敢相信地胡思乱想，难道谢展云也想跟她做个交易？

祝安："什么事？"

谢展云："方便见面说吗？"

祝安捏了捏鼻梁，正欲回复。

下一秒，脚步声由远及近，一点点响起来。

她没关门，听得很清楚，是有人在上楼。

林陆远回来了。

祝安丢下手机，蹦起来，拔腿就想往门外走。

万般琐事，脑海中浮起的第一个念头，是去找林陆远商量。

然而，她很快便冷静下来。

先不说两个人不清不楚的关系和身份、剪不断理还乱的你来我往，只谈自身，她总是要一个人走的。难道她真能一辈子依赖林陆远吗？

一辈子，这个词太漫长，承诺也太沉重。哪怕林陆远曾有意无意地说了好几次，但在祝安心里，也是不能作数的。

当初，林陆远的话是说得难听到了极致，转头却又改变了心意，说喜欢她，说一辈子。

谁知道哪天又会不会再变呢？

她的一切都是林家给的，全身上下、桩桩件件，都烙着林家的印记。唯独只有一颗心是自己的。

再不能如同过去那般轻易奉上。

祝安抿起唇，再次躺回床上，用枕头蒙住脸。

这个姜婷已经大大咧咧地将筹码摆在桌上，只等她表示诚意。谢展云却又不知要做何打算。

真复杂，比数学问题复杂一万倍。

祝安深深地叹了口气。

“叹什么气？”一道声音从不远处响起，传入耳中，仿佛带着笑意。

祝安把枕头拿开，循声看去。

房间门此时已经被完全推开，大敞着。

林陆远靠着门框边，眼睛含笑：“开学第一周很累吗？”

祝安坐起身来，抿了抿唇：“没有。”

“那怎么这么晚了还不睡？”

时间已经很晚了，从窗口往外望，隔壁配楼已经全数灭灯。

夜色静谧，衬得人都温柔起来。

祝安捏了捏鼻梁，轻声道：“马上睡了。”

林陆远点点头。

“晚安了。”他丢下话，反手替她关上门，准备回自己房间去。

祝安心神恍惚，倏地，不过脑地出声喊他：“林陆远！”

林陆远动作一顿。

然而话一出口，她立刻反应过来：“没什么，晚安。”

林陆远笑了笑。

这段时间，林家三个孩子无疑都万分疲惫。林老手术的心理压力、寻找骨髓的压力、与各路人脉打交道的压力，还有自己的工作也无法丢下。林林总总，通通堆在了一起。

相比之下，林陆远或许还要更累一些。毕竟，他还得看顾着自己的公司。

他这般一笑，脸上竟露出些许疲色来。

“我还以为，安安一个人害怕，想邀请我一起睡呢。”

祝安心里浮起一丝心疼，又立刻被理智深深压到心底。

她瞪了林陆远一眼：“走开！”

为了一探究竟，祝安答应了和谢展云见面。

周六的傍晚，祝安要司机送她去约定地点。

谢展云是当红演员，很容易被跟拍，出门在外十分不便。他们只能约在一家日料店，没有堂食，只有包间。私密性极好，口味也不差，深受明星艺人喜爱。

祝安深吸一口气，打开推拉门。

谢展云已经到了，正坐在榻榻米上，拿着拇指大小的酒杯默默独酌。

听到拉门声，他停下手上的动作，抬起头来。

这是祝安第二次和谢展云独处一室。

哪怕是已经见过多次，她还是被那双眼里的阴郁感压得有些喘不过气来。这般气质，实在是让人感觉不适。

只是，他是目前唯一一个骨髓匹配者，即使再不舒服也得忍耐。

祝安抿了抿唇，平静地打招呼："谢老师，你好。"

谢展云挑眉，竟然难得地笑了一下："请坐。"

祝安坐到他对面。

谢展云："吃点什么？有什么忌口吗？"

对面不是姜婷，祝安也没有那么强的攻击性，淡声回答："都可以的。"

事实上，她不爱吃刺身，生鱼片、甜虾之类都不太能下肚，极少吃日料，偶尔吃也是点寿喜锅，吃点牛肉蔬菜便结束。

或许是从小经历复杂，祝安并不喜欢给别人提反对意见。如果同行者喜欢，她会尽量配合。

这世上，也就是林陆远知悉她所有的爱好，尽可能地替她规避。

但这天反正也不是真的来吃饭，没那么讲究。

谢展云豪爽地点了一大堆昂贵的刺身。

祝安全程安安静静，面不改色。

谢展云闷声介绍："这里的刺身很新鲜。"

祝安点头，轻声道谢，又拿起筷子夹了块三文鱼放在骨碟中，却没有吃。

她问得很直接："谢老师，所以，您想和我说什么呢？"

谢展云沉默了一下。

良久，他也放下筷子，开口："当我女朋友，这是捐赠条件。"

祝安一下瞪大了眼睛。

谢展云的表情依旧冷酷，一点暖意都没有。被他注视时，仿佛一条毒蛇盘在面前，冰冷地吐着信子。

"我不缺钱，不缺名气，只缺一个进圈子的机会，这些姜婷给不了。祝安同学，你是聪明人。"

闻言，祝安依旧不明所以。

林家是高知人家，但谢展云一个艺人，进上流学术圈又有什么意义呢？

祝安干脆地抬起手，做了个"暂停"的手势："抱歉，我不明白。"

谢展云冷冷地说道："地位，赚再多的钱也达不到的地位。"

祝安："那是家里人用毕生的才学、奉献换来的地位。对于普通人而言，这些都只是一个代号而已。谢老师，我并不觉得有什么用，也不觉得您当了我男朋友，就能获得受人敬仰的地位。况且，职业工种没有三六九等，您在您的领域已经做到了最好，我不明白您还有什么所求的。"

谢展云捏紧了手指："是没有什么三六九等，却也不至于被人拿着钱威胁。"

祝安愣了愣，突然联想到了姜婷那番话。

事实上，祝安从第一次见到谢展云起，他就在刻意接近她。

祝安身份成谜，也非林姓，除了自己在速算圈有些小成绩外，不该有什么知名度。但姜婷参加过林老的生日宴，必然知道她和林家的关系。

或许是跟新欢谢展云无意间提起过，毕竟没有成功得到林陆远，她念念不忘，说起也正常。

又或许是谢展云在成立工作室时受到了姜婷的威胁，然后碰巧遇到了祝安，便把主意打到了她身上。

天下熙熙，皆为利来；天下攘攘，皆为利往。说起来也符合逻辑。

祝安叹了口气，蹙起眉："事实上，如果你只是想获得一些地位——给老先生捐赠骨髓比当我男朋友效果更好，不是吗？"

谢展云舒展眉目，慢吞吞地说道："会被一大笔钱打发，不是吗？况且祝安同学，你没感觉到，我确实有点喜欢你吗？"

祝安讶异地挑了下眉。

谢展云："从你没问我要签名那天开始，我就觉得你很特别了。"

一顿饭不欢而散，可以说是什么都没有谈成。

但谢展云的诉求已经很清晰了。

祝安虽然不理解他这种想法，却也能体会一些他的心情。

只是，她无意成为他的跳板，只能作罢。

祝安先一步走出餐厅。

天色已晚，夕阳如同薄雾，给天空覆上一层橙色滤镜。

她仰着头欣赏了一会儿，再往外走了几步。

"安安。"

听到声音，祝安停下脚步，回过头。

林陆远就在她身后，倚着墙站着，不知道看了多久。

她有些惊讶："你怎么知道我在这里？"

林陆远快步走到她面前，低声道："我找了人跟着谢展云。"

私家侦探将行踪汇报之后，林陆远只当他是来吃饭的，不以为意。回到林宅，他才知道祝安出门吃饭去了。

家中司机给出了一个熟悉的地址。

原来是两个人在私下见面。

知道这件事后，林陆远马不停蹄，立刻赶到现场。

"谢展云跟你说什么了？"他迫不及待地追问。

祝安顿了顿。

很显然，林陆远眼神中露出了一丝焦急。

她笑了笑："一会儿说。林陆远，我饿了。"

林陆远看了一下日料店招牌，心中有数，抬起手，揽住她的肩膀，领着她往旁边的停车位走去。

两个人换了家店，一样是日料，却是主打和牛烤肉，皆是熟食。

林陆远点好菜，等着服务生烧起炭火。

他手托下巴，静静地瞧着祝安，又问了一次："你们聊什么了？"

祝安垂着眼睑，挑了关键语句说给他听。

林陆远脸上浮起戾气，冷笑道："他想得美。"

妄想他的小姑娘，谢展云也不看看自己配不配，真是做梦。

祝安没品出他言下之意，抿了抿唇，低声说："一开始我觉得他这个想法挺奇怪的，但仔细想想……人的欲望本来就是无止境的。"

这世上，有人住高楼，有人在深沟；有人光万丈，有人一身锈。谁也没资格评论别人的人生。

正如姜婷一样，哪怕在祝安看来，她的话可笑至极，却也是别人的想法。

听她说完，林陆远点点头："为名为利都可以理解，他想要你，那就是痴心妄想。"

两个人明显不在一个频道。

林陆远信誓旦旦，祝安只能无语凝噎。

大片和牛放上烤盘，瞬间发出"嗞嗞"声。肉的颜色越来越深，看起来诱人无比。

林陆远用烤肉夹按了按，确定熟了之后，才夹到祝安盘中。

祝安尝了一口，抬起头，瞧着正在专注烤肉的男人。

想了想，她又问道："那这下怎么办？"

出于某种小心思，她没有把姜婷找上她这件事说给林陆远听。

林陆远："总有办法的，你不要担心，也不会只有这一个人适配。只是暂时只找到了他，就先从他身上下手而已。但还在继续找。"

如果谢展云识抬举，就该明白什么叫见好就收。要求太多，最终反倒只会求得一场空。

祝安"哦"了一声。

林陆远抿着唇，垂下眼睑，轻哼："以后你不许跟他私下碰面。"

"为什么？"

"这种老男人居心不良，最喜欢骗人了。"

这话实在有失偏颇，带着浓重的孩子气。

谢展云虽然寡淡阴沉，却是自持身份，从未做出过什么逾越之举。甚至连说到对祝安有好感时，他都是一板一眼，如同谈条件一般，将一切想法都摊开来说。

从某种角度来说，他也算是个坦荡的人。

祝安嗤笑一声："你也不年轻了，还好意思说别人老。"

林陆远冷着脸，啪的一声将烤肉夹放到烤盘边，金属相触，发出清脆的声音。

祝安默默看了他一眼。

林陆远正襟危坐，一板一眼地喊她："祝安。"

"嗯？"

"有件事我觉得你得搞清楚。"

"什么？"

林陆远一字一字，认真地道："男人年纪大一点，会疼人。但大太多，老得太快，来不及等你长大。"

"我就刚刚好。"

从牙牙学语，到垂垂老矣。

缘分来得不够早，但时间刚好还来得及。

世上最美妙的词，莫过于一生相伴。

祝安低下头，声音低得恍若在耳畔呢喃："你不要脸。"

国庆假期将近，祝安准备去港城考托福。

林老适配骨髓还没谈妥，加上之前专家会诊时决定，他要先做前期治疗，调整各项指标，不用急着做移植，所以也不着急。

老爷子心态好，身体也不差，平平稳稳不似病人，让小辈们看了都安心不少。

放假前一天，海市下了一场雨，气温一夜之间就降了下来。

祝安起得很早，想着马上要去港城考试，思绪有些乱。她干脆拿了行李箱出来，蹲下身，慢吞吞地整理。

不知何时，林陆远靠在门边，默默地看着她。

祝安余光扫到一双拖鞋，抬起头，眯着眼瞧他。

林陆远似乎一会儿要出门，不是居家装扮。他穿了一身白色线衫，搭黑色牛仔裤，衬得肤白貌美，气质温润如玉。

他淡淡地开口："还有好几天呢，就开始整理东西了？就这么迫不及待？"

祝安含糊地"嗯"了一声："反正也没事做。"

林陆远静了一会儿。

蓦地，他笑了笑，说："前几年我没让你去 IMO（国际数学奥林匹克竞赛），你就是这么蹲在行李箱旁边，小可怜一样。"

祝安垂下眼："都是以前的事了。"

"抱歉，你当时应该很生气吧？"林陆远顿了顿，又小声解释道，"我是怕你小小年纪担着天才的名头，反倒过得压抑，还是希望你能平静点长大。安安，没考虑到你自己的心思，是我思虑不周。"

其实哪有什么思虑不周呢，只是当时林陆远霸道惯了，样样事都先替祝安做好决定，完全忽略了本人的意愿。

他的童年因为"神童"光环加持，压抑又辛苦，便不想让祝安走他的老路。

那届国际奥林匹克数学竞赛，本该是祝安闪耀的舞台，却生生被他压住了。

林陆远想得也简单，祝安在林家长大，其实无须一些虚名、成绩的加持，也不需要去参加一些竞赛，披荆斩棘，以求证明自己一飞冲天的实力。

IMO 是国际赛事，前期选拔极度严格，培训也十分辛苦，再加上无论输赢，心理压力都非常大。祝安年纪还小，这个苦，实在没必要吃。

未来，她想做什么，都已经有人铺好了路。

这么想来，林陆远对祝安确实算不上"好"。他的想法一直是"以己为镜"，规避她做一些他曾经很讨厌的事，不让她吃自己曾经吃过的苦。

这般体贴，到底还是和“自私”挂上了钩。

倏忽间，林陆远竟被突如其来的愧疚感淹没了。

“安安，我很抱歉。”

祝安站起身，往前跨了一步，跨过行李箱。

她站到林陆远面前，仰着头，与他对视：“林陆远，这句道歉并不是我想要的。我那时候没有不开心，所以你不用抱歉。”

那时候，祝安对他言听计从，打心底里没有什么不甘的情绪。

林陆远更重要。

林家人都没有什么功利心，祝安也一样。IMO这种比赛虽然有趣，却也只是比赛而已。

话音落下，两个人四目相对。

林陆远弯了弯嘴角：“被我折断翅膀也没有不开心吗？”

祝安无语：“什么翅不翅膀的，我又不是鸟。林陆远，你一个理科生，又不是小学生，别那么矫情好吗？”

林陆远最近忙得要命，但还是决定要空出时间亲自陪祝安去港城考试。

一场雨冲散暑气后，海城便再没热起来。

秋高气爽，林宅外头种了一排枫树，叶子已经开始一点点变色。

林陆远将两个人的行李箱放到车上，关上后备厢，冲着祝安招招手：“走了。”

车子飞驰而去，直奔机场。

一路上，林陆远接了好几个电话。

祝安看着，有些心神不宁。

林陆远刚摘掉蓝牙耳机，就听她说：“你干脆就把我放在机场吧，我自己去。你别耽误了正事。”

他一挑眉。

哪有什么正事急不可待，段南嘉又不是在公司吃白饭的。倒是段南嘉这个大哥，上了年纪之后，很热衷于看各种热闹。听到林陆远要和祝安两个人一块儿去港城，这都打了一串电话来八卦了。

林陆远忍无可忍，摘了耳机，顺手丢到一旁，没想到却被祝安误会了。

他笑了声：“没正事，是段南嘉。”

“他怎么了？”

林陆远：“他提醒我，跟女生单独出门，不能没有绅士风度。”

祝安瞪了他一眼，扭过头去，脸颊的温度不受控制地上升。

林陆远单手把着方向盘，一只手搭在窗口，瞥了她好几眼。

他忍不住，还是低低笑出声。

早上八点二十分，林陆远将祝安送进了考场。

目送她的背影消失后，他没有走远，在考点附近找了家茶室，点了些茶点，再拿出手机，处理了一些简单事务。

一眨眼的工夫，已经过了午饭的点。

林陆远看了看时间，埋完单，回到考点门口。

下午一点，祝安不急不缓地从楼里走出来。

她长得漂亮，身姿亭亭玉立，走姿又娉婷袅娜，远远看过去，招人极了。

考场里人多又杂，不乏浓妆的年轻女生，穿昂贵衣服、拎名牌包，却也不如祝安这般天生丽质来得吸引人目光。

不少人在偷看她。

林陆远皱起眉头。

祝安却仿佛没有感觉到周围人的目光，脸色不变，依然故我，在林陆远面前停下：“等很久了？”

林陆远定定地注视了她一会儿，收起淡淡的戾气，笑了笑：“没有，刚刚过来。考得怎么样？”

祝安点点头。

仿佛在讨论这日的天气般，一点都没有炫耀的意思，她只是平静地答道：“分数够用。”

林陆远也习以为常：“那好，吃午饭去吧。”

难得来一次港城，总得尝尝当地特色。

林陆远领着祝安去了小吃一条街。

“怎么样？”

“好吃。”

林陆远“嗯”了一声，又说：“一会儿带你去逛逛吧？要不要买点东西？”

他心里琢磨着，那只翡翠镯子没见她戴过，多半是觉得太贵了，又显得成熟，不好拿出手。趁着这个机会，不如买点别的首饰给她，最好是那种一看就可以表明身份的。

一个两个都对祝安虎视眈眈，林陆远放心不下。

祝安想了想："行。"

出发之前她还跟林老约定了，要拍点照片给他看。

老爷子现在被勒令不能进实验室，只能看些成果和阶段报表。空闲时间变多了，他也开始无聊起来。

祝安和林老闲聊时，顺口讲到小时候她不怎么喜欢拍照，也没留下很多照片。

林老乐呵呵地提议："那这次让林陆远给你多拍点，拿回来给我看。这么大了，该留点纪念……要不去拍个写真吧？"

祝安的表情不算很丰富，为人也不太热烈，让她对着镜头摆造型难度太高，写真还是算了。

不过拍照倒是可以的。

林老："多留点照片吧，到时候去了斯坦福，要很久才能回家一次呢。"

祝安应了下来。

吃过饭，两个人打车去市中心。

祝安找好合适的角度，确定镜头能把地标建筑覆盖进去，才把手机拿给林陆远。

"林陆远，你帮我拍照吧。"

林陆远知道祝安不喜拍照，有些纳闷。但他还是从善如流地接过手机，调试了一下。

许久，他才随口问道："怎么突然想起拍照了？"

祝安理了理头发，垂下眼："之后不是要出国嘛，给林老留点照片。"

林陆远收了笑，脸色冷了冷。

将可预见的离别反复提起，哪怕他心理素质再高，也难免会不高兴。

他没再多问，面无表情地举起手机。倒数之后，将她精致的模样留在了手机里。

祝安拍照不需要找角度、找光线，无论从哪里拍都足够漂亮。

林陆远低头检查了一下照片。

祝安的表情说不上笑靥如花，却也温温软软的，眼睛像琥珀一样剔透。

他把图偷偷发到了自己微信上，再将聊天记录删掉，假装若无其事的模样。

祝安等了半天："怎么样？"

林陆远抬头，轻飘飘地看了她一眼，应道："还可以，挺好看的。"

得到答案，她作势要朝他走来。

林陆远却又说："再换个景拍几张吧。"

"哦，好啊，谢谢。"

两个人围着这个街区绕了一大圈，拍了不少照。

最后一个景，林陆远握住祝安的手臂，阻止她动作。

"安安。"

祝安仰头看向他。

林陆远一只手揽着她的肩膀，将手机举起来，前置镜头正对着两个人，开口道："一起拍一张吧。"

祝安愣了愣。

尚未等她反应过来，林陆远已经飞快地低下头去，吻上她的侧脸。

咔嚓一声，将这一幕留在了手机里。

大街上情侣很多，这个举动也不算出格，并未引起什么关注。但祝安脸皮薄，还是从额头红到了脖子，好像整张脸都要烧起来一样。

林陆远偷香成功，心满意足地笑了笑，把手机还给她："发给我，不许删掉。"

祝安没理他，抓住手机，独自闷头向前走去，把林陆远远远地甩在身后。

林陆远喊了她一声，没得到回应。

祝安害羞起来也很可爱。

他有些想笑，正打算快步追上去，手机恰好响了起来。

林陆远拿起来看了看，竟然是姜婷的电话。

他直接按掉，并顺手把号码拉进了黑名单。

没想到没隔几秒，对方换了个手机号，发了信息过来："祝安同学还没跟你说那件事吗？"

林陆远盯着这行字，皱起眉头。

祝安丝毫没注意到，身后那人已经停下脚步，落在很后面了，还在闷头往前走。

渐渐地，她悄悄放慢了脚步。

红灯。

祝安停在马路边上，将手机摸出来，解了锁。

屏幕还停留在那张照片上。

图片里，林陆远在亲她，只给镜头留了一个侧脸，却能看出那种与生俱来的矜贵迷人气质。

祝安端详了许久，每个细节，都一点一点用眼神抚摸过去。

她弯了弯嘴角，露出真诚的笑意。

倏地，身后传来一声大吼，几乎破了音——

“小心！”

祝安在心里琢磨，到底是谁在喊呢？听上去竟然有些撕心裂肺。

犹如电影慢动作画面般——

冲击力携着劲风，排山倒海般袭来，让人完全避无可避，来不及做出反应。

祝安尚未得到答案，整个人已经被一股大力撞了出去！

周围一片嘈杂。

祝安已经彻底失去了知觉。

再次醒来时，祝安已经身在病房。

消毒水味飘散在空气中，让人有些难受。

祝安睁开眼，觉得头晕眼花，好像随便动一下就要晕厥过去，只得愣愣地又躺了半天，才总算缓过劲来。

她慢慢地支起上半身，试图坐起来。

“安小姐。”管家从旁边走过来，声音中带了些惊喜，“您醒了啊。可不能坐起来，医生说还要卧床养一养才行。”

直到这会儿，祝安的身体知觉才一点点恢复过来。

除了头晕，脸上、膝盖上都有刺痛感，火辣辣的疼。

她轻轻摸了下脸，想说话，没想到一开口就扯到了伤口，“嘶”了一声。

管家：“您小心点，嘴角擦伤了，别摸。”

祝安皱着眉，含糊地问：“叔，您怎么在这儿？我是怎么了？”

管家微顿，犹豫了一下才答道：“您出了车祸，现在在港城的医院。不严重，轻度脑震荡，还有部分软组织擦伤，养一养就能恢复了。”

祝安诧异万分：“车祸？！”

“是。”

倏忽间，记忆缓缓复苏——

马路边，她低着头在看照片。

身后传来一声怒吼。

尚未来得及回头，余光瞄到斜前方，一辆面包车失控般地朝她的方向冲过来。

祝安瞪大了眼睛，倏的一下从床上弹了起来。

顾不上身体各处传来抗议，她尖叫：“林陆远呢？！”

“林陆远在哪里？”

她清清楚楚地记得，当时林陆远就走在她身后。面包车冲向她时，有人从后面一把抱住了她。

一个可怕的猜测在脑海里一点点浮现。

祝安彻底变了脸色，整个人都不自觉地轻轻颤抖起来。

管家连忙道：“快躺下，快躺下。您别担心，三少在隔壁病房。他稍微严重些，手臂骨折，已经上了夹板，打了麻药，所以还在昏睡。”

祝安呆呆地看着他。

管家：“因为你们俩都受了伤，住院什么的也不方便，老爷子就让我带人过来帮忙安排了。”

言下之意，他会出现在这里，并不是代表很严重，让她安心。

祝安松了口气，低低地“嗯”了一声。

只是她依旧没有躺回去静养，反而抬手掀开了被子，捂着脑袋，试图下地。

管家赶紧上来，和女佣一人一边扶住她的手臂。

“您要做什么？”

祝安：“我要去看林陆远。”

管家愣了愣，笑道：“三少还没醒呢，等他醒了再去也……”

祝安坚持：“现在就去。”

管家无奈，只能让女佣扶着她，打开病房门，有意说笑道：“你们俩孩子也真是，不久前三少还醒着呢，非要看着您检查结束了才肯去治疗，在这儿蹲了老半天，劝也劝不走。”

祝安垂下眸子，强撑着，无视身体的抗议，一只手扶墙，脚踩着拖鞋，慢吞吞地挪去了隔壁。

隔壁病房也是单间，里头站了几个护理人员，还有家中的帮佣。

人虽不少，动作却都悄无声息，见着她，一一鞠躬：“安小姐。”

祝安气色很差，没了往日的模样，只略略点了下头，注意力已经完全集中到了病床上的那人身上。

林陆远闭着眼睛，安安静静的。单薄的被子下，依稀可见他手臂上夹板的形状。

眼泪不受控制，一下从祝安的眼眶里涌出来。

到底是怎么回事，已经无须从旁人口中打听，祝安心里十分清楚。

她站在马路边，那辆面包车失控撞上人行道，车头冲上来一小半，把她也撞了出去。林陆远应该是在后面看到了这一幕，上来护住了她。

所以她浑身上下最严重的伤，是被林陆远护着摔出去时，脑袋磕出了脑震荡。

林陆远大抵是用身体给她做了肉垫，摔到地上，把手臂摔成了骨折。

她心头涌起万般滋味。

一时之间，她整理不了这种复杂的情绪，只红着眼圈，小心翼翼地将头搁到了病床边。

林陆远就躺在她触手可及的地方，心跳声随着呼吸起起伏伏。

祝安压不住声音里的哭腔，吸着鼻子，闷声喃喃：“林陆远，你真是个神经病。”

晚些时候，林陆远的麻药消了，人终于醒过来。

他手指一动，立刻意识到手边有人在。

他身体还动不了，只能勉力抬了下头。

祝安竟然趴在他的床边睡了，只留了个后脑勺给他。

林陆远皱起眉头，另一边的那只手朝旁边人招了一下，声音沙哑，沉沉地低问道：“她为什么会在这里？为什么没有在床上休息？”

管家人不在，那个护理被林陆远责问，有些战战兢兢：“安小姐不肯走……”

听了这话，林陆远更加生气，忍不住斥责：“抱回去不会吗？”

两个人说话的声音都压得很轻，几乎是用气音在交流。只是祝安心神不宁，睡也睡得不踏实，到底被吵醒了。

她动了动脖子，低低地倒吸一口冷气。

林陆远听了，立刻止住声音，有些心慌意乱，连声问道：“安安？哪里不舒服吗？”

祝安捂着脑袋，迷糊了一下，眼神渐渐变得清明。

林陆远醒了。

意识到这件事，她咬着唇，忽然，眼睛里蓄起了水汽。

林陆远整个人躺在床上，一条手臂动不了，见着她这般模样，立刻手忙脚乱地想坐起来，想去抱抱、哄哄他的女孩。

祝安见他动作幅度越发大了，怕扯到伤口，连忙站起身，双手按住他的肩膀，轻声开口："不许动。"

这下，林陆远抬头，能看到她脸上贴了纱布。

本来脸就巴掌大，惨白惨白的，一点血色都没有，再贴上白色纱布，更显得憔悴。仿佛一块上好的美玉上落下了瑕疵，让人觉得心痛不已。

林陆远控制不住，心脏一抽一抽地疼。

他抬起那只没受伤的手，慢慢地轻抚着她的头："安安，头还疼吗？对不起，是我没保护好你。"

他本该站在她身边的。

若不是被姜婷那条信息吸引了注意力，他就不会落下她这么多，就不会来不及把她拉开，只能抱着她往后倒去。

如果他能护得她更好一些，就不会害得她头撞到地了。

闻言，祝安都要被他气笑："喂，到底是谁比较严重啊？你这个疯子。"

就算是表白，就算是赎罪，也不必这样。

她会良心不安的。

见状，林陆远叹了口气，干脆岔开话题："给老爷子打电话了吗？"

祝安完全忘了这件事，连忙说："我现在去打。"

管家肯定已经打电话回去说过了，但林老应该还是在担心。

祝安摸了摸衣服下摆，病号服的口袋里空空的。

她当即意识到，事发时她一直握着手机。这会儿，估计已经摔烂了。

林陆远猜到她心中所想，低声笑了笑，喊她"安安"。

祝安应了一声。

林陆远没急着说话，用眼神示意她往床头柜那边看。

他们俩的手机并排躺在桌上。

祝安拿起来。

手机屏幕已经摔出一道裂痕，却不影响使用。解锁之后，界面还停留在照片上。

她脸上泛起羞怯，急急忙忙退出去，点到拨号界面，给林老打电话。

林老很快接了起来："安安？"

祝安垂着眼，耐心地接受着追问，说了好久。

"我真的没事。"

"嗯，对，陆远哥哥在旁边，我把电话给他。"

她将手机递给林陆远。

林陆远接过来，声音还有点哑："爸。"

对方不知道问了什么，他答道："已经联系警方了，应该是酒驾，对方全责。"

又说了两句，林陆远平静地答完，道别，顺手挂断电话。

祝安："林老问了什么？"

"没问什么，就问了一些事故的细节。"

他简单地将经过讲了讲，基本和祝安推测的差不多。

只是林陆远忽略了自己是怎么受的伤，明明车是往祝安这边撞来，他不该伤得比她还重才是。

祝安静静地凝视了他一会儿。

若是这时林陆远再次表白，她多半会忽略内心的纠结，答应下来。

但林陆远并非挟恩图报之流。

他一个天之骄子，是绝对不甘心用这种手段获得心上人的。

这才是祝安从小喜欢的那个林陆远。

比天还高。

比春风更温柔。

第九章
春色与浩瀚宇宙

林陆远原本定好次日就回海城的，因为这场意外，不得不暂缓了行程。

两个人一同在港城医院住下。

林老还在治疗期，管家留不了太久，在港城把事情都处理好之后，留下大批人手照顾祝安和林陆远，自己先回了海市。

这一年，果真是多灾多难。

祝安从小身体强健，没病没灾，医院都没去过几回。就一年内，竟然已经住院两次。

住院第三日，林陆远让人送来了两部新手机。

型号一模一样，唯独颜色不同，一黑一白，正好一人一部。

祝安躺在病床上也没什么事，随手就把旧手机里的东西都倒腾进了新手机。

她顺便将这次在港城拍的照片一张一张仔细看了看，又挑了两张角度、光线都不错的，发给了林老。

一直翻到最后一张图。

祝安眼睛里似是带了一抹羞怯的水意，不好意思多看，却又忍不住停留许久。

手指明明已经落到了删除键上，最后还是败下阵来，将照片发到了自己的新手机上。

林陆远吊着一只手，生活十分不便，换衣服都需要有人帮忙。

祝安脑袋没那么晃荡之后，便长时间停留在他病房里，切点水果、倒水之类的。偶尔在林陆远工作闲余时，也会交谈几句。有事时，两个人就各自做自己的事。

吃完晚饭后，林陆远关了电脑，朝祝安勾了下手指，喊了一声。

祝安正在看裴文晴发给她的课堂笔记。

听到声音，她抬起头来："怎么？"

林陆远："把你的手机给我。"

祝安不明所以，但还是顺手就拿给了他。

林陆远熟门熟路地输入密码，手指上下滑动，找到了那张图。他眯起眼，低低地笑了笑。

他将那张"吻脸照"发到自己手机上，顺手设置成聊天背景，再把祝安那张单人图设成桌面，这才把手机还给祝安。

祝安不知道他做了什么，问了两声，见他不说，干脆也不问了。

安静片刻，林陆远清了下嗓子，突然喊她："祝安。"

"嗯？"

他嘴唇动了动，踟蹰片刻："姜婷找你说什么了？"

提起这个名字，他心里就一阵不适，也生怕祝安不高兴，问完立刻盯紧她的表情。

祝安愣了一下，沉默下来。

林陆远确信了这件事并不是姜婷胡说，而是确有其事。

"她去找过你了。"他用了肯定句。

祝安皱了下眉头。

或许是因为姜婷迟迟得不到她的回复，便直接找上了林陆远。

事实上，她本不想把这件事说出来。

林陆远却不依不饶："她说什么了？是不是又跟你说些什么乱七八糟的事了？安安！"

祝安轻飘飘地瞟他一眼，抿了抿唇，开口："不是。"

"她说，只要我劝你给她当男朋友，她就有办法让谢展云捐赠骨髓。就这样，没有说什么。"

林陆远差点气笑："她做梦。"

祝安笑了笑，笑意直达眼底。

她细声细气地问："那如果我真的劝你，你会答应吗？"

林陆远顿了顿，表情颇有些桀骜不驯："不会，但我会让你再也说不出这种话。"

这种锥心之言，他实在不喜欢。

祝安挑眉："你想怎么做？"

"亲到你说不出话来？"

祝安瞪大了眼睛，脸一下涨得通红。

"林陆远你不要脸！"说完，她抓起手机匆匆离开。

病房门被甩上。

林陆远这才笑起来，驱散了些许阴霾之意。

在他看来，姜婷和谢展云简直是天生一对，竟然都能想到这种上不了台面的招数，除了恶心人，一点用都没有。

正盘算间，手机响了起来。

林陆远拿起来看了一眼，竟然是林大的来电。

"大哥？什么事？"

林大："找到第二个血型适配者了。"

林陆远肃起脸色："怎么说？"

电话里，林大难得笑出声，放缓了语气："阿远，别紧张。这次很好解决了。"

林陆远心一紧，总觉得林大的语气有点微妙。

他这个大哥刻板又严肃，往日并不会这样说话。一时之间他有些摸不清路数，只能试探地"嗯"了一声。

林大："是祝安。"

林陆远愣怔半秒。

"这次你们俩在外地出车祸，医院给她验了血，血型相符，昨天又再做了检测，和老爷子可以对上八个点。"

林大那边似乎是有事，这句说完，又听到他捂住了话筒，轻声和旁人说了几句，许久才切回来。

"我已经安排了这里的专家，给老爷子做骨髓移植的准备。你跟祝安说一下，等你们俩养好伤回到海市，就安排手术。"

林陆远沉默了一下，勉力应声："我知道了。"

挂断电话后，他陷入沉思。

这到底是什么巧合呢？

祝安和林老没有一丝一毫血缘关系，只是十几年前从家门口捡回来的小姑娘。

缘分如此奇妙，竟然会在这种意想不到的地方建立起联系。

月色低垂。

港城的夜空与海市十分相似，在科技高速发展下，雾霾如影随形，像一块巨大幕布，完完全全遮蔽了星光。

景色不太美丽，也不够自然，但盖不住城市里充斥着金钱和机遇。

林陆远眯起眼，淡漠地望着窗外。

片刻后，他做了决定，掀开被子下地，慢吞吞地摸去了隔壁。

祝安半躺在床上，听到开门声，余光瞄了一眼，立刻扭过头，无视来人。

此刻，林陆远的形象不算太佳，身上穿着病号服，一只手挂着夹板。他的头发有些长了，前面软软地耷拉下来，盖在额头上。

看起来不够风华绝代，比往日平易近人许多，周身气质却还是高高在上的清贵。

他不紧不慢地坐到了病床对面的沙发上，未语，见祝安冷着脸，眉目先染上了三分笑意。

“安安，有件事要跟你商量。”

祝安还以为他又要说什么不正经的话，垂着眸子，不肯理他。

林陆远拿手指敲了敲膝盖，开口直切要点：“找到第二个配型的人了。”

祝安立刻放下手机，目光炯炯地望着他，连声问道：“怎么说？和人家商量过了吗？对方答应捐赠了吗？”

林陆远顿了顿：“我正在商量。”

祝安一愣。

在他平静的目光中，她忽然反应过来：“是我吗？我可以配上？”

这也太巧了吧？

不过再仔细想想，似乎也没有那么巧。林老不是熊猫血，配型难度本就不算高，连谢展云都刚好能配上，她配上了也不奇怪。

林陆远犹豫地点了点头。

祝安松了口气，立刻一口答应下来：“当然没问题！我明天马上回海市去。”

早知道这样，她当时就该跟着林家几个小辈一同去验血。只是因为非血缘亲属，大家都忽略了这种可能性，所以没让她一起去验，这才转了这么多弯。

祝安脸上露出一丝笑意："太好了。"

总算也有一件事是她能为林老做的了。

养育之恩大过天，这份恩情，她一辈子都还不完。但若是能做点什么，于祝安而言，便是感激。

祝安准备马上回海市去。

林陆远回过神来，连忙阻止她："别急，先养好伤再走。老爷子还要做术前检查，没那么急。你那个脑袋，还得再拍片看看。"

林陆远想了想，说："要是没什么问题的话，就周一回吧。"

这已经是将养病时间缩短了三天。

祝安咬了咬唇，不太乐意。

"你在这里多留几天吧，手臂不是还没恢复吗？我已经没事了，可以先回去。"

她脸上还留了一点小伤口，不过纱布已经拆了，只要小心点，等新皮肤再长出来就行，脑袋也不像前几天那样头晕目眩，问题不大。

闻言，林陆远瞪她一眼，皱起眉："不行。你以为脑震荡是小问题吗？小心以后变笨蛋。"

祝安："你真会说话。"

周一，林陆远又让祝安照了一次片，确定没什么后遗症后，才大手一挥，宣布回家。

两个人很快落地海市。

家中司机早就等在机场，接着人后，忙不迭地将两个人送回林宅。

林老正坐在客厅里。

祝安和林陆远一前一后进门，喊人。

听到动静，林老摘下眼镜，眼神在祝安身上转了一圈，又移到林陆远身上。

这人手上挂着绷带，实在太过扎眼。林老见了，重重地哼了一声："林陆远，你多大的人了，带着安安还呆头呆脑的，走路都不会注意点？我看你是越活越回去了！"

话虽这么说，斥责的意味倒不是很重。

林老早就知道了事发经过，确实是对方的全责，对俩孩子来说完全是无妄之灾。只是做长辈的，见小辈落了一身伤回家，难免唠叨几句。

林陆远也习以为常，侧目瞄了祝安一眼，从善如流道：“是我的错。”

祝安咬唇，连忙解释：“林老，不是，其实是……”

这本是因她而起。林陆远完全是为了救她，才弄了一身伤。

林老虽然是说林陆远，却像是斥责了她一般。

祝安心里更加自责。

林老挥了挥手，打断她：“我都知道，你们俩先回去休息吧，奔波一天了。”

祝安还想再说什么，踟蹰片刻，被林陆远一把拽走了。

两个人一同回到二楼。

祝安神色有些恹恹，胡乱地推开自己的房间门，准备一头扎进去。

林陆远勾起嘴角，眼明手快，一把把她捞了回来。

祝安毫无防备地往后一倒，直愣愣地倒进林陆远怀中。

他只有一只手可以用力，但制住她的腰绰绰有余。

林陆远轻笑：“被老爷子说得不高兴了？”

“没有这回事。”

林陆远没有戳破她，耸了耸肩，继续慢条斯理地开口道：“那你到我房间来。”

祝安狐疑：“为什么？”

“帮我洗澡啊！一只手我怎么弄。”他义正词严。

祝安愣了愣，愕然地瞪大了眼睛。

在这种眼神中，林陆远毫不退缩，一直紧紧地扣着她的腰。

似乎是因为祝安的态度日渐软化，他把握尺度，变得越发得寸进尺起来。

祝安与他对视一眼，确定他没有在开玩笑。

霎时间，祝安的脸涨得通红：“林陆远，你不要脸……”

家里这么多用人，还有男助理、管家，怎么就要她一个女生来帮忙了？

见祝安一脸快要被逗哭的表情，林陆远也不开玩笑了，连忙道：“算了算了，那你帮我摘了绷带脱一下衣服总行吧？”

这很容易。

为了穿脱方便，他这天穿了衬衫，只要摘了夹板解开扣子，再把夹板绑回去就好。

祝安："我去喊管家叔来帮你。"

林陆远挑了挑眉。

"不要，你不愿意就算了，我自己把袖子剪了就行。"他语气十分勉为其难，故作体贴。

祝安无可奈何。

到底是因她受伤，她本就愧疚，林陆远这点小要求，满足便满足了。

祝安跟着走进了林陆远的房间。

这个卧室，在她年纪尚小，还不清醒时，其实是经常跑过来的。

两个人一块儿长大，在祝安心里，没有什么男女大防的概念，也不觉得自己这一行为会给林陆远带来什么麻烦。

第一次表白被林陆远拒绝后，他严肃地训斥了祝安一顿。

自此之后，祝安就很少进他房间了。就算想找他，也只在门口敲门。

再后来，林陆远搬到了外面，只有周末才回家住，就更少有机会了。

想到过去，祝安抿唇，在心里叹了口气。

到底是那时候傻。

林陆远的房间和记忆中没什么分别。

祝安跟着他进门，走到沙发边站定。

林陆远反手合上门，朝着她勾手："来。"

既然已经下定决心，祝安也没什么好继续害羞的，表情严肃地站到他面前，抬起手指就打算开始拆绷带。

林陆远居高临下盯着她。

从他这个角度，可以看到祝安卷翘的睫毛像两把小扇子，扇动着一开一合。巴掌大一张小脸，五官精致得像举世名画，鼻梁高挺，嘴唇殷红，还有尖尖的下巴。

呼吸一起一伏，洒在他胸前。

林陆远感觉心有些痒。

祝安毫无知觉，依旧垂着头，一板一眼，将绷带一层一层仔细拆开。她做什么事都很认真，从小就这样，要做就一定要做到最好。

林陆远双眸含笑，熟知她的秉性，肆无忌惮地盯着她。

半晌，祝安总算全部解开，一只手扶着他的手臂，一只手绕了绕，把绷带丢到旁边。

林陆远声音晦暗："扣子也帮忙解一下。"

依言，祝安抬起头，准备从第一颗扣开始。

猝不及防间，林陆远的吻重重落了下来。

这不是两个人第一次亲吻，却是最让人心颤的一次。

祝安两只手还停留在林陆远第一颗扣子处。往上，是他的脖颈、喉结；往下，就会不小心抵上他胸膛，实在是无处安放。

林陆远到底是个男人，对这种事无师自通，并不青涩。

直到祝安喘不过气，他才终于恋恋不舍地放开她。

祝安唇瓣通红，双眸含水，几乎要倒在他怀中。

林陆远用指腹摸她的脸颊，声音低哑地喊她："乖安安。"

祝安依旧说不出话来。

林陆远叹气："你先回房间去。"

他重申一遍，加重语气："先回去。"

要不然他就得出糗了。

祝安虽然不解其意，却还是立刻挣开他，落荒而逃。

她离开后，林陆远呼出一口气，单手解开第一颗扣子松松气，又去倒了杯水，一口喝下大半杯。

他折腾半天，才压抑住内心的欲望。

这天是他失态了。

祝安懵懵懂懂，若是这会儿真做了什么，只怕她一辈子都要记恨他。

林陆远苦笑一声。

祝安回到房间，重重地扑进沙发里，把脸埋进抱枕中。

脸上的温度迟迟下不来，她几乎要闭过气去。

怎么就脑袋一抽……没能当即一巴掌扇过去呢！

一定是因为这天奔波了一天，身体有些疲惫，反应也跟着迟钝了。

祝安懊恼不已，抬手，重重地捶了一下自己。

明明是十月中旬的天气，林家大宅里又是二十四小时恒温中央空调，竟然还生出一丝闷热感。

她抱着抱枕闷哼一声，嘴唇红红，脸颊红红，耳尖也泛出红色。她不得不起身，把窗户打开，让夜风吹进房间来。

这一夜，她翻来覆去，注定难眠。

第二天，祝安没去学校，由家里司机护送着去医院做全面检查。

于骨髓捐赠者来说，骨髓移植过程只是抽几管血的事，但前期还是要做好全面检查。

不仅仅是HLA（人类白细胞抗原）配型相同，捐献者还必须身体健康，无身体功能性疾病或精神疾病，并且造血及免疫系统功能必须正常才可以。

祝安在医院耽搁了一整天，将方方面面全部检查完成，只等出具健康报表，然后好好养着身体，准备抽血就好。

这些全部做完，她又让司机把她送回学校。

时值黄昏，霞光如画。

祝安不紧不慢地走了一会儿，想了想，又去食堂买了鸡排和奶茶，准备带回寝室给裴文晴。

晚上六点多，正是洗澡高峰期，裴文晴人不在寝室。

祝安把鸡排和奶茶放在她桌上，回了自己的位子。打开台灯，随手拿了本书，随心所欲地翻看。

二十分钟后，裴文晴踩着拖鞋，拎着洗浴用品，推开门。见到祝安坐在自己位子上，愣了愣。

反应过来后，她砰的一声丢下手中的篮子，尖叫着扑了过来。

“啊啊啊！宝贝儿！你总算回来了！想死我了！”

祝安脸上露出笑意，拍了拍裴文晴的背，示意她松手：“给你买了吃的。”

裴文晴扭头，看了一眼桌上的鸡排和奶茶。

天气还不算太冷，过了一段时间，鸡排依旧温热，散发香气。

她用力道过谢，又去看祝安的脸：“让我看看，有没有破相啊？怎么会运气这么不好，那司机也太神经病了，大白天的喝什么酒啊！”

裴文晴已经通过微信知道了前因后果。

祝安脸上还有点印子，尚未痊愈。因为她皮肤光滑白皙，一点点痕迹就十分显眼。

裴文晴捧着她的脸研究了半天，问道：“会留疤吗？”

祝安笑了：“不会的。”

“那最近别吃酱油什么的了，我妈说身上有伤口得忌口，不然长出来的皮肤会发黑。”

祝安心里有暖流涌过，点头应是。

两个闺密大半个月没见面，自然有许多话想说。

这其中，林陆远最值得关心。

晚上熄灯后，裴文晴躺在床上，翻腾了一会儿，忍不住有些八卦地问道：“宝贝儿，这次你和林哥哥双双受伤，一起住院，朝夕相处这么久，有没有什么进一步发展啊？”

祝安一愣，脑子里不由自主地联想到昨日的某些画面，脸也跟着一下红了起来。

好在寝室里漆黑一片，伸手不见五指，又是躺在各自的床上，还有窗帘隔着，没有视线角度能发现她的异常。

祝安轻咳一声，掩饰心里的尴尬，讷讷道：“能有什么进一步啊，没有的事。”

裴文晴发现她语气中不寻常的端倪，半坐起身，挑眉：“真没有？”

“说实话，虽然我站在你这边，但是吧……林哥哥不凶的时候，给我的感官实在太好了……安安宝贝儿，我觉得你应该给他点机会。”

祝安不说话。

气氛顿时沉默下来。

裴文晴讪笑一声，又躺回去：“我说得太多了吗？抱歉。”

祝安沉着半张脸，闷声开口：“不是的，只是你这样说，我会觉得自己很矫情。”

她自己也知道，林陆远现在真的很好。

但是，人都有趋利避害之心。祝安心里的疙瘩要是那么快就消除，又怎么对得起曾经在那个深夜流泪的自己呢？

这么长时间，如果是换成秒来计算，漫长得足以让人绝望。

林陆远喜欢她吗？

如果说原本还有些不确定，那在这段时间里，他也算是成功表明了真心。

祝安不愿意委曲求全，也不愿意林陆远委曲求全。在她还没有办法坚定之前，实在无法给出什么明确回复。

天亮后，裴文晴突然又想起了更重要的事情。

“林老怎么样了？”

祝安晚上一直在想自己和林陆远的事，没怎么睡好，反应慢半拍，只浑浑噩噩地“嗯”了一声。

顿了顿，她自己回过神来，含糊道：“应该没什么问题。”

“哦，那就好。”

等祝安完全清醒过来后，她忽然喊了一声：“文晴。”

“嗯？”

祝安捏紧手指，一字一字对她说：“你说得对，其实，我还是喜欢林陆远。”

“对，哪怕我曾经一万次想要离开他，一万次做好了讨厌他的准备，但还是喜欢。”

林陆远这三个字，承载了她整个人生的美梦。如果不是林陆远恰好也喜欢了她，这场梦，或许早就醒来了。

思及此，祝安笑了一声：“你知道就好，先不要告诉他。”

还是让她再多矫情矫情吧，要不然，总觉得有点不甘心呢。

十二月，林老入院半个月，做好了骨髓移植前期准备，人也已经进了无菌室。

寒风萧瑟中，林陆远开车陪祝安去医院输血。

这种关键时刻，祝安难免有些紧张，皱着眉问林陆远：“万一排异……怎么办……”

林陆远表情平淡，捏了一下她的脸颊：“不许乌鸦嘴。”

话虽然这么说，但凭借多年的互相了解，祝安看得出来，林陆远其实也有些紧张。只是装模作样惯了，掩藏得好。

护士过来叫人：“祝安？”

祝安应过声，跟她进去。

在自家医院没那么多规矩，林陆远皱着眉，也跟着一块儿进去了。

抽血的针头极粗。祝安怕疼，见到这针，咬住唇，扭过头，脸上不自觉地露出一丝胆怯。

林陆远站在旁边，抬手，捂住了她眼睛。

男人身上温热气息从四面八方席卷而来，笼罩她全身，无端给人无尽勇气。

抽完两大管血，人开始变得有些疲惫。

祝安再睁眼时，天色将迟，房间里空无一人。

她慢吞吞地坐起身。

手上针孔已经不再流血，她便将棉球丢进垃圾桶，下床准备去看林老。

林老还要在无菌室里面待很久，测排异反应、各项指标，并不是输血结束就能结束。

管家和林二站在走廊上低声说话，林陆远却不在。

祝安轻轻走过去。

林二先看到她，勾唇笑了笑："安安来了？今天辛苦你了。刚刚去看你，你还在睡觉，就没打扰你。现在身体有什么不舒服吗？"

祝安乖巧地摇摇头，作答："没有不舒服。"

林二："家里送来了瘦肉红枣汤，一会儿记得吃。"

"好，谢谢！林老怎么样了？"

管家接过话："医生说没什么异常，刚还问了你呢，现在睡着了。"

时间确实不早了，老爷子前几天一直在做清髓，身体机能已经有些扛不住。再加上做移植，更加疲惫，人一直处于一种半昏迷半清醒状态。

这会儿能安稳睡下去，也算让人松了口气。

祝安点点头。

林二看了她一眼，又问："老三呢？刚刚人还在这儿，说要一个人去陪你，还把家里用人都打发走了。你怎么一个人来了？不见他人？"

祝安愣了愣："我没看到他……"

闻言，林二当即皱起眉："这孩子真是！人又不知道跑哪儿去了！做什么也不会交代一声！二十几岁了还跟个小学生一样！"

她虽是二姐，和林陆远年纪却差了许多。

林夫人生完林陆远没多久就去世了，林二早早担起了长姐如母的责任。

小时候，作为家中唯一的女性，林二训起林陆远来，比林老和林大都要严厉许多。林陆远虽然叛逆，桀骜不驯，但还是会给她点面子。

林二斥责完，又摸手机，给林陆远打电话。响了几声，对面却无人接听。

祝安一直没说话，到这时才说："我去找他。"

她绕了几圈，依旧没见着人，只得先回了自己刚刚休息的那间病房。

只这一会儿工夫，病房已经大变样。

原本的惨白凄冷通通消失不见，继而被灼目热烈的红色代替。

玫瑰花束挤满了一整个宽敞的房间。一眼望去，似是有万支之多。此刻，花朵上还带了新鲜露水，将落未落。

林陆远坐在满地的鲜花中间。但他这好皮相实属天赐，竟然没有被花朵压过，瓷白皮肤、精致五官、清贵气质，在满目红色中，像是发着光般引人注目。

祝安呆呆地愣在原地。

林陆远笑了一声，朝她勾手指："过来。"

祝安没动。

他挑眉："要我过来抱你？"

祝安往前走了两步，跨过散落在地的玫瑰，走到他面前。

林陆远："本来想再等等——但你知道的，我这人很心急。"

虽然他平时看起来道貌岸然、四平八稳，实际上脾气是比较急的，做事一点都不拖拉。自从那日祝安没有躲开那个亲吻之后，林陆远已经偷偷筹谋了很久。

既然那个什么莫如望抱来一束玫瑰，他就要给祝安铺一地玫瑰。

林陆远眉眼依旧如同昨日少年郎，一字一字，语带笑意："安安，要和我一直绽放一百万朵玫瑰吗？"

现在，是刚刚好的时节。

移植结果非常好，林老没有出现任何排异现象，很快便出了院，开始居家调养。

祝安也恢复了正常学业。

一月中旬，期末考前夕，辅导员将祝安叫到办公室。

祝安不明所以，心里渐渐有了点猜测。

之前她阑尾炎住院时，辅导员来看望过她，特地说了些与毕业计划相关的话题。现在正值大三第一学期期末，要是有什么安排，也必须准备起来了。

祝安敲敲门，喊了声"老师"后走进办公室。

里面没有其他老师在。辅导员冲她笑了笑："祝安来了啊，关一下门，来这儿坐。"

两个人面对面坐下。

果然不出所料，辅导员拿了张纸出来，开口问道："之前有跟你讨论过毕业的问题。你当时说还在考虑，现在考虑得怎么样了？”

当然是没什么结果了。

因为林陆远，祝安想过独立，想离开林家，试着独自生活。但这样，又可能会万分辜负林老的期盼。

况且说句不好听的，她所谓的“独立”，依旧建立在林家给予的后盾基础上。比起这种脱离林家独立，或许是学成归来再说报答，更加有力量和说服力一些。

思及此，祝安闷闷地垂下头。

辅导员笑了笑：“没关系。是这样的，我这里有一个交换生的名额，合作大学是美国的斯坦福。对于咱们这个专业的学生来说，斯坦福应该是最向往的学校之一吧？你在校成绩优异，虽然少了点竞赛加分，如 IMO 之类，但专业成绩足够出类拔萃，这个名额我就压下来了，先问问你有没有想法。”

“这可是万里挑一的名额，咱们整个学院也就给了五个。加上交流生并非全奖，在外的生活成本不算低，也需要和家长商量一下。祝安，你回去跟家长商量商量，尽早给我回复。”

辅导员很看好祝安，语气亲切也体己，继续补充道：“如果家里不是很困难的话，尽量还是去深造一下，毕竟是个好机会。”

“我知道了，谢谢老师。我尽快给您答复。”

从办公室走出来，祝安皱着眉，神思不定。

像这种交流生名额，基本是全专业所有学生争破了头去抢的。

P 大在国内也是顶尖名校，只是综合类大学放到国际上排名就有点不够看了。数理学院想要学历更上一层楼，就得往国外考。

交换生也是一份漂亮履历。

祝安社会实践分基本没有，但专业绩点基本领跑全系，所以学校这才会优先考虑她。要是她拒绝，好像有点太可笑了。

海市的天气已经彻底冷了下来。

上个春天仿佛还没有过去许久，下个春天就快要到来了。

祝安走在学校小路上，忍不住缩了缩脖子。

忽然，围巾从天而降，从后面挂到了她的脖子上。

祝安吓了一大跳，立刻扭过头。

林陆远正站在她身后，眉眼含笑，淡淡地看着她。自己脖子上的围巾是他常用的那条，灰色羊绒，材质柔软，还带着他身上的温度。

祝安松了口气，低声问道："你怎么会在这里？"

林陆远："来接你回家啊。天这么冷，大晚上的，你想挤校车？"

是哟！原来已经周五了。

祝安复习昏了头，竟然忘了时间。

她点点头："谢谢。"

说着，两个人一同朝寝室楼的方向走去。

天色将晚，来来往往皆是脚步匆匆的学生。或三三两两，或成群结队，有的抱着书去图书馆，有的拎着洗浴用品去澡堂，还有就是一块儿去食堂觅食。

祝安和林陆远在其中，都是容貌惊人的长相，显得十分出众。

《最强脑王》虽然已经收官结束几个月，但影响力犹在。祝安退赛一事甚至被认为是有意为之，在节目末期又在微博上被热议了一次。

只是当时她正巧人在医院，并没有怎么关注，却成功地帮她在学校论坛又出了一次名。

来往的行人中，有同学将她认了出来，开始与身边的人交头接耳。

祝安垂着眸，默不作声。

最终还是林陆远主动打破这沉默的氛围："今天发生什么事了？你有心事？"

祝安轻轻地"啊"了一声。

林陆远扭头瞧她。

上次在医院里的那个含糊表白，祝安并没有明确答应，却也没有激烈拒绝。

他知道祝安心里在纠结。

但自己已经靠近了这么多步，也并不急于一个名分了。

原本林陆远很抗拒祝安离开他。

怕他的女孩离开他，怕彻底失去她。但到了这时候，他又觉得，或许她搬出去住，还更方便一些。

那一地玫瑰，被林陆远塞进车后座以及后备厢，带回了林宅。

好几天，宅子里弥漫着玫瑰香气，久久挥散不去。

两个人的关系还是暧昧不明。

这会儿，祝安围着围巾，下巴都缩进了羊绒围巾里，更显得眼睛又大又亮。

她仰起头，和林陆远对视：“学校有个交换生的名额，辅导员问我想不想去。”

林陆远停下脚步，没再继续往前走。

祝安也跟着驻足。

她认真地问他：“林陆远，你说，我该不该去呢？”

两个人沉默良久。

林陆远声音有些干涩：“什么时候？去多久？”

祝安：“大四第一学期。如果学业顺利，我会留在那边，继续准备考研。”

林陆远平静地望着她。

没想到祝安自己先笑了笑：“其实，在我决定去不去之前，更想弄清楚一件事。”

“林陆远，我们现在，算是什么关系？”

林陆远回答得很快：“你希望是什么关系，就是什么关系。”

什么都可以，只要她高兴。林陆远能给她所有一切需要的安全感。

但她希望是什么关系呢？

这个答案给得实在让人羞恼，轻轻松松就将问题甩回到她身上。

黄昏落日中，祝安目光炯炯地凝望着面前的男人。

林陆远一直傲气自负，到底是从什么时候开始学了满口甜言蜜语呢？

是抱着一捧满天星出现在南城那时吗？

还是更早一些呢？

祝安已经有些想不起来了。

气氛凝滞。

见祝安不说话，林陆远不自觉地皱起了眉。

“安安。”回想了一下自己刚刚的措辞，他试探着开口，喊了一声她的名字。

“嗯。”

“你在想什么？”

祝安转过身，轻笑一声，继续往寝室楼的方向走。

她清甜的声音仿佛飘散在夜风里：“我在想，我到底应该追求什么。”

如果是一年前，在世上所有事物与林陆远比较时，祝安都会毫不犹豫地选择林陆远。

林陆远就是她的旖思，她永远的梦。

只要梦想实现，此生再无欲无求。

到现在，随着时间的推移，潜移默化中，想法也一天天在发生改变。

人贵有志。

但如果将“志向”“梦想”这种词寄托在爱情上，未免有些单薄。

为了林陆远，祝安学着百依百顺，顺从他的一切，也放弃了许多。哪怕到后来撕破脸、看透了他，她也没有后悔过。

但这次抉择，祝安犹豫了。

林陆远说喜欢她，说要一辈子和她在一起。

条件多么诱人。

她却犹豫了。

林陆远听懂了祝安的未尽之意，没有再说话，安安静静地走在祝安身后。

祝安回寝室去收拾行李。

林陆远就站在楼下等。他的模样风华绝代，琼枝玉树，气质也是高不可攀。

祝安站在走廊的窗边，往下看了很久。

其间甚至还有大胆的女生捏着手机，红着脸，上前去搭讪。

她说不出是什么感觉，心情有点复杂。

又等了等，那女生垮下脸，离开了。

林陆远面无表情，依旧平静地站在原地，耐心地等待。

倏忽间，祝安下定了决心。

期末考结束，P 大开始放寒假。

祝安却比上学时更忙，开始准备交换生材料，提前准备论文和各种证明材料。她本来打算等大四毕业之后考了研究生再走的，现在提前了一整年，自然有些手忙脚乱。

此时，林陆远也忙得脚不沾地。

年关将至，公司本就事多，还要面对一年一次的各类年末应酬。好几次段南嘉深更半夜给祝安打电话，说林陆远喝醉了，就将他送回了自己房子那边，不回去了。

两个人碰面的机会竟然比之前还要少。

到腊月二十七那天，林家大宅里众人忙忙碌碌，准备过年。

祝安和管家交代了一声，自己打了车，去林陆远家找他。

出租车驶到小区外，祝安给林陆远发消息，让他打开门禁。

五分钟后，林陆远站在楼下，一把将祝安搂进怀中。

怀抱密密实实，严丝合缝。

他声音里还有点初醒时的沙哑，凑到她耳边，呼吸勾得人耳垂痒痒：“你怎么来了？”

祝安满身凉意，而林陆远只穿了睡衣，外头套一件单薄风衣，怀抱还是暖洋洋的。

她有些忍不住，想要埋得更深一些，汲取热量。

理智很快阻止了她。

祝安抿了抿唇，轻声开口：“上去说？”

林陆远摸了摸她的指尖，摸到一手寒凉，连忙半搂着祝安，将她带进楼道里，上电梯。

公寓和祝安上次来时没有什么分别。

还是那个大开间。

阳光照进来，将整个客厅照亮。

冬日可爱。

祝安抬起头，眼神落在林陆远下巴上，慢吞吞地说：“林陆远，你昨天喝了多少？”

林陆远愣了一下，笑起来：“没多少。”

他对应酬一向很有分寸，在商场上，弯腰低头和心高气傲间，把控着一个微妙的平衡。

答完，他走到厨房，倒了两杯温水出来，又从冰箱里拿出了三明治，放进微波炉加热。

对林陆远来说，这些杂事做起来也能得心应手、井井有条。

祝安坐在沙发上，挑了挑眉：“那不回家，是因为不想见我吗？”

林陆远正打算将温水和三明治端出来。

听了这话，他脚步一顿。

他将托盘放在茶几上，蹲下身，抬头望着祝安：“你怎么会这么想？”

祝安八风不动。

自从她确定交流生名额后，家里一片欢天喜地，连林老都眉开眼笑地夸奖了几句。唯独林陆远，明明一直是平静冷淡的表情，但看起来总是隐隐约约有些不愿意。

他甚至都不天天回老宅了，一周里有三四天会用各种借口留在自己这间公寓，不肯露面。

祝安心里如明镜一样，与他对视。

林陆远败下阵来，坐到她脚边的地毯上，沉闷地道："我提前习惯一下。"

她一走就得三年，就算林家不差这点机票钱，当中逢假期休息都能回国见面，那也和在海市时不一样了。

跨越了半个地球的漫长距离，思念都飞不过太平洋。

祝安笑了："习惯什么？"

"习惯一下网恋？"

"你和谁网恋呢？"

林陆远抬手，捏住她的脚踝往下一拉。

祝安尖叫一声，毫无防备，整个人被他从沙发上拉下来，拖进怀里。

林陆远手长脚长，将祝安整个搂住："祝安，差不多得了啊。给我个名分，我才好为你守身如玉啊。"

祝安挣扎半天，可惜力气天差地别，还是逃不开他的桎梏。

林陆远轻轻咬住她的脸颊，磨蹭了两下。

祝安怕他下狠手用力咬下去，不敢再动，只得含含糊糊、咬牙切齿地开口："林陆远，你是狗吗？"

林陆远松开嘴，眼神晦暗，深呼吸几下才勉强平稳住情绪。

他问："吃早饭了吗？"

祝安点头："嗯。"

林老暂停工作、清闲下来之后，更加执着于家庭早餐这项活动。

再加上过年，林大和林二都放了假，携家带口回到大宅里，这家庭早餐成员也就更整齐，缺不得人。

林陆远弯了弯眉："可是我还没吃。"

祝安瞪了他一眼，赶紧推开他，坐到旁边最远处的沙发上去，尽可能地和这个人保持距离。

林陆远不以为意地耸耸肩，去倒了杯咖啡，坐回地毯上，就着三明治，慢条斯理地咀嚼。

他的眼神一直凝固在对面的祝安身上。

祝安不想被他这样看着，觉得有些尴尬，干脆绕到了后面去。

沙发区后面就是林陆远的工作台。一条长桌上放了三个电脑显示屏，还有一台笔记本电脑。旁边空位上还堆了不少文件，散乱开来。

阳光洒到工作台上，将这一切都镀上了暖色金辉。

祝安没随便乱翻，视线只匆匆略过。

就这么一会儿，林陆远已经吃完了三明治，将咖啡一口喝尽，扬声问她："突然找过来，是想对我说什么吗？"

要不然，依着祝安这脾气，才不会纡尊降贵特地跑来呢。

林陆远满怀期待。

祝安拿手指在台子上轻轻敲了两下，终于下定决心："林陆远，我送你一份礼物吧。"

"嗯？"

林陆远的生日在十一月。

只是这年并不是大生日，加上他当时手臂上的石膏都还没拆，林老的病又被所有人牵挂着，所以并没有大办。管家在海市知名米其林中餐厅定了大包间，全家人一同吃了一顿饭就算是热闹了。

祝安送了礼物。

不如林陆远那个帝王绿那般出手大方，她思前想后许久，挑了一对袖扣。但也是某奢侈品定制款，花光了她一年的压岁钱。

林陆远穿西装很好看，有种矜贵又禁欲的气质。祝安从很小开始，就一直很喜欢。挑礼物时，她一眼就看中了，总觉得和他很配。

听她这么说，林陆远有些诧异："今年不是送过生日礼物了吗？"

"嗯……"

"难道是因为明年十一月在国外，要先补上明年的？祝安，不许。明年我生日，你必须回来，别想着跑远了就能糊弄我。"林陆远沉下脸色。

祝安嗤笑一声，瞟了他一眼："不是这个。"

"那是什么？新年礼物吗？"

祝安没吭声，只一步一步走到他面前。

她居高临下地注视林陆远，语气轻柔，仿佛随时就会被风吹散一样："我把自己送给你。"

祝安笑了笑，慢条斯理地补充道："林陆远，这件事我想了很久。你愿意接受这份礼物吗？"

冬天下雨，就该更冷了。

卧室里祝安怕冷又怕热，苦夏还畏冬。

他勾了勾唇，顺手抓了一把头发，踩着拖鞋去厨房弄吃的。

这几个月，林陆远很少回这边住，但阿姨还是兢兢业业，每周都会定时打扫房间、填充食物。

他拉开冰箱，里头装得满满当当。

林陆远随便拿了一包卷子面，又拿了切好冻起来的牛肉、蛋饺、青菜之类的配菜，开了辣酱罐子，准备给祝安下碗面垫垫。

他手脚麻利地烧了一锅开水，准备食材。

没一会儿，水开了，咕嘟咕嘟地冒着泡。

祝安慢吞吞地从主卧走出来，她穿了林陆远的居家服，套头卫衣在她身上极长，几乎能盖住大腿。

她的脚步在客卧门口停滞了一瞬。

上次来，祝安被林陆远强留在客卧住了一晚。当时她的心情绝对是气急败坏，恨得咬牙切齿。

而今短短几个月过去，早已物是人非。

本来以为终究是要走向陌路的人，竟然峰回路转，实在让人心生感慨。

祝安一步一步挪到餐厅里。

林陆远余光瞟到她的身影，扭头看过来："怎么起来了？"

祝安："我要回去了。"

林陆远一顿，沉下声："外面下雨了，一会儿我给老爷子打电话，就在这里住一晚。"

祝安咬唇，踟蹰片刻，还是决定拒绝："还是回去吧。"

"下雨了，外面又黑又冷……你确定要回去吗？"他耸了耸肩。

祝安不说话了。

林陆远捏了一下祝安的脸颊，转过身，回厨房去捞面。

"别想了，先吃饭。吃完再说。"

反正已经尘埃落定，还怕她不认账吗？

林陆远低头，手上动作专心致志，脸上不由自主地浮现一丝笑意。

这个新年过得分外热闹。

许是因为去年一年林家发生了太多事，颇有些要辞旧祛灾的意思。有林老坐镇，从初一到初七，天天有人上门拜年，将大宅子撑得人气非凡，直到出了年才消停下来。

祝安已经和林老说好，新学期开学，她就会搬去原本给她准备的那套房子里。

这次显然不是为了和林陆远划清界限，只是因为马上要出国留学了，还是得稍微掌握一点独立生活的能力。

再加上林陆远还给她带了个新消息来："新一年的世界速算锦标赛马上要开赛了。"

这个比赛并非年年举办，但在速算圈，含金量是第一名，绝不是那种娱乐性质的比赛。

举办第一届时，冠军就是林陆远。

祝安算了一下时间，在出国前，她是能赶上这场比赛的。

林陆远见她陷入沉思，笑了笑："这次有个国外的选手特别厉害，也是少年天才，十五岁已经拿到了他们国家速算赛的大满贯。"

祝安肃起脸色。

"你想参加吗？"

"当然。"

"要是输了可就丢脸了。"

听他这么说，祝安眉一扬。

少女脸上有种独特的光彩，亮得人几乎睁不开眼。

"不可能输的。"

祝安已经到了大三下学期，本来课就不多，不少同学都开始筹备实习、考研等，不住校的人也多了起来。

出于备赛方面的考虑，外宿也更易于专心，这件事便就此确定下来。

离家前，祝安将那只玉镯从抽屉里翻出来，套在手腕上。

翡翠颜色透亮，入手质感温润。她手腕又细，晃晃荡荡，衬得肤白胜雪，漂亮极了。

林陆远确实眼光极佳。

她静静地欣赏了一会儿，没再取下来。

很快，收拾完行李，祝安拖着行李箱，不紧不慢地坐上车。

司机是林陆远，祝安坐到副驾驶座上，带起一股微香。

林陆远轻咳一声，勉强冷静下来，扭头问她：“都收拾好了？”

祝安点头：“嗯，也没什么特别需要的。”

只是从住寝室变成了外宿而已，周末还是回大宅来的。

林陆远没再说话，发动了汽车。

是夜。

关了灯，祝安一个人躺在陌生的大床上，辗转反侧。

隔壁房间没有睡着林陆远，隔壁楼也没有住着那些熟悉的林家帮佣。

这里距离林家大宅大概有四十公里，差不多算是海市两端了。

但这还不算距离很远，到底比不上大洋彼岸，天南海北。

还有几个月，她就要走了。

一想到这件事，祝安一边为将要实现的梦想感到喜悦，一边又有些说不出的烦闷。

她和林陆远……真能熬过时间，长长久久吗？

新一个春日。

草长莺飞，万物复苏。

新一届世界速算锦标赛正式开赛。

这次，中国作为主办方，将举办城市定在了首都。

为了确定出场选手都是佼佼者，不会在国际赛事上给国家丢脸，组建代表队时便进行了面向全国的考核。

不论年龄，不论职业，只要实力足够强，都有机会为国出征。

林陆远给祝安报了名。

祝安顺口问：“你自己不上吗？”

虽然林三上了年纪，混在一群小萝卜头一样的超级天才里是有些格格不入。但祝安坚信，他依然强得所向披靡。

林陆远平静地答道：“不必了。”

他是第一届冠军，已经足够耀眼，不必再和新生代同台竞技。

跌份儿。

祝安笑了一声：“万一都输光了呢？”

这种世界性赛事，事关国家荣耀。

闻言，林陆远捏了捏她的耳垂，随口说：“不是有你吗？”

“你怎么知道我一定会赢？”

他反问："你会输吗？"

祝安摇了摇头。

"不可能。"

林陆远终于勾起嘴角，低头，飞快地吻了一下她的眼睫："真乖。"

这般光芒万丈的女孩，实在太漂亮了。

他忍不住。

果真，祝安顺利结束比赛，拿到了第一个进入国家代表队的名额。无论是反应能力、运算能力，抑或是临场心态，她都出类拔萃，优秀到近乎完美。

祝安义不容辞地成为中国速算代表队的队长。

一个月内，代表队名单全部确定下来。

消息一公开，全网哗然。

祝安免不了再次掀起讨论狂潮。

网上的是是非非，祝安都没工夫关心。

只是在P大校园里，她的回头率比过去更高了。

祝安脸色未变，照例和裴文晴一起去食堂吃午饭。

裴文晴："宝贝儿！你现在已经是校内大名人了！你都不知道，整个校内论坛都在议论你！"

"这还不止呢，连我微博首页都有好多在说你的，说你是学术圈大美女。"

祝安汗颜："我离学术圈的距离还很远啊！"

她还是学生，没有发表过什么知名论文，也没有做出过什么研究成绩。除了背靠学术圈大山，其他地方和"学术圈"这三个字都扯不上关系。

裴文晴一挥手，不以为意："网友又搞不懂，正常。"

祝安尴尬地笑了笑，不说话了。

裴文晴看着她这般模样，只觉得满心喜爱，都在咕嘟咕嘟冒着泡泡。

这个世界上，怎么会有祝安这么可爱又这么乖巧的女生啊！要是她是男生，一定也会疯狂地爱上祝安。

但是一想到再过几个月，她就要离开海市，出国交流了，裴文晴情绪蓦地低沉下来，闷声问道："你参加完这个锦标赛就该准备出国了吧？文书都弄好了吗？"

祝安点点头："因为是学校的交换名额，手续还是比较简单的。"

裴文晴吃饭都有些没力气了，哼哼唧唧：“怎么办，舍不得你。”

祝安笑起来：“那一起去？”

虽然裴文晴的成绩够不上系里的交换生名额，但自己考个研出国还是没什么问题的。毕竟，人也是凭实力考进 P 大的学生。

裴文晴表情看似痛苦地挣扎了一下，还是咬牙拒绝：“不行，我的数学老师梦想不能轻易放弃，我还是在海市等你回来吧。”

祝安扬了扬眉，正欲开口，又听她丢下一句：“反正林哥哥在这儿，你总会回来的。”

祝安：“……”

出征首都的前一天，林陆远开车去祝安那儿找她。

祝安正在收拾行李，给他开了门就没再管他，继续回卧室叠衣服去了。

林陆远靠在门框边，驻足静静地欣赏了一会儿。

不一会儿，祝安已经把行李箱塞得八分满。他这才平心静气地开口，喊她：“安安。”

祝安没抬头，低低地“嗯”了一声，算是应答。

林陆远：“一会儿有空吗？我带你去个地方。”

祝安手指微顿，抬头望向林陆远：“去哪里？”

趁着夜色，林陆远带祝安去了市中心，中心办公楼。

将车停在车库后，他先下车，为他的女孩拉开车门。

祝安有些不明所以。

但她还记得，之前自己路过这儿附近，吃了晚餐，还正巧遇到了段南嘉。段南嘉说过，他们公司就在这边。

所以，林陆远是要带她去参观他们公司吗？

祝安心情有点复杂，却没再问什么，只安安静静跟在高大男人身后。

电梯停靠在顶楼。

林陆远率先走下去，转身朝祝安伸出手。

祝安愣了愣，还是将手放入了他的掌心，被他牵着走下电梯。

林陆远往前迈了几步，然后侧开身子。

没了他遮挡视线，祝安顺利看清了正前方的灯牌。

“安远科技”四个大字，时时刻刻亮着莹莹光辉，看起来十分耀眼。

林陆远站在她身侧，声音低沉：“公司的商标几年前就定下了。我不敢说想名字那个时候是不是与你有关，追你时也害怕被你知道这件事，以为我是在用什么怀柔手段。”

现在想想，也是当局者迷。

他林三少在一段感情里，什么时候也需要这样患得患失、千般思虑了。

林陆远自嘲般地笑了笑。

“祝安，我把这件事定义为巧合——但这个巧合，或许就是神明的暗示。

“从我给你取名为‘祝安’时起，我们注定纠葛一生，对吗？”

因为，他想祝她在有自己的世界里一世长安。

从此我的宇宙，你的名字便是浩瀚。

哪怕繁星璀璨，有你的银河，我此生不换。

五月初，气候已经十分温暖。

祝安出发前往首都，和中国速算代表队其他成员会合，出战世界速算锦标赛。所有选手包括指导老师一行人，全部入住了半岛酒店。

在其中，祝安还看到了一个老熟人。

宁为玉竟然也入选了正式选手。

这女生，心高气傲不说，或许还是有些真才实学的。要不然第一次见面时，也不敢那么直接地质疑她。

虽然祝安不那么喜欢宁为玉，但能在队伍里看到熟人，心情还是会放松一点。

祝安和宁为玉打了招呼，她心不在焉地应了。

祝安眼神一扫，果真在远处看到了另一个熟人。

距离吃饭还有一段时间，其他人都已经回房间去休息了，祝安却是往章七炜那边走去。

章七炜在办理入住手续，远远望去，表情冷淡得要命，像是被人逼迫着来的。

祝安有点好笑，喊他：“章老师。”

章七炜拿着房卡，扭过头：“祝安。”

两个人在半岛大堂挑了位子，面对面坐下。

祝安语气含笑：“又是陪宁为玉来的吗？”

章七炜垂下眼，没否认。

祝安："我还以为你这次也会上。"

从重逢起，两个人虽然交流不多，只零零碎碎聊过几句，但祝安看得出来，章七炜对曾经输给她那件事一直耿耿于怀。

之前她在章七炜那儿特训，也直接说了是为了这个比赛，他只不冷不热地"哦"了一声，表示了解。

祝安以为他也会考虑参加，直到名单公布时才发现没有他，实在是出人意料。

闻言，章七炜推了推眼镜，口气平平无奇："我已经没办法参赛了。并不是所有人都像你一样有个天赐大脑的，祝安。"

祝安笑了笑，没接话。

沉默半晌，章七炜转了话题："比赛结束之后你就要去斯坦福了吧？"

这事儿也不是什么秘密。

两个人虽然有两个月没见面，但这个行程年前就已经定下了。无意中，她早就顺口告诉了章七炜。

祝安点头："差不多，八月中旬。"

"林陆远没有阻止吗？"

"没有，当然没有。"祝安诧异地看着他，似乎有些不明白，为什么他对林陆远的占有欲有如此坚持的认知。

章七炜笑起来，完全一扫惯常的阴郁，难得露出了一丝少年人神色。

他说："看来他是真的变了——祝安，未来你会是这个世界上最棒的数学家。比赛加油！"

这次锦标赛分为团体赛和个人赛，一共要持续五天，前两天是个人赛，后三天是团体赛。

祝安看着自己的队服上绣的五星红旗，耀眼又漂亮，心情也跟着激荡起来。

虽然只是一个小得不能更小的比赛，却也承载了她为国争光的骄傲心情。

她忍不住陷入沉思。

数年前，林陆远也是以这样的心情拿到了冠军吗？

祝安深吸了一口气，目光不由得落到了观众席上。

因为是正规赛事，都是由官方请观众，大多是名师、名校学生之类，并没有上次那种观众轻松的气氛。

林陆远想拿到一张入场券，实在太容易了。

甚至连林老都来了。

只不过林老是超级大牛，自然坐在第一排，被一圈人团团围住，无暇分心。

林陆远就坐得较远一点，靠近走道那排，姿势正襟危坐，模样不苟言笑，看起来极有风骨。

祝安还没上场，人坐在选手席，抬头看了看他所在的方向。

两个人很快对上视线。

林陆远的表情还是一贯冷漠、高不可攀，眼神里却满是笑意。

祝安扭过头，清了清嗓子，集中注意力。

比赛正式开始。

赛制和林陆远那届没什么特别大的改动。

第一轮是一百题混合速算，不仅要求速算能力，对选手的精力和耐力都是考验。

祝安体力不太好，赛制一公布，立刻做了专项训练，咬着牙也能扛下来。

全场静谧。

屏幕上划过一串又一串数字，速度很快，不给选手任何喘息空间。

直到最后一题结束，祝安满头大汗，放下笔，将答案提交。

她心里清楚，这一轮不是强项，成绩不一定会很耀眼，但应该还算稳当和中规中矩的发挥。

果然，宣布分数时，她的名字出现在第四排，排在中段。

祝安皱眉，余光扫过观众席。

林陆远正盯着分数，看起来没什么表情。

她掐了下指尖，再次深吸了一口气。

第二轮是大位数运算抢答。

这一轮，祝安极有自信。

最后一个数字浮现出来，下一秒，她已经按下了抢答器。

这种情况很常见。

曾经，不少选手都会在还没得到答案时，率先按抢答，利用这一段时间差做脑内运算。但与之相对的，正确率也会因为选手过于紧张而大大下降。

这一届比赛改了模式，必须先在答题纸上做出答案，再按抢答。

所以，祝安就在所有人还没反应过来的那一瞬间，运算完成，并且写完了长长的一串数字。

在场所有人都哗然了。

这是怎样非人的速度啊！

接下来，第二题、第三题、第四题……祝安以碾压之势，抢答了本轮所有题目。

选手们开始议论纷纷。

依稀能听到旁边几个人在用外语交流，有英语，也有其他语言。

祝安安安静静垂着眼，表情不为所动，手指却不由自主地捏紧了笔。

她能感受到，不少人目光如炬，投射在她身上。

第一天，祝安以最高积分顺利结束了本日比赛。

另外几个中国选手也取得了相当不错的成绩。像宁为玉，虽然磕磕绊绊，总积分也进了前八。

而积分第二名却是一个外国人，名叫原野久一，也是林陆远曾经说起过的那个天才少年。

时间已经有些晚了，祝安跟着队伍回到酒店，才给林陆远发消息："房间号？"

林陆远秒回，将自己入住的房号告诉她。

十分钟后，祝安缩头缩脑地敲响了房门。

林陆远眉眼含笑，将她一把搂住，轻声问她："怎么突然过来了？"

要知道，林陆远前几天就到了首都，想去找她，都被她以"不要打扰备赛"拒绝了。

事出反常必有妖。

祝安笑了声，也没挣开，埋头在他胸口，提问："林老呢？"

"楼上，他是VVVIP，住商务套间呢！"

假装酸溜溜地说完，林陆远自己先笑了。

霸道总裁林三少还能住不起商务套间吗？还不是因为来得匆忙，一心只想见祝安，没做安排就到了。但都是五星级酒店，也没什么好挑剔的。

祝安："那我上去跟他说说话。"

林陆远挑了挑眉："竟然不是来找我的？"

“也算是。林陆远，你觉得我今天的表现怎么样？”

林陆远言简意赅地评价：“熠熠生辉。”

是真的。

在林陆远看来，祝安站在赛场上，简直就在闪闪发光。

某一刻，他甚至生出了一丝阴暗的念头。

不能让她再接着发光了，会有很多人不可自拔地爱上她。

林陆远有些兴奋，又有些恼怒地想着。

但理智让他渐渐冷静下来。

纵然，祝安哭起来也让人心折，但还是笑更好看。

得了这个夸奖，祝安非常高兴，“吧唧”一下亲在林陆远的脸上。

“比你那时候呢？”

林陆远参赛的视频，祝安看过无数次。

他实在是太帅了，时时刻刻、举手投足间，都在绽放致命吸引力，让所有人为他沉迷。“天之骄子”这四个字就是为他而生。

这个问题有点奇怪，但林陆远还是答了：“当然是你更厉害。”

祝安心满意足，却摇了摇头，叹了口气：“我还差得远呢。”

要和林陆远比肩——甚至，要超过他，她确实还差得很远。

第二日，祝安依旧发挥出色，稳稳当当拿下了个人赛冠军。

合影留念时，她将队服脱下，举着上头红色的刺绣国旗，一边对着镜头微笑，一边比了个大拇指。

拍照结束。

祝安穿上衣服，迈步，准备退场。她还没走几步，面前的去路就被人拦住。

她皱了皱眉，抬起头。

原野久一挡在了她面前。

个人赛中，他含恨落败，成了第二名。

少年年龄不大，十四五岁模样，但身高已经很高了。

原野久一正处于变声期，往日不爱说话，只死死地盯着祝安。

祝安有些摸不着头脑，用英语问了一句：“有什么事？”

原野久一盯着她看了许久，终于开口。

他说：“你们输定了。”

“我国才是速算之国，我们是最强的。”

静了静，祝安含笑说：“自信是好事。”

但自负不是。

她没再多说什么，转身离开现场，跟上了前面指导老师的脚步。

原野久一大话说出来，后三天团体赛自然是要拼尽全力。

由于赛制规定，团体赛里，每个选手只能参加一轮项目。外国队确实人才济济，不乏高手，竟然追平了积分。

直到最后一天比赛日，只剩下两队队长没有上场了。

指导老师看了一眼计分器，拍了拍祝安的手臂：“对方队的队长是原野久一啊。祝安，你要小心一点，不能轻敌，加油。”

祝安点点头，淡定地上场。

最后一轮，一共只有三道题。

第一题，祝安有些紧张，手指抖了一下。

原野久一得分。

旁边的队员们发出了一声欢呼。

第二题，祝安抢答成功，顺利写出了答案，换到中国队欢呼。

只剩最后一题。

祝安屏住呼吸，心跳过速，眼神不由得游移起来，落到林陆远所在的位子。

台下，林陆远勾了勾唇。

再次对视的那一刻，祝安读懂了他的唇语。

他在说：“不错。”

和曾经的每一次比赛一样，鼓励得淡然却极具安抚力。

祝安立刻冷静下来。

第三题。

她发挥出了碾压般的计算能力和反应速度，和个人赛时一样，在所有人都没有反应过来时，便按下了抢答器。

比赛结束。

裁判核对了答案，宣布祝安回答正确。

原野久一在旁边怒气冲冲地摔了笔。

排山倒海的掌声侵袭而来，所有观众都起身，在拼命鼓掌。

祝安脸色平静，心底却长长地松了一口气。

赢了。

但还像在做梦一样。

她被簇拥着来到最中间。作为队长，她也该发言了。

祝安接过话筒，愣怔了几秒，紧接着，语调不紧不慢、温温柔柔地开了口："很高兴我们国家的代表队能获得团体赛的冠军。

"感谢我的队员们。当然，在场的每一位选手都很棒，无论来自哪里。

"我不敢说我们永远是最强的。比赛有输有赢，但追求胜利的精神，我们永远不会丢弃，希望与所有选手共勉。"

她一字一句，笑靥如花。

比赛结束后，祝安捧着奖杯走下台去。

林陆远不知从哪里冒了出来，顺手接过奖杯，拉着她，将她带到了无人的角落里。

他表情冷淡，眼神中却带着一丝微妙的紧张。

祝安不明所以，被他拉得有些踉跄，连声问道："怎么了？林陆远，发生了什么事？"

林陆远一言不发。

直到走到走廊尽头，再也没有人会看到两个人的地方，他才停下脚步，转过身，捏着祝安纤细的手腕，着迷般地吻住了她。

呼吸喷到耳垂。

他声音里带着一丝占有欲："安安，你是我的，记住了。"

哪怕再亮，哪怕为别人闪耀，也只能做他的太阳。

祝安一愣，很快便轻声笑了起来。

"林陆远，你这个笨蛋。"

八月中，海市每天热得像蒸笼。

林陆远送祝安去机场。

虽然已经交代了一万遍注意事项，但他总是不放心。取登机牌时，还免不了啰唆几句。

为了给他这点独处时间，祝安特地拒绝了裴文晴还有林老他们来送机，只让林陆远一个人来了。

只是他说了实在太久，祝安眼尖，已经瞄到了那几个同行的同学在等她，连忙推了推林陆远。

祝安："我同学都到了，你快回去吧。"

林陆远静了静，眼眶竟然有点泛红。

祝安吓了一跳，连忙一把抱住他："陆远哥哥……"

林陆远抬头，摸了摸她的头发，声音中压抑着哽咽，尽量四平八稳地道："要好好学习，注意安全，我会经常来看你。"

"知道啦。"她松开他，往前走了几步，拿着护照挥了挥手，"男朋友，我会想你的。"

只这一瞬，林陆远再没什么悔意。

连段南嘉都觉得神奇，他竟然会放祝安离开他这么久。毕竟，林三少霸道得要命，是个想要什么都要牢牢握住的人。

思及此，林陆远盯着祝安的背影，自嘲地笑了笑。

还不是为了她。

他希望，祝安有底气跟别人高谈阔论、阳春白雪，也能从市井的烟火气里获得被生活治愈的力量。

希望她满心欢喜，能永远走在做自己的道路上。

希望她的所有快乐，全部唾手可得。

每一片安静绽放的春色，都会为她的微笑，无条件沦陷。

（正文完）

番外一
与光阴

祝安二十二岁那年，确定要继续在斯坦福就读博士。

趁着假期回到国内，她被林陆远拉着去领了证。

想象中的画面并没有成真。

还好，就算是相隔两地，就算是光阴漫长、诱惑无数，她心爱的人，在她喜欢他的每一刻，也依然喜欢着自己。

林陆远脑子好、记忆力绝佳，能牢牢记得她说过的话。

每一次在机场见面，他都会准备好一句表白的话，从没重样过。

直到二十二岁，他将表白变成了求婚。

祝安并不知道林陆远做了什么安排，只是觉得自己坐的这架航班，人少得有些不同寻常。

海市是金融中心，直飞一般只有大型机，位子也能坐得比较满，往往白种人和黄种人都有。她一般会坐商务舱或者头等舱，能尽量舒服一点。下机之后，也好有力气陪陪家人和朋友。

但是这班机，整个头等舱里竟然只有她一个乘客。哪怕头等舱价格比较高，以前也从没发生过这种事。

祝安有些讶异。

不过她没有想太多，安安稳稳地戴上眼罩，放低椅子，准备睡一觉。

再睁开眼时，太阳正在旁边缓缓升起，近得仿佛只要从窗边一伸手，就能够到那抹阳光。

新的一天已经到来。

用不了几个小时，她就要到家了。

祝安眯着眼欣赏了一会儿，站起身，去洗脸、漱口。

这个点尚是凌晨，但对头等舱来说，没有定时供应餐点的说法，什么时候都能问空姐要。

然而祝安抬起头，朝四周看了看。头等舱这片区域里，竟然连一个空姐和空少都没有，更加反常了。

她皱起眉，试探地扬声：“Hello？ Excuse me？（你好？打扰一下？）”

依旧无人回应。

让人恍然有种穿越感。

祝安准备往机舱后面走，去找找人。

下一秒，一个意料之外的声音从她身后传来：“安安。”

祝安有些难以置信，愣怔地扭过头。

林陆远捧着一大捧红玫瑰，从走道另一边缓缓向她靠近。

祝安：“你……”你怎么会在这儿？

没有气流，飞机飞得很稳。

林陆远也走得极稳，一步一步，向着她踏步而来。

祝安还在愣神，男人已经走到了她面前。

两个人之间只隔了一捧玫瑰的距离。

林陆远眼含笑意，开口说：“你让我每次都要想一句表白，这次我想了一句很好的，迫不及待，就想早点对你说。”

“祝安，我想和你看每一天的日出，无论是在海上、陆地上，还是八万英尺的高空。我希望每天醒来都能看到你，就像过去的二十年一样。哪怕吵架、冷战，开始互相嫌弃，我就来哄你、亲你，再追回你。祝安和林陆远，永远都不会分开。但是如果你想要飞翔，我就在家里安安静静等着你回来。”

林陆远直视她的眼睛，一字一句地说完，便单膝跪了下来。

男人举起玫瑰：“安安，嫁给我。”

他从口袋里摸出丝绒钻戒盒，单手打开。

一颗硕大的钻石被六爪戒托扣住，安安静静地躺在里面，散发荧荧微光，是足以让任何女生都一眼爱上的漂亮钻戒。

林陆远寻找了许久，亲自去拍卖会将裸钻拍下，再联络了世界知名珠宝设计师，一点一点切割、打磨，设计戒托，耗时一年多才成型。

它就像一颗小小的星星，在等待自己的主人。

为她耀眼，为她闪亮。

祝安眼眶微红，双手不自觉地捂着嘴，半晌没说话。

林陆远一只手抱玫瑰，一只手拿戒指，抬头看向她。他的眼神有些不安，似乎是在等待一场审判到来。

祝安顿了多久，林陆远就保持这个姿势多久，一点都没有得不到答案而恼羞成怒的意思。

半晌，祝安红着眼，慢吞吞地伸手，接过了那枚戒指。

她将戒指套到了自己的手指上，端详片刻："林陆远。"

林陆远勾了勾唇，应道："嗯。"

"小时候，林老牵着我的手，把我带进家的那个时候，你想过现在这一幕吗？"

林陆远苦笑一声，没有骗她："没有。"

那时候，他可讨厌这个小跟屁虫了，也不知道是从哪里捡来的小孩儿，笨头笨脑的，还把老爷子的目光全吸引走了。她又不姓林，偏偏还每天住在家里。

简直烦死人了。

祝安点点头，叹气："对啊，我也没想过。"

她喜欢了林陆远很多很多年，但从来没有奢望过，林陆远会精心准备向她求婚。

本就是她一意孤行，在高攀神祇，怎么还能痴心妄想呢？

语毕，她却没再将那枚戒指摘下。

祝安弯下腰。

一个吻，轻描淡写地落在男人的唇瓣上。

祝安娇笑着，轻声说："好呀，我答应你。"

一瞬间，林陆远抬起手，重重地搂住她的脖子，加深了这个吻。

两个人一个弯腰，一个单膝跪地，一个抬头，一个低头，动作稍显费力，却无比和谐。

许多年以前，似乎也是这般模样。

小祝安坐在书房里，端端正正地举着毛笔写大字。她模样乖乖巧巧，知道是林老的要求，也不喊辛苦不喊累。偶尔休息时，她才会放下笔，怯怯地看向不远处那个少年。

少年面如冠玉，身形颀长，小小年纪已经显露出惊艳容貌。只是他表情冷淡得要命，飕飕冒着冷气，将周身气温都压低了好几度。

小祝安朝他抬起头，喊他："陆远哥哥，我写完了。"

少年轻描淡写地"嗯"了一声，合上书，起身，打算离开。

小祝安连忙追问了一句："那你能不能再陪我一会儿呀？"

少年转过身，居高临下，定定地看着她。

两个人一站一坐。

明明就在一间房里，却仿佛隔着天堑。

顿了顿，少年不耐烦地皱起眉头："你怎么这么烦啊？"

小祝安咬住嘴唇，不说话了。

"真是个黏人精。"他又嘟囔了一句。

被他这么一说，小祝安捏住了手指，似乎下一秒就要潸然泪下。

"只能再待十分钟。"少年沉闷地补充道。

只一句话，便让小祝安阴转晴天。

她依旧仰着头，用力地点了点头："嗯！"

时光飞逝。

童年记忆仿佛在这个时空复刻。

小女孩已经长大，少年也长成了男人的模样。

她戴着他送的戒指，在天穹之上，认真地与他接吻。

林陆远的声音依旧低沉迷人，面容依旧俊朗。

"我带户口本来了。"

番外二
说一千遍爱你

说一千遍爱你，这都不是问题。

林陆远三十三岁那年，喜得一女。

理工科直男翻遍字典和唐诗宋词三百首，给宝贝女儿取名林暮云。

取自“晓看天色暮看云，行也思君，坐也思君”。

毕竟娶老婆这回事，确实是等了太久太久，没有谁比他更合适这两句话了。

行也思君，坐也思君。

怀孕时，祝安的精神状态不是很好。

她痛恨自己绝佳的记忆力，甚至能清楚记得三岁前发生的事。本来还算幸福美满的家庭，因为弟弟的出生，彻底支离破碎。

童年回忆就像一个噩梦一样，将她牢牢捆住，动弹不得。

祝安天生聪慧，也受过高等教育，只是再理智的人，也没法克服精神上的创伤。

这几年，林陆远事业有成，公司运营流程清晰，完全可以自我运转，也不再需要样样事情亲力亲为。将安远的管理彻底放权下去之后，他和段南嘉两个人只做幕后掌舵人，把控公司大方向，他自己则是回归到了一个技术人员本行，专注开发。

老婆怀孕，当然是什么事都能丢到一旁，项目也能自由叫停。

从祝安查出怀孕那天起，林陆远就从林三少、林总，无缝转换成了超级厨子、心理咨询师、按摩师、育儿师等，小心翼翼、面面俱到，恨不得自己去替祝安生。

怀孕四个月，祝安胎位不正，早早就停了工作，在家养胎。

林陆远就时时刻刻陪着她。

很快，他注意到祝安情绪有点低落。

要入口的东西没让阿姨去弄，林陆远自己挽起袖子，仔仔细细地洗了水果，切好、装盘，端到客厅的茶几上。

他又去擦干了手，搂过祝安，用叉子叉了一块送到她嘴边，低声问道："草莓？吃不吃？"

草莓是当季新鲜的，卖相好，看起来水水润润的，口感也很甜。

祝安垂着眼，咬进嘴里，慢吞吞地咀嚼，状态依旧却没有变好。

林陆远摸了摸她的头发，耐心地哄道："乖乖，是不是不太高兴？怎么了？跟我说说好不好？"

他的语气温柔得几乎能滴出水来，像哄孩子似的。

要是往常，祝安早该取笑他了，这会儿却没什么反应。

她垂下眸，将草莓咽下去，把头整个埋到林陆远胸口，闷声喊他："林陆远。"

林陆远："嗯？"

祝安确实是精神状态很不好，连基本的常识、理智都通通忘记，瘪着嘴问道："我弟弟……你知道的，我们的孩子，会不会也……"

她亲生父母是瞒天过海、近亲成婚的。

老天很公平，百分之五十的可能性通通在他们的孩子身上应验——先生了个天才，又生了个畸形儿。

祝安非常害怕，忍不住将心中所想问出了口。

林陆远一愣。

忽然，他笑了起来，四平八稳地说："你在胡思乱想什么啊？我们又没有什么血缘关系。"

"万一遗传呢？"

"安安，你可是世界顶尖人才之一，不该问这么笨的话呀。"

他开玩笑般地取笑她。

祝安不说话了。

林陆远叹气："亲爱的，我们家这么多医生、医学博士、生物基因研究员，我明天把他们全请到家里来，让他们给你上上课，好不好？"

被林陆远这么一问，祝安自个儿先笑了起来："人家当你有病呢。"

林陆远将她搂紧了些。

祝安就算显怀，四肢也还是瘦瘦的。整个人就是小小一个，窝在他怀中，让三十多岁见惯了风雨的男人，都经不住柔软下来。

林陆远亲了一下她的头发，柔声说："那不许胡思乱想了。"

祝安："嗯。"

怀孕期间各种鸡飞狗跳，祝安总算安安稳稳进入了预产期。

她早先胎位有些不正，林陆远怕出意外，提前一个月就住进了医院。

果真，预产期还没到，她提前发作了。

正巧是白天，医生、护士皆在。一见不对劲，她很快便被推进产房。

产房门关上的那一瞬间，林陆远脸色"唰"一下白了，整个人气压低得吓死人。他呆呆地坐在走廊上，整个人都有些失魂落魄。

林老年纪大了，通知到家里后，就没让他过来。

但管家很快到了。

见着林陆远的模样，管家都愣怔了一下，试探道："三少，您没事吧？"

林陆远半天没说出话来。几分钟，他才后知后觉地抬起头："嗯？"

管家又问一次："您没事吧？"

林陆远："安安出什么事了？"

目光落在门上，他仔细听了一会儿，没听出什么异常，这才松了口气。

完全是鸡同鸭讲。

管家摇摇头，坐到林陆远旁边，陪着他一同等待。

不知过了多久，护士推开门，直直地往林陆远这边走："胎位不太正，产妇没办法顺产，要做剖宫产手术了。"

林陆远如同绷紧的弦一样，整个人都弓了起来，咬着牙，飞快地说："可以。"

护士："你是她丈夫吧？签个字，里面已经开始安排手术了。"

林陆远眼睛一眨不眨，看表情，还平静万分。

他的手握住笔，却控制不住地开始颤抖。一贯潇洒俊秀的字写得歪歪扭扭、颤颤巍巍，落到纸上有些惨不忍睹。

护士应该是见惯了这种家属，收了同意书，随口安抚道："不用太担心。"

一直到夜幕降临时分，产房里终于传来动静。

“母女平安。”

林陆远一整天没吃饭也没喝水，紧绷着神经，这会儿已经有些浑浑噩噩了，什么都没听清，只听到了最后这四个字。

他愣怔地抬起头。

管家已经面露喜色，迫不及待地拿出手机：“我先去给老先生报个平安。”

林陆远张了张嘴，半晌才勉强说出话来，但声音已经沙哑得没法听了：“安安，现在在哪里？”

林暮云出生得这般坎坷，也难为老父亲没有心存芥蒂，依旧欢喜不已。

一时之间，林陆远彻底扭转了众人心中的人设，从高冷淡漠小少爷，一下子变成了女儿奴。

白天林总工作中，只要听到小孩的声音，就能立刻合上笔记本电脑，站起身：“脉脉哭了，是饿了吗？我去看看。”

晚上，林陆远的雷达二十四小时不停歇。

隔壁房间，小朋友才哭了一声，他当即惊醒，迷迷糊糊摸下床：“脉脉在哭……安安你接着睡，我去抱抱她。”

家中有月嫂，但林陆远喜欢样样事情亲力亲为。他干脆利落地替老婆仔细按好被子，头也不回地出去了。

祝安：“……”

脉脉的小名是祝安取的。

“盈盈一水间，脉脉不得语。就叫脉脉吧。”

林暮云的大名是老父亲的求爱史，小名是母亲的单恋史，从出生起就注定备受宠爱。

林陆远对脉脉的宠爱，不仅仅体现在亲力亲为上。

女儿一出生，他已经为小朋友创立了家族信托基金。哪怕林暮云不似林家人这般聪明智慧，也足以靠着爹一辈子生活无忧。

对此，祝安十分不满。

趁着休息日，小女儿也懒洋洋地进入午睡，她把林陆远叫到书房，打算认真严肃地和他好好谈谈。

就算是三十好几了，林陆远也还是没改掉坏习惯，没事就喜欢腻在祝安身上。

在祝安的想象中，这场对话应该是两个人面对面，气氛严肃又正经。

偏偏林陆远不喜欢。

他拉过自家老婆，硬生生将人按在自己怀中，严严实实、密不可分地圈起来：“好了，你说吧。”

这个姿势，祝安勉强扭着头才能看到他的脸，实在很难严肃起来。

见她不说话，林陆远顿了顿，又问：“嗯？”

祝安：“林陆远。”

“嗯。乖乖，你说。”

她叹气，但还是按照计划将心里话说出口：“你不能再这样宠脉脉了，现在的你有点奇怪。”

林家家教严苛，哪怕是受宠如林陆远，从小到大也被教育得很好。

由于人人天赋出众，家族里基本没出过什么“啃老族”，就算大家族家底厚重，小辈也会自食其力。或者说，对这种家族成员来说，钱并不算多重要，荣誉、贡献、名号、成就，这些才是衡量每个人人生价值的重要标准。

林陆远虽然没做科研，转行做生意去了，却也不该这般暴发户做派才是。

还有什么家族信托基金……祝安想到就觉得头疼。

老爷子上了年纪，也不管家里事，竟然没斥责林陆远一句。这要是说出去，可实在是太诡异了。

想了想，她又补充一句：“难不成，你已经坚信我们俩的女儿长大以后会没什么本事？”

林陆远半晌没说话。

祝安忍不住，想扭头去看看他的表情。

偏偏身后那人仿佛时时刻刻注意着她的动作，手指抵住了她的脖子，不让她回头。

祝安：“嗯？”

林陆远抿唇，缓缓说：“可是，那是你为我生的孩子啊。”声音听起来还有些沉闷。

“我不会再让你生孩子了，脉脉就是我们唯一的孩子。还是你那么辛苦生的，我想把所有最好的都给她。这难道不可以吗？”

祝安微微一震，眼眶不自觉地有点发热。

林陆远闷声继续道："哪怕她未来真的不够聪明、不够漂亮、安于享乐……那也是你拼了命生的孩子，我这个做爸爸的，纵容一点也没什么嘛。"

祝安沉默半晌，将自己的手放进林陆远的掌心，慢吞吞地与他十指相扣。

她喊他："老公。"声音软软的，还带着一丝甜味。

林陆远轻轻应了一声："嗯。"

"我好爱你哦。"

这个时候才开始一百零一次庆幸。

还好。

还好很多年前，林陆远把她追了回来。

还好她最终没有放弃这个男人。

哪怕曾经遍体鳞伤，哪怕心痛欲绝，曾经的苦难，在日复一日的相爱中，渐渐化成随风而逝的泡沫。

祝安实在是太幸福了。

有事业、有爱人、有女儿、有家人，再也不是那个寄人篱下、不受重视、妄自菲薄的小孤女了。

在触手可及的现世安好中，她将过去的记忆通通遗忘殆尽。

林陆远笑了一声。

自家老婆是越来越会说话了，挠得他心尖酥酥麻麻，不自觉泛着痒。

他低头，嘴唇碰了碰祝安的后脖颈，开口："我也是哦，安安。"

林暮云三岁时，便已经口齿伶俐，能识文断字了。

但经过祝安和林陆远观察，自家小女儿聪明是聪明，但只限于普通小孩中的那种聪明，离"神童"还是有些距离。

想祝安三岁时，记忆力非凡，心算能力也初现端倪。林陆远更别说了，从小开始就是远近闻名的小天才，也可以说是林家这代人里天赋最好的那个。

两个天才的孩子，却只落了个普通聪明，让人无比唏嘘。

但显然，祝安和林陆远没这种感叹。

祝安不觉得自己女儿是神童，这是一件什么好事。作为一个母亲来说，更希望自己孩子平安、健康地长大。别的，有则有，没有也不必苛求。

林陆远就更是了。

父母意见达成一致，小脉脉的童年无比幸福。

周五晚上，林陆远回到家，给林暮云开了个小游戏。

这游戏看起来好玩极了，很快就吸引了小朋友的注意力。小脉脉玩了一会儿，抱着手机，再不肯撒手。

祝安正巧走出来，听到动静，随意地往屏幕上扫了一眼："这是什么？"

林陆远摸了摸脉脉的头发，平静地答道："今天没什么事，给脉脉做了个小游戏。"

林陆远勾了勾唇，又低下头同小朋友说话："脉脉，每天只能玩半个小时，知道吗？"

脉脉被教得很好，知道老看手机会伤眼睛，乖乖地点头："好的，爸爸。"

"宝贝真乖。"

转眼，林暮云四岁了。

林陆远让她自己选择喜欢做什么，要送她去学门特长当兴趣爱好。

普通人家的孩子也都这样，两三岁就该开始启蒙了。要是学乐器、舞蹈之类的，三岁就得开始入门。

小脉脉从小喜静，小小年纪就很有耐心，毫不犹豫地就选择了画画。

于是林陆远给她报了兴趣班。家里阿姨和司机待命，每周送小女孩儿去少年宫画画。

这也是林陆远的主意。

虽然家里有钱又有空房间，完全可以请个老师来一对一教课，但林陆远觉得小女孩儿不能太拘着，得多和同龄人在一块儿相处，会比较开朗可爱一些。

当年，他虽然压着祝安好好地上完了高中，没跳级走，有充分的时间和同学相处，但到底已经过了性格成型期。

祝安跟他学了一身淡漠，对别人，话都懒得说几句。要不是后来遇上了裴文晴，得到了不少快乐。

林暮云不想脉脉也如此。

听他这么说，祝安不乐意了："林陆远，你嫌弃我呢？"

这不就是明里暗里说她性格不好、不可爱吗？

此时正逢周末，林暮云上少年宫画画去了，林陆远把家里的阿姨全部轰走，只剩他们俩。

没在女儿面前，两个人都不需要形象管理。

林陆远笑道：“所有人都嫌弃你，我也不能嫌弃你啊。你没别人更好，只要有我就够了。”

祝安白了他一眼：“这么一大把年纪了，越发油嘴滑舌。”

以前还能和高冷淡漠挂上边。毕竟，高冷是霸道总裁的优秀品质。

现在……心理年龄估计退化到和脉脉不相上下了。

林陆远一愣，气笑出声：“祝安，我看你这人可真是……”

“真是什么？”

“真是可爱。”

眼见着祝安凉飕飕地瞟着他，林陆远连忙悬崖勒马，一口亲在祝安脸颊上。

再大一些，林暮云出落得越发漂亮。

父母本就是俊男美女搭配，小女孩儿集合了两个人的优点，生得眼睛是眼睛、鼻子是鼻子的，像洋娃娃一样可爱。

听说幼儿园还有少年宫里，小男孩们都追着林暮云跑。老师要求大家牵手排队时，还要为谁和她牵手而吵架。她小小年纪，竟然颇有几分颠倒众生的意味。

林总从老师口中听说这件事后，立刻焦急地回到家，抓住林暮云，问她是不是真的。

林暮云还在玩林陆远做的那个小游戏，听到提问，乖巧地点头：“对，他们都想和我拉手。”

林陆远：“……”

一瞬间发出老父亲的忧虑。

他冷静半晌，又试探着问道：“那你喜欢谁呢？”

林暮云想了想，漫不经心地随口答道：“谁长得好看就喜欢谁吧，脉脉和谁拉手都可以的。”

傍晚，祝安回到家。

林陆远火急火燎，急急忙忙把人拖进卧室。

祝安有些摸不着头脑：“怎么了？”

林陆远将和女儿的对话原原本本地复述给祝安，顺便控诉道：“咱们脉脉将来该不会变成一个渣女吧？爸妈都是一心一意的人，她到底是随了谁哟！”

祝安乐了：“童言无忌，她才多大一点。林陆远你有病吧。”

只可惜，林陆远还是深陷担忧：“不过现在的男孩子都怎么回事啊？小小年纪就不学好，追在女孩子屁股后面跑。不行，脉脉太危险了，万一被坏男孩拐走怎么办？我得想个办法……要不给她换个学校？”

祝安抬手，一巴掌拍在他的肩膀上，重重的一下直接把人打得一激灵。

她忍无可忍：“林陆远！你这个女儿奴！我看你是更年期综合征发作了吧！林暮云才那么点大！幼儿园！”

林陆远不服气，先一把捏住她的手指，不让她一言不合就使用武力，接着才辩解道：“那你说说，你几岁就开始喜欢我了？”

“不敢说了吧！老婆，你七岁就说最喜欢林陆远哥哥。林暮云现在都五岁半了！时间过得可快了！”

祝安愣了一下，呆呆地看着他。

林陆远有些得意，冲着她挑眉，一脸“你没话可说了”的表情。

很快，祝安渐渐皱起眉头：“你怎么知道的？”

林陆远的表情僵住。

祝安：“你偷看我日记本了。”语气万分确定。

林陆远：“这怎么叫偷看啊，你都收在杂物间里了，我是随手翻到的。”

祝安瞪着他：“你在胡说八道，那些东西都留在老宅里了，压根儿就没拿过来。你什么时候翻我抽屉了！”

林陆远无言以对，只得先发制人，一把抱住祝安，将她整个人压在床上。

男人力气大，轻轻松松就能制住娇娇小小的祝安，动弹不得。

卧室门关得很紧，林暮云稚嫩的声音被隔绝在外，模模糊糊，听不清晰。

林陆远不由自主地收紧了手臂。

祝安被他卡得死紧，又饿狼般注视着，蓦地夙了。她转移视线，掩饰般轻咳了一声：“看就看了，反正都是小时候被老师要求才胡乱写的。”

林陆远有点好笑，循循善诱道：“这怎么能是胡乱写的呢？肯定是真实的想法。”

祝安败下阵来，小声求饶：“老公，快松开，还没吃饭呢。”

好在林陆远也没真的怎么样，用力亲了她几下，缓过劲来，就把人松开了。

两个人一前一后回到客厅。

林暮云小朋友正在客厅画画，见到爸妈，抬起头来一笑，手上动作没停，天真无邪地说道：“妈妈，你脸好红哟。”

祝安：“……”

她欲盖弥彰地笑了笑，转身用力地踩了林陆远一脚。

林暮云十岁时，林老爷子去世了。

他年纪已经很大了，并没有受什么罪，是在梦里安然离开的。

就算早就做好了心理准备，这个噩耗依然将林家人打得措手不及。

长大以后，祝安已经很多年没有哭过了。

听到管家打来电话之后，她顿了顿，平静地应了句“知道了，马上过来”。再通知林陆远，又让司机接了林暮云，立刻去老宅。

只是一走进熟悉的小院子，祝安再也忍不住，蹲在地上，号啕大哭起来。

很多很多年前，老爷子牵着她的手，将她带到这里，告诉她，以后这里就是她的家。音容笑貌，记忆犹新，恍如昨日。

现在，她有了自己的家，有爱人、有孩子，但是那个给她家的人，永远离开了。

林陆远到得很快，但依然比祝安慢了一步。

他一下车，大老远就听到了她的哭声。他立刻小跑过来，将祝安抱起来，搂在怀里，轻抚着她的后背。

抿了抿唇，林陆远平静地开口：“安安，别哭了。”

祝安的眼睛已经哭肿了，抬起头，迷迷糊糊地看向他。

林陆远表情很淡，但眼神里的伤痛并不比她的少。

祝安用力地搂住他，脑袋闷在他怀中，拼命地摇头：“林陆远，我不敢进去……我感觉我一进去……林老就会笑呵呵地出来喊我……可是……”

可是他已经不在了啊。

谁来喊她回家呢？

林陆远拍了拍她的脑袋，声音有些哽咽：“别哭了，老爷子一生顺遂。

他要是看到你这么哭，会伤心的。”

祝安抽抽噎噎，好半天才停下来。

林陆远也稳住了情绪，攥紧她的手：“我们进去吧。”

两个人各自整理了一下表情，相携着走进老宅。

熟悉的大厅已经按照海市风俗布置成了灵堂，桌上放了林老的黑白照。

祝安见了，眼睛又红了起来。

林陆远牢牢地握紧她的手指，源源不断的宽慰从手心传递到她全身，给了她力量。

微微地扭过头，祝安冲着他感激地笑了笑，规规矩矩地戴了头花，再上香。

两个人退到一旁。

林老离世是大事，林家这几代小辈几乎全到齐，三三两两地站在硕大的客厅里私语。除了林老自己的三个孩子，其他人的悲伤之情普遍流于表象。不管平日里怎么走动，到底只是远亲，痛不到身，很难情真意切，这也很正常。

祝安垂眼，低头给阿姨发消息，问林暮云还有多久能到。

这么一会儿工夫，就听到有几个女人站在角落里说些无关的八卦。

话题中心竟然还是她。

“还真是……林三真的娶了祝安啊。”

“你这消息也来得太慢了，人都结婚好多年了，孩子都老大不小了。”

“那不是一个圈的嘛。结婚那会儿好像也没大办。你们去参加婚礼了吗？”

“没呢。”

“那不就对了，都好多年没见着人了。啧！”

祝安不以为意。

都这么多年了，她要是还在介意自己的身份，那也太对不起林老的一片恩情了。

再说了，就算和林陆远身份不对等，但是林陆远爱她啊，那就够了。

何必管别人怎么说。

又过了一会儿，林暮云也被送了过来。

小女孩儿平时跟她爸一样，性子看起来平平稳稳的，可到底还是个孩子。知道她最喜欢的爷爷去世之后，她毫无形象地坐在门边，大哭不止，倒是和刚刚祝安的举动有异曲同工之妙。

不愧是亲生母女。

祝安叹口气，有了做母亲的力量。

她快步往门口走去。

然而人高腿长的林陆远步子更大，先她一步把小女儿抱了起来，拍着她的背，低声哄着。动作也和刚刚哄祝安时如出一辙。

她驻足看着这一幕。

半晌，祝安转过头，又望了一眼林老的遗像。

照片上，老爷子仍旧年轻，眉眼含笑，闪着睿智的神韵。

他人虽然离开了，却把“家”留了下来。

祝安觉得，自己这辈子能遇到老爷子，实在是太幸运，也太幸福了。

林暮云十七岁时顺利考入P大建院，成功迈进了秃头建筑生的大门。

事实上，林暮云很小就确定了自己未来的志向。

她要做个桥梁设计师，给咱们国家造桥。

作为一个大企业家的独生女，明明成绩优异，却没有去学金融，继承老爸的衣钵，实在是让人大跌眼镜。

不过祝安和林陆远都十分支持。

“你爷爷听了肯定十分高兴。”林陆远拍了拍女儿的肩膀。

老爷子是老一代人，经历过国家最低谷、最困难的时代，所以将家里所有小辈都培养成了祖国的栋梁之材，为国家的各行各业效力。

小儿子林陆远去搞创业公司，成了生意人，这完全跟林老的想法背道而驰。

不过他的女儿遵循了林老的想法，也算是替父亲完成了。

林暮云四十七岁那年，她父亲林陆远生了一场大病。

林陆远年纪也算高寿，基本没有什么折腾下去的必要，再好的医疗手段也拯救不了将行就木的人。

祝安知道后，做主将林陆远接回了家。

林暮云结婚之后，他们夫妻俩换了房子，重新弄了一套大平层。客厅做了开放式大开间，视野空间开阔。午后阳光洒下来，能照亮整个房间，和林陆远原来那套公寓极像。

两个人在这里，从中年一直住到了垂垂老矣。

终于，两个人一起走到了人生尽头。

林陆远十分坦然地接受了这件事，甚至和祝安开起了玩笑：“安安，陆远哥哥没骗你吧？说好一辈子，就一天都少不了。”

祝安也笑了一声：“得了吧你，还得换我来照顾你呢。”

林陆远不服：“我以前对你那么好，换你照顾我几年怎么啦？你又不亏。”

祝安：“是啊。是挺好。”

真的。

她真的这么想。

就像埃迪那只小狗，就像少年一次又一次的退步，曾经痛彻心扉的感觉，在漫长的时间河流中，早已通通一笔勾销了。

林陆远抬起手，摸了摸她的脸颊。

两个人都已经老了。

不年轻了。

他说：“我要是先走了，就等等你。下辈子，咱们俩还一起长大，行吗？”

“行。”

林陆远笑着闭上眼，仿佛真的在恍然间看见了下辈子。

像是一个夏天，余晖里，祝安打扮得漂漂亮亮地来找他。橘子汽水味的风和粉橘的天空，她就在风里朝自己笑了笑。

番外三 游乐场

时逢周末，祝安心血来潮，准备收拾一下储物间。

平日，家里有帮佣阿姨帮忙打扫，用不着她自己动手。但储物间都是放些不常用的东西，阿姨也只会拖拖地、擦一下灰尘之类，不会全部拿出来整理。

祝安也是难得有闲情逸致，吃完早饭，随意换了身旧衣服，就干脆利落地钻进了储物间。

没过多久，林陆远也跟着进来了。

储物间本就不算大，还放了大大小小的柜子、盒子之类，挤两个大人，显得有些逼仄局促。

祝安回头瞧了林陆远一眼，问：“你怎么也来了？脉脉呢？”

林陆远走到她旁边，倚着她坐到地上。

“阿姨看着她，不用担心。我也没什么事，来陪你一起收拾。”

祝安啼笑皆非：“这还要两个人弄啊？”

林陆远：“怎么？嫌我待在旁边麻烦了呗？不爱了呗？嫌我烦了呗？”

两个人都已经是老夫老妻了，林陆远还喜欢没事开这种无聊的玩笑。

祝安懒得理他，继续忙自己手上的事。

储物箱、纸盒被一个一个翻出来，依次打开。

里面装了很多没用的东西，比如林暮云小时候的玩具，还有两个人随手买回来的小东西。

其中，有纪念意义的放到一起，拿盒子重新装好。没用的就整理到一旁，过后再考虑怎么处理掉。

祝安收拾得不紧不慢、不急不缓，动作很是优雅惬意。

相比之下，林陆远显然就有些碍手碍脚。

他东摸西摸，也不知道从哪个犄角旮旯翻出一个陈旧的纸盒，随手打开盖子。

“啧。”

一眼望去，盒子里装了几个本子，且封皮都泛了黄，看起来就很有些年头。

林陆远记忆力超群，自然记得是什么。

应该都是小祝安的日记本。

他长指一勾，将最上面的那本拿出来，翻开。

只看了第一行，林陆远便笑起来，清清嗓子念道：“今天，林老夸我很聪明，是喜欢我的意思吗？以后，我要更加听话一点。”

祝安“唰”的一下回过头，瞪他：“你在看什么？林陆远，不许念！”

“有什么关系啊，又不是没看过。”

两个人那会儿还小，他就翻过祝安的日记本，还因为她羡慕同学养狗，特地抱了埃迪回来。

现在，事隔经年再重温一下，还能回想起祝安小时候有多可爱懂事。

林陆远又往后翻了几页。

“‘今天天气很好，想去游乐园玩，想坐旋转木马。’安安，你就这点出息。”

祝安：“都是十来岁时候的事了，你无聊不无聊啊。”

林陆远可不觉得无聊。

两个人从小一起长大，什么回忆都能拿出来说上几句，才越发显得这些青梅竹马的光阴弥足珍贵。

他低笑一声，小心翼翼地合上日记本，再仔细回想了一下。

小时候，好像确实没有人带祝安去过游乐场。

她心里总觉得自己寄人篱下，自然也绝不会提出这个要求，只敢在日记本里羡慕一下别人。

倏忽间，林陆远心中生出些许后悔来。

不过，幸好，还来得及弥补。

他朝祝安那边挪了一点，凑到她耳边，小声喊她："安安。"

"嗯。"

"明天我们就去游乐场吧，就我们俩，不带脉脉。"

祝安动作一顿，皱起眉，扭头看他一眼："为什么？"

"没有为什么，因为我想带你去。"

林陆远是行动派。

次日一大清早，他便把林暮云送去了林老那儿。

而后他再开车回自己家，去接祝安，一同出发去市里新开的一家游乐场。

因为是周末，售票处排队的人不少，粗粗一看，大多是年轻情侣，或是带着孩子的家长，像是举家出游。

林陆远和祝安两个人年纪都已经不小，但吸引视线不是因为年纪，只是单纯因为两个人都长得太好看了。俊男美女，气质又超然，牵手站在一起，引得旁人忍不住侧目。

祝安有些不安："我们是不是有点奇怪？"

林陆远握紧了她的手指，笑道："哪里奇怪？谁规定游乐园只能孩子和小情侣来了？更何况我们也是情侣啊！你想玩什么？"

祝安被他岔开思绪，拿起地图，仔仔细细地研究了一下。

"一个一个玩过去吧？"

说完，她自己没忍住，先笑了起来。

她确实基本没有来过这种地方。

之前是忙于学习和事业。当妈妈之后，她想着要带林暮云来，但林暮云年纪还小，游乐场里很多项目都玩不了，便也一直没有成行。

这样想想，她还挺兴奋的。

游乐场里人不少，每个项目都要稍微排一会儿队。项目一个一个玩下来，不知不觉间，天色渐暗。

黄昏已至。

两个人走到双层旋转木马前，面对面对视数秒，又双双笑起来。

这是整个游乐场剩下的最后一个项目了。

再过不了多久，等天彻底黑下去，旋转木马就会亮起灯，会非常漂亮。

此刻，他们俩前面聚集了好几对情侣，倚着围栏，手里举着相机，应该都是在等待。

祝安手里拿着刚买的热狗，趁这会儿咬了一口，又举到林陆远嘴边。

林陆远就着她的手，在她牙印旁边也咬了一口。

顿了顿，他问："晚上吃什么？"

祝安想了一下，决定放纵到底："火锅？"

"没问题。"

"脉脉知道了，肯定又要问爸爸妈妈为什么不带她一起玩、一起吃了。"

林陆远攥紧了她的手指，低笑出声，假意叹气道："没办法，谁让她妈妈是她爸爸的大宝贝呢。她只是小宝贝。"

祝安正欲说话，忽然，整个游乐园里的路灯尽数亮起来，像是将夜空点亮。

她扭过头去。

旋转木马也亮起了灯，音乐声伴随着旋转的光线，将双层木马笼罩在一片童话气息之中，漂亮又耀眼夺目。

咔嚓。

快门声响起。

祝安回过头，看到林陆远正朝她举着手机，问他："你拍了什么呀？"

林陆远将屏幕展示给她看。

手机屏幕上，祝安只有一张侧脸，脸型流畅，睫毛纤长，模样很是精致。后面，旋转木马很亮，衬得她整个人仿佛是站在阴影中，构图看起来极具氛围感。

"好看吗？"

祝安也没谦虚，点头："好看，拍得很好。"

林陆远笑了笑："今天高兴吗？"

"高兴。"

"那就好。"

小时候的遗憾，一桩桩、一件件，他都想去弥补她，想去为她实现。

春天一季又一季地轮转。

游乐场永远不会关门。

林陆远对祝安的爱也不会打烊。

“林陆远，希望我是你的一辈子。”
“你已经是了。”